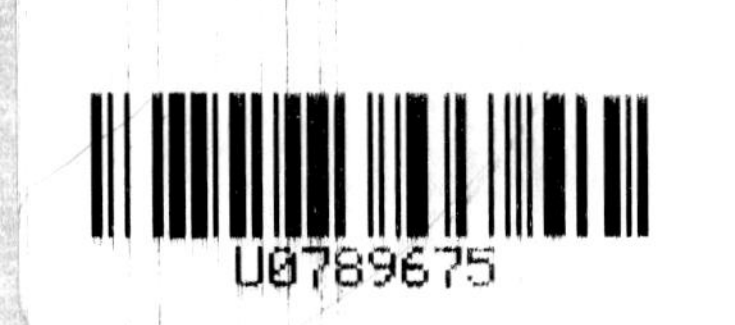

图书在版编目（CIP）数据

白鹿原：第四届茅盾文学奖获奖二十周年纪念 / 陈忠实著. -- 北京：作家出版社，2015.10（2025.4 重印）

ISBN 978-7-5063-8381-3

Ⅰ. ①白… Ⅱ. ①陈… Ⅲ. ①长篇小说 - 中国 - 当代 Ⅳ. ①I247.5

中国版本图书馆 CIP 数据核字（2015）第 237587 号

白鹿原（第四届茅盾文学奖获奖二十周年纪念）

作　　者：陈忠实
策　　划：王宝生
责任编辑：韩　星
装帧设计：曹全弘
图文制作：刘　璐
治　　印：孙熙春
出版发行：作家出版社有限公司
社　　址：北京农展馆南里十号　　邮　　编：一〇〇一二五
电话传真：八六—一〇—六五〇六七一八六（发行中心及邮购部）
　　　　　八六—一〇—六五〇〇四〇七九（总编室）
E-mail:zuojia@zuojia.net.cn
http://www.zuojiachubanshe.com
印　　刷：扬州文津阁古籍印务有限公司
成品尺寸：一八八×二九〇
字　　数：五四〇千
印　　张：四〇点二五　　印　　数：七七〇一——八七〇〇
版　　次：二〇一五年十月第一版
印　　次：二〇二五年四月第九次印刷
ISBN 978-7-5063-8381-3
定　　价：五百八十元

ISBN 978-7-5063-8381-3

第四届茅盾文学奖获奖作品

第四届茅盾文学奖获奖二十周年纪念

白鹿原

陈忠实／著

上卷

作家出版社

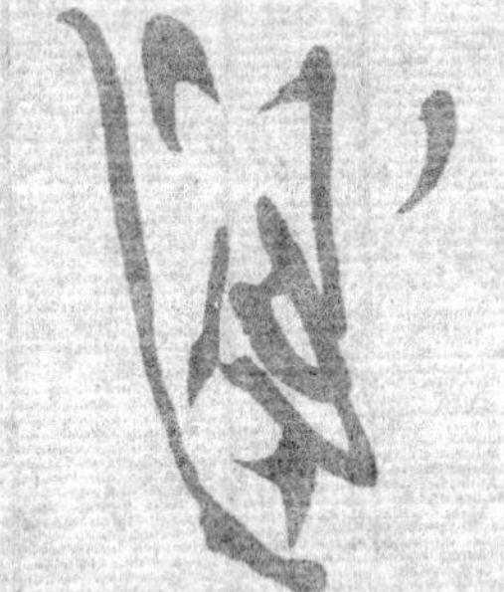

陈忠实简介

一九四二年生于陕西省西安市灞桥区西蒋村。一九六二年高中毕业，在乡村做中小学教师和区、乡政府干部整二十年。一九八二年调陕西省作家协会从事专业创作。一九六五年初发表散文处女作。一九七三年发表小说处女作。一九七九年加入中国作家协会。一九八二年出版第一本小说集《乡村》。迄今已出版《陈忠实小说自选集》三卷，《陈忠实文集》七卷，散文集、选集三十余种。《信任》获一九七九年全国优秀短篇小说奖，《渭北高原，关于一个人的记忆》获一九九〇——一九九一年全国报告文学奖，长篇小说《白鹿原》获第四届茅盾文学奖，并在日本、韩国和越南翻译出版。另有多篇中、短篇小说和散文获《当代》、《长城》、《小说界》、《人民日报》等报刊奖。《白鹿原》入选汉语新文学《百年百部》、《中国文库》、《共和国作家文库》、《大学生必读》等图书系列，已发行一百五十余万册。

曾任陕西省作家协会名誉主席，中国作家协会副主席。

陈忠实/尚洪涛摄

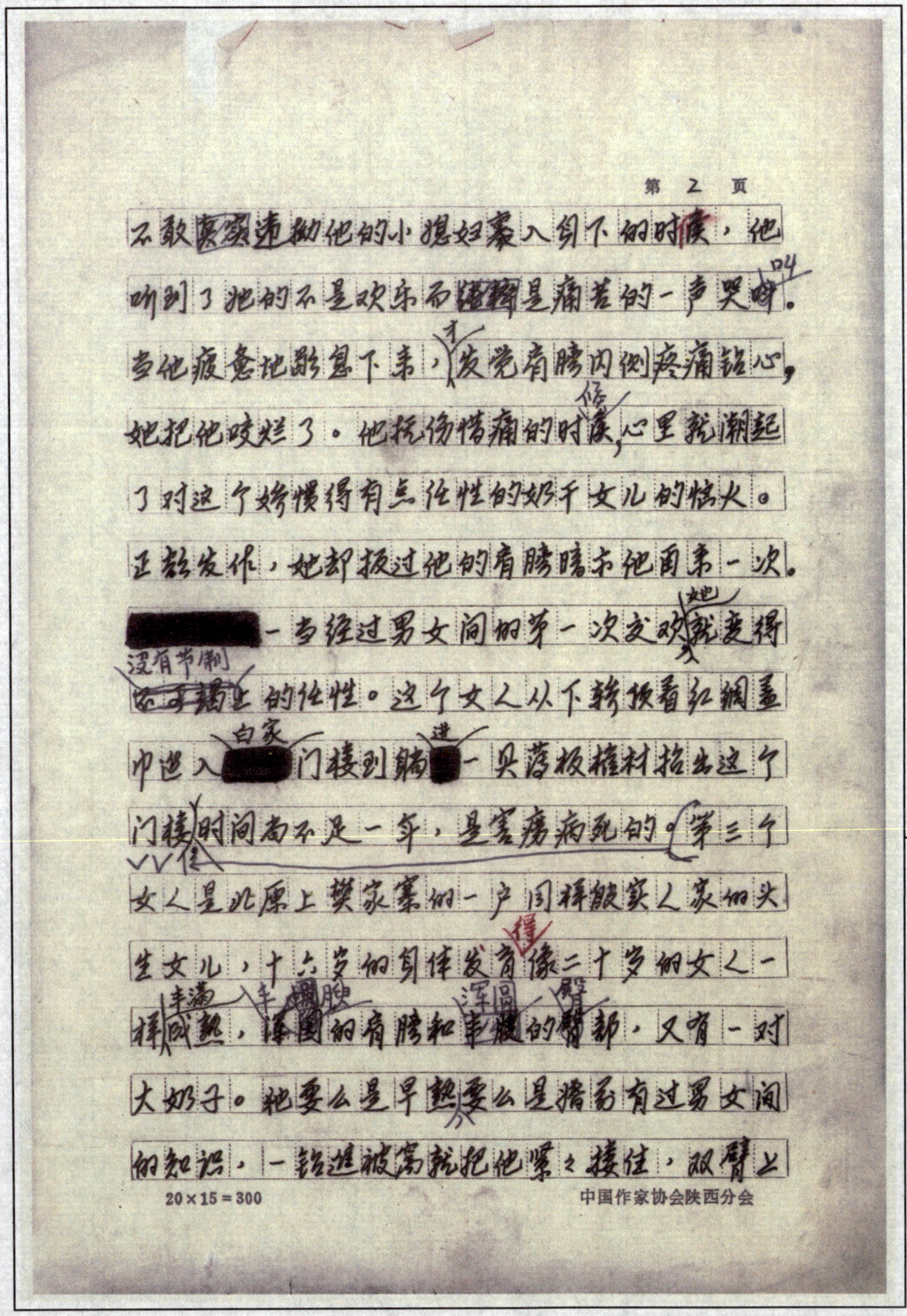
第 2 页

不敢违拗他的小媳妇蒙入自下的时候，他听到了她的不是欢乐而是痛苦的一声哭叫。当他疲惫地歇息下来，才发觉肩胛内侧疼痛钻心，她把他咬烂了。他抚伤惜痛的时候，心里就潮起了对这个娇惯得有点任性的奶干女儿的恼火。正欲发作，她却扳过他的肩膀暗示他再来一次。[redacted]一当经过男女间的第一次交欢就变得没有节制的任性。这个女人从下轿顶着红绸盖巾进入白家[redacted]门楼到躺进[redacted]一只薄板棺材抬出这个门楼，时间尚不足一年，是害痨病死的。第三个女人是北原上樊家寨的一户同样殷实人家的头生女儿，十六岁的身体发育得像二十岁的女人一样丰满成熟，浑圆的肩膀和浑圆的臀部，又有一对大奶子。她要么是早熟要么是婚前有过男女间的知识，一钻进被窝就把他紧紧搂住，双臂上

20×15＝300　　中国作家协会陕西分会

陈忠实《白鹿原》原稿手迹

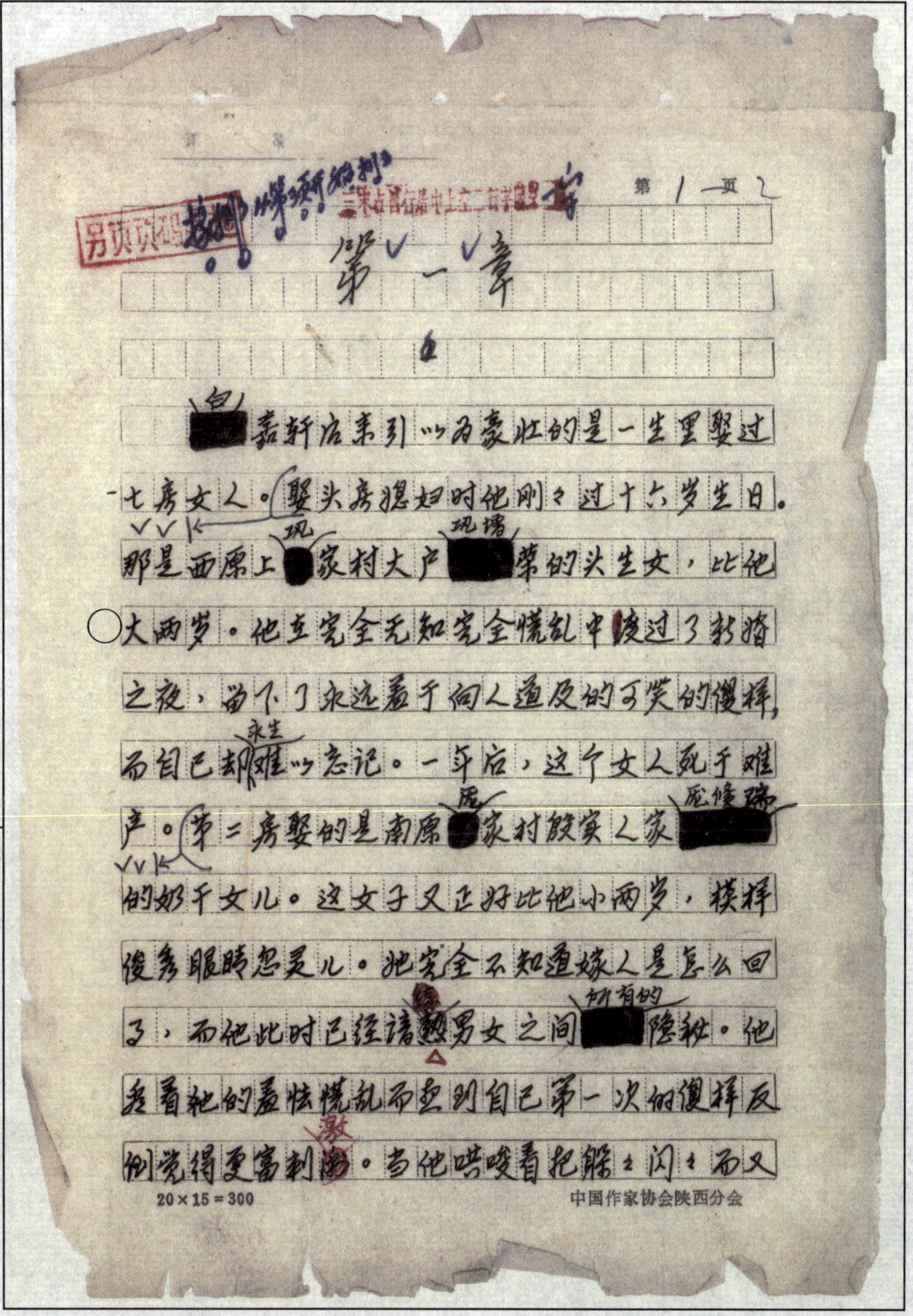
第 1 页

第一章

白[redacted]嘉轩后来引以为豪壮的是一生里娶过七房女人。娶头房媳妇时他刚刚过十六岁生日。那是西原上巩[redacted]家村大户巩增荣[redacted]的头生女，比他大两岁。他在完全无知完全慌乱中度过了新婚之夜，留下了永远羞于向人道及的可笑的傻样，而自己却永生难以忘记。一年后，这个女人死于难产。第二房娶的是南原庞[redacted]家村殷实人家庞修瑞[redacted]的奶干女儿。这女子又正好比他小两岁，模样俊秀眼睛忽灵儿。她完全不知道嫁人是怎么回事，而他此时已经谙熟男女之间所有的[redacted]隐秘。他看着她的羞怯慌乱而想到自己第一次的傻样反倒觉得更富刺激。当他哄唆着她解衣时她又

20×15＝300　　中国作家协会陕西分会

陈忠实《白鹿原》原稿手迹

重读陈忠实《白鹿原》原稿手迹

重读陈忠实《白鹿原》原稿手迹

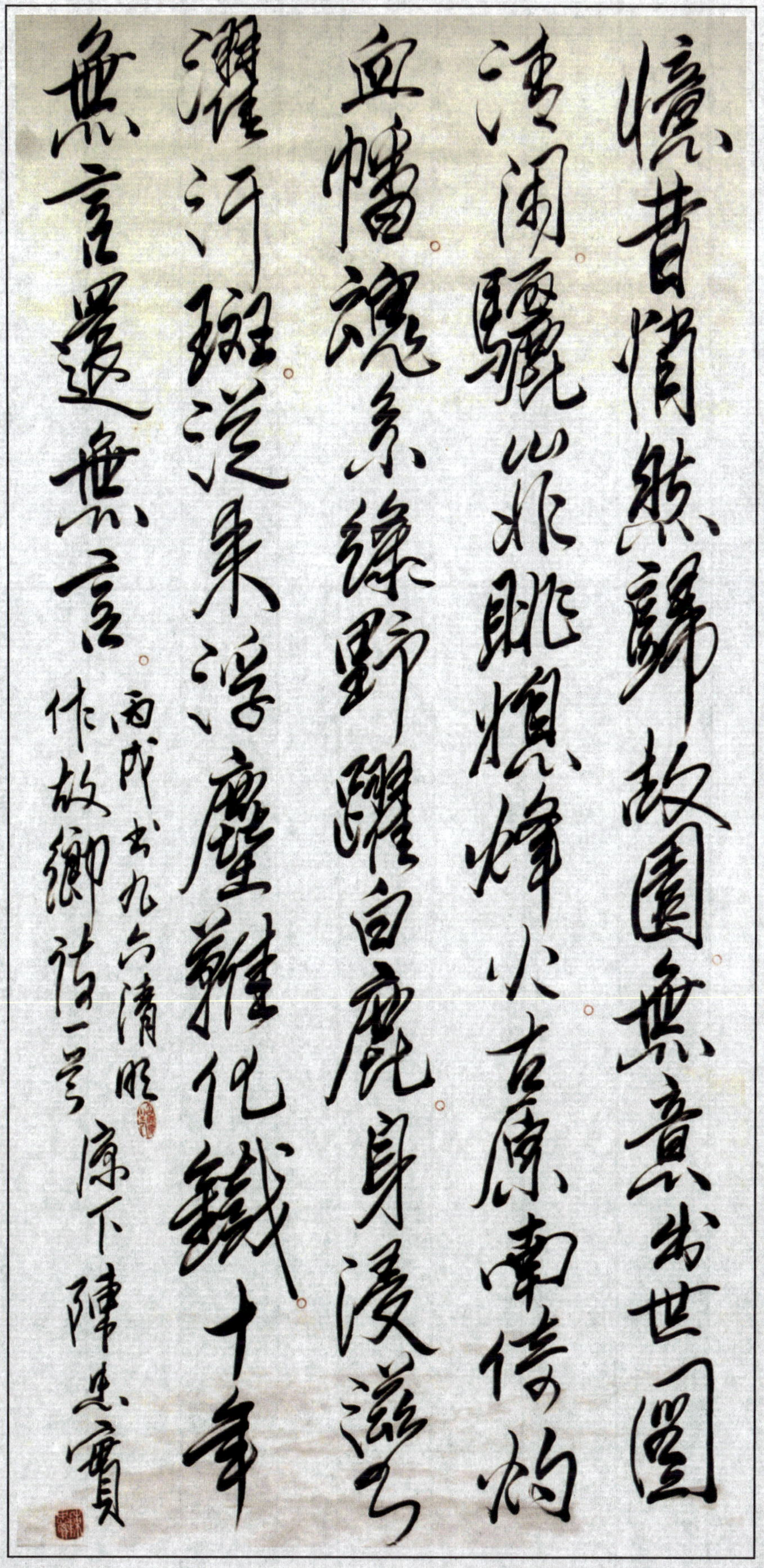
憶昔悄然歸故園無意出世圖
清閑驪山北眺烟烽火古原南倚灼
血情魂系緑野躍白鹿身後滋
潤汗斑從來浮塵難化鐵十年
無言還無言
丙戌出九六清明
作故鄉詩一首 原下 陳忠實

陈忠实诗稿手迹

茅盾先生手函

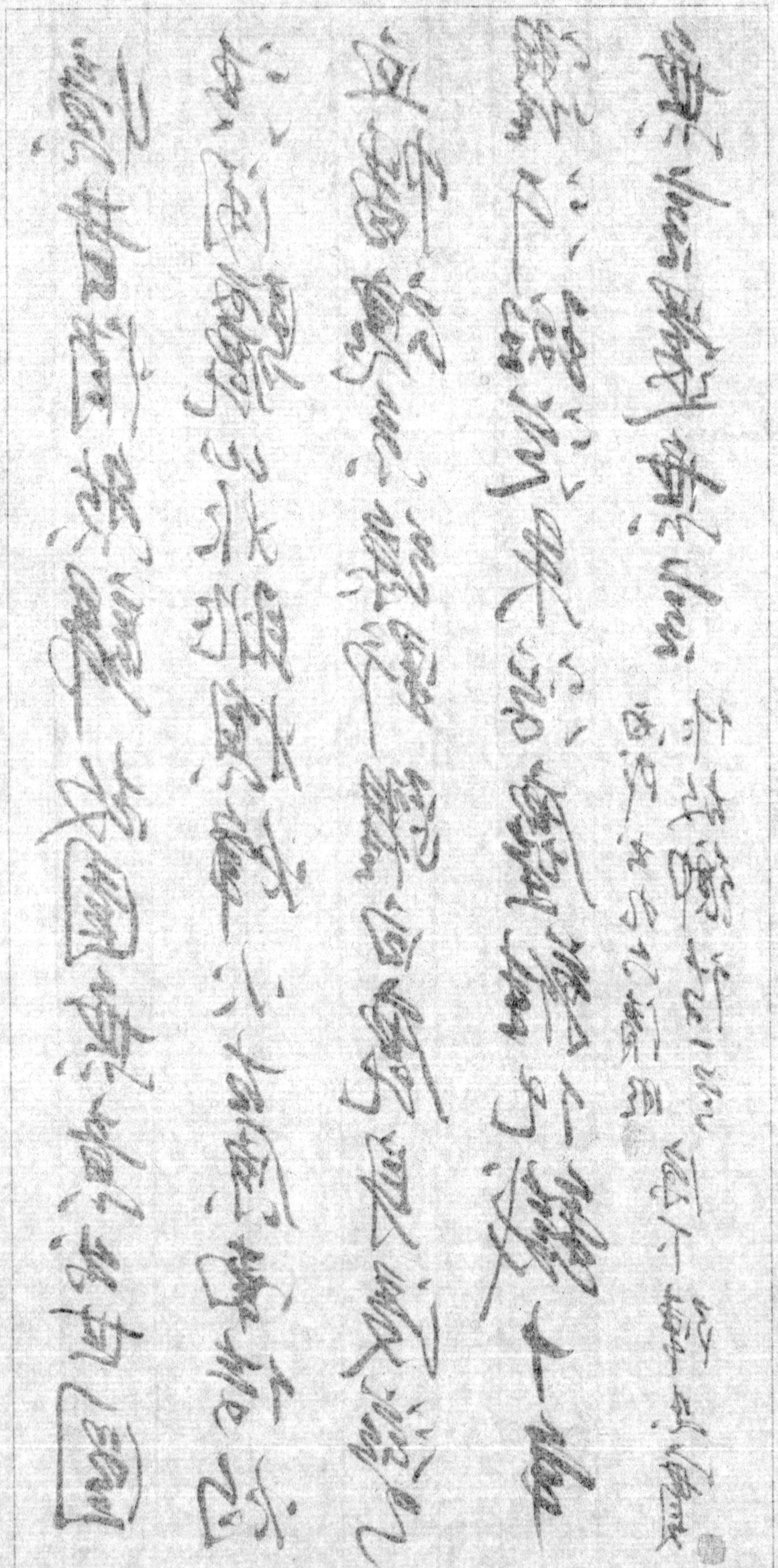

第一章

白嘉轩后来引以为豪壮的是一生里娶过七房女人。

娶头房媳妇时他刚刚过十六岁生日。那是西原上巩家村大户巩增荣的头生女，比他大两岁。他在完全无知完全慌乱中度过了新婚之夜，留下了永远羞于向人道及的可笑的傻样，而自己却永生难以忘记。一年后，这个女人死于难产。

第二房娶的是南原庞家村殷实人家庞修瑞的奶干女儿。这女子又正好比他小两岁，模样俊秀眼睛忽灵儿。她完全不知道嫁人是怎么回事，而他此时已经谙熟男女之间所有的隐秘。他看着她的羞怯慌乱而想到自己第一次的傻样反倒觉得更富刺激。当他哄唆着把躲躲闪闪而又不敢违拗他的小媳妇裹入身下的时候，他听到了她的不是欢乐而是痛苦的一声哭叫。当他疲惫地歇息下来，才发觉肩膀内侧疼痛钻心，她把他咬烂了。他抚伤惜痛的时候，心里就潮起了对这个娇惯得有点任性的奶干女儿的恼火。正欲发作，她却扳过他的肩膀暗示他再来一次。一当经过男女间的第一次交欢，她就变得没有节制的任性。这个女人从下轿顶着红绸盖巾进入白家门楼到躺进一具薄板棺材抬出这个门楼，时间尚不足一年，是害痨病死的。

第三个女人是北原上樊家寨的一户同样殷实人家的头生女儿，十六岁的身体发育得像二十岁的女人一样丰满成熟，丰腴的肩膀和浑圆的臀部，又有一对大奶子。她要么是早熟，要么是婚前有过男女间的知识，一钻进被窝就把他紧紧搂住，双臂

上显示着急迫与贪婪，把丰满鼓胀的奶子毫不羞怯地贴紧他的胸脯。当他进入她的身体时，她嗷嗷直叫，却不是痛苦而是沉迷。这个像一团绒球的女人在他怀里缠磨过一年就瘦成了一根干枯的包谷秆子，最后吐血而死了，死了也没搞清是什么病症。

第四个女人娶的是南原靠近山根的米家堡村的。对这个女人他几乎没有留下什么记忆。她似乎对他的所有作为毫无反应。他要来她绝不推拒，他不要时她从不粘他。她从早到晚只是做她应该做的事而几乎不说一句话。她死的时候，他不在家，到镇上去了，回来时看见她的嘴死死咬着被角儿，指甲抓掉了，手上的血尚未完全干涸，炕边和炕席上凝结着发黑的血污和被指甲抓抠的印痕。说是午后突然肚子疼，父亲找他不在就去镇上请来冷先生急救。冷先生断为羊毛疔，扎针放血时血已变成黑色的稠汁放不出来。她死得十分痛苦，浑身扭蜷成一只干虾。

连着死了四个女人，嘉轩怕了，开始相信村人早就窃窃着的关于他命硬的传闻，怕是注定要打一辈子光棍了。他的老子秉德老汉为他张罗再订再娶，他劝父亲暂缓一缓再说。秉德老汉把噘着的嘴唇对准水烟壶的烟筒，噗的一声吹出烟灰，又捻着黄亮绵软的烟丝儿装入烟筒，又噘起嘴唇噗的一声吹着了火纸，鼻孔里喷出两股浓烟，不容置疑地说：「再卖一匹骡驹！」

第二天上午，秉德老汉就牵着骡驹上白鹿镇去了，回来时天已擦黑，扔下那条半截铁链半截皮绳的缰绳，告诉儿子说：「媳妇说成了。东原上李家村木匠卫家的三姑娘。」这个女子是一个穷家女子，门不当户不对已经无从顾及。木匠卫老三养下五个女子，正愁养活不过，只要给高金聘礼，不大注重男人命硬的事。这时候，远远近近的村子热烈地流传着远不止命硬的关于嘉轩的生理秘闻，说他长着一个狗的家伙，长到可以缠腰一匝，而且尖头上长着一个带毒的倒钩，女人们

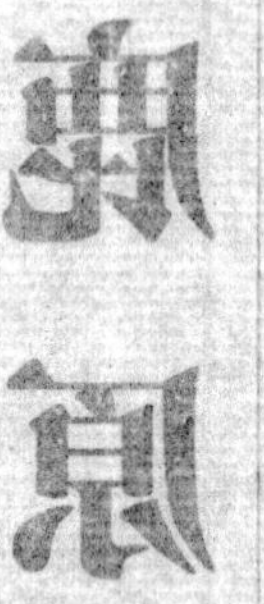

的肝肺肠肚全被捣碎而且注进毒汁。那些殷实人家谁也不去考虑白鹿村白秉德家淳厚的祖德和殷实的家业了，谁也不愿眼睁睁把女儿送到那个长着狗毬的怪物家里去送死；只有像木匠卫老三这种恨不得把女子踢出门去的人才吃这号明亏。当婚事按照祖传的严格程序和礼仪加紧筹办的重要关头，秉德老汉自己却突然暴死了。

那是麦子扬花油菜干荚时节，刚交农历四月，节令正到小满，脱下棉衣棉裤换上单衣单裤的庄稼人仍然不堪燥热。午饭后，秉德老汉叮嘱过长工鹿三喂好牲口后响该种棉花了，就躺下来歇息一会儿。每天午饭后他都要歇息那么一会儿，有时短到只眨一眨眼眯盹儿一下，然后跳下炕用蘸了冷水的湿毛巾擦擦眼脸，这时候就一身轻松一身爽快，仿佛把前半天的劳累全都抖落掉了；然后坐下喝茶，吸水烟，浑身的筋骨就兴奋起来抖擞起来，像一匝一匝拧紧了发条的座钟；等得鹿三喂饱了牲口，他和他扛犁牵马走出村巷走向田野的时候，精神抖擞得像出征的将军。整个后响，他都是精力充沛意志集中于手中的农活，往往逼得比他年轻的长工鹿三气喘吁吁汗流浃背也不敢有片刻的怠慢。他从来不骂长工更不必说动手动脚打了，说定了的身价工钱也是绝不少付一升一文。他和长工在同一个铜盆里洗脸坐一张桌子用餐。他用过的长工都给他出尽了力气而且成了交谊甚笃的朋友，满原都传诵着白鹿村白秉德的佳话好名。秉德老汉刚躺下就滋滋润润地迷糊了。他梦见自己坐着牛车提着镰刀去割麦子，头顶忽地一个闪亮，满天流火纷纷下坠，有一团正好落到他的胸膛上烧得皮肉吱吱吱响，就从牛车上翻跌到满是黄土草屑的车辙里。惊醒后他已经跌落在炕下的砖地上，他摸摸胸脯完好无损并无流火灼烧的痕迹，而心窝里头着实火烧火燎，像有火焰呼呼喷出，灼伤了喉咙口腔和舌头，全都变硬了变僵了变得干涸了。他的女人大约听到响声跑进屋来抱他拉他都无法使他爬到炕上去，立即惊慌失措呼喊儿子嘉轩和长工鹿三。三个人把秉德老汉抬到炕上，一齐俯下身焦急而情切地询问哪儿出了毛病。可是秉德老汉已经不能说话，只是用粗硬的指头上的粗硬的指甲扒抓

自己的脖颈和胸脯，嘴里发出嗷嗷嗷呜呜呜狗受委屈时一样的叫声。嘉轩和母亲全都急傻了，只有长工鹿三脑筋尚未混乱，忙喊：「快去请先生！」嘉轩得到提醒随即跑出院子，奔白鹿镇请先生去了。

白鹿镇在村子西边，一条小街，一家药铺，冷先生坐堂就诊，兼营中药。冷先生听嘉轩说了病状，心里就明白了八九成，从抽屉里取出一只皮包挂到裤腰带上，急忙赶到白家来。冷先生是白鹿原上的名医，穿着做工精细的米黄色蚕丝绸衫，黑色绸裤，一抬足一摆手那绸衫绸裤就忽悠悠地抖；四十多岁年纪，头发黑如墨染油亮如同打蜡，脸色红润，双目清明，他坐堂就诊，门庭红火。冷先生看病，不管门楼高矮更不因人废诊，财东人用轿子抬他或用垫了毛毯的牛车拉他他去，穷人拉一头毛驴接他他也去，连毛驴也没有的人家请他他就步行着去了。财东人给他封金赏银他照收不拒，穷汉家给几个铜元麻钱他也坦然装入衣兜，穷得一时拿不出钱的人他不逼不索甚至连问也不问，任就诊者自己到手头活便的时候给他送来。他落下了好名望。他的父亲老冷先生过世的时光，十里八乡凡经过他救活性命的幸存者和许多纯粹是仰慕医德的乡里人送来的金字匾额和挽绸挂满了半条街。冷先生坐上那张用生漆漆得黑乌锃亮的椅子，人们发现他比老冷先生更冷。他不多说话倒不怠慢焦急如焚的患者。他永远镇定自若成竹在胸，看好病是这副模样看不好也是这副模样看死了人仍是这副模样，他给任何患者以及比患者更焦虑急迫的家属的印象永远都是这个样子。看好了病那是因为他的医术超群此病不在话下因而不值得夸张称颂，看不好病或看死了人那本是你不幸得下了绝症而不是冷先生医术平庸，那副模样使患者和家人坚信即使再换一百个医生即使药王转世也是莫可奈何。

冷先生一进门就看见炕上麻花一样扭曲着的秉德老汉，仍然像狗似的嗷嗷嗷呜呜地呻唤。他不动声色，冷着脸摸了左手的脉又捏了捏肚腹，然后用双手掀开秉德老汉的嘴巴，轻轻「嗯」了一声就转过头问嘉轩：「有烧酒没有？」嘉轩的母亲

白赵氏连声应着「有有有」，转身就把一整瓶烧酒取来了。冷先生又要来一只青瓷碗，把烧酒咕嘟嘟倒入碗里，用眼睛示意嘉轩将酒点燃。嘉轩满面虚汗，颤抖的双手捏着火石火镰却打不出火花来。鹿三接过手只一下就打燃了火纸，噗的一口气就吹出了火焰，点燃了烧酒。冷先生从裤腰带上解下皮夹再揭开暗扣，露出一排刀子锥子挑钩粗针和一只闪闪发光的三角刮刀。冷先生取出一根麦秆粗的钢针和一块钢板，一齐放到烧酒燃起的蓝色火焰上烧烤，然后吩咐嘉轩压死老汉的双手，吩咐白赵氏压紧双腿，特别叮嘱鹿三挟紧主人的头和脖颈，无论发生什么情况都不能松劲。一切都严格遵照冷先生的吩咐进行。冷先生把那块钢板塞进秉德老汉的口腔，用左手食指一分就变成一个V形的撑板，把秉德老汉的嘴撬撑到极限，右手里那根正在烧酒火焰上烧得发红变黄的钢针一下戳进喉咙，旁人尚未搞清怎么一回事，钢针已经拔出，只见秉德老汉嘴里冒出一股蓝烟，散发着皮肉焦灼的奇臭气味。冷先生一边擦拭刀具一边说：「放开手。完了。」随之吹熄了烧酒碗里的火苗儿。秉德老汉像麻花一样扭曲的腿脚手臂松弛下来，散散伙伙地随意摆置在炕上一动不动，口里开始淌出一股乌黑的黏液，看了令人恶心，嘉轩用毛巾小心翼翼地擦拭着。这时候，秉德老汉渐渐睁开眼睛。四个人同时发现了这一伟大的转机，同时发现了微启的眼睑里有一缕显示生命回归的活光，像是阴霾的云缝泄下一缕柔和的又是生机勃勃的阳光。三个人同时惊喜地「哦呀」一声，不约而同地转过溢着泪花的眼来看着冷先生。冷先生还是惯常那副模样，说：「给灌一点凉开水。」三个人手忙脚乱又是小心翼翼地给那个阔大的嘴巴灌了几匙开水，秉德老汉竟然神奇地坐了起来，抓住冷先生的手说开了笑话：「哎呀！冷侄儿！我给阎王爷的生死簿子上正打钩哩！猛乍谁一把从我手里抽夺了毛笔，照直捅进我的喉咙。我还给阎王爷说『你看你看这可怪不了我呀』！原来是你。」三个人流着眼泪笑出了声。秉德老汉嗔怪老伴说：「还不快给先生拾掇茶饭——」白赵氏带着怠慢了恩人的歉意慌忙离去了，灶间传来很响的添水的瓢声和风箱声。

冷先生坐下也不说话，接过嘉轩递给他的秉德老汉的那把白铜水烟壶就悠悠吸起来。白赵氏端来一只金边细瓷碗，里面盛着三个洁白如玉的荷包蛋。冷先生只用一个手势就表示出不容置疑的坚决拒绝。白赵氏还想说什么体己关照的话，秉德老汉的手脚随着身子的突然仰倒又扭起了麻花，而且更加剧烈，眼里的活光很快收敛，又是一片垂死的神色，嗷嗷呜呜狗一样的叫声又从喉咙里涌出来。已经完全解除了心里负载的女人儿子和长工大惊失色，骤然间意识到他们高兴得太早了，危机并没有根除，一下子又陷入更加沉重的二次打击之中。冷先生依然不慌不乱照前办理，重新在燃烧的烧酒的蓝色火焰里烧烤钢板和钢针。三个人不经吩咐已经分别挟制压死了秉德老汉的头手和腿脚。通红的钢针再次捅进喉咙，又是一股带着焦臭气味的蓝烟。秉德老汉又安静下来，继而眼里又泛出活光来，这回他可没说给阎王生死簿上打钩画圈的笑话。三个人的脸上和眼里的疑云凝滞不散。冷先生收拾起那只磨搓得紫红油亮的皮夹，重新系到裤腰带上，准备告辞。嘉轩和母亲以及长工鹿三一齐拉住冷先生的胳膊，这样子你咋敢走？你走了再犯了可咋办呀？冷先生不动眉平板着脸说：「常言说，有个再一再二没有再三再四。再不发生了算是老叔命大福大，万一再三再四地发生……我夺了他打钩画圈的笔杆也不顶啥了！」说罢就走出屋门走过院子走到街门外头来。嘉轩一边送行一边问父亲得下的是啥病，冷先生说：「瞎瞎病。」嘉轩几乎无力走进门楼。「瞎瞎病」不言自明的确切含义是绝症。

白秉德老汉死了。父亲的死是嘉轩头一回经见人的死亡过程。爷爷在他尚未来到人世就死掉了，奶奶死的时光他还没有任何记忆的智能。他的四个女人相继死亡他都不能亲自目睹她们咽下最后一口气，他被母亲拖到鹿三的牲畜棚里，身上披一条红布，防止鬼魂附体。父亲的死亡是他平生经见的头一个由阳世转入阴世的人。他的死亡给他留下了永久性的记忆，那种记忆非但不因年深日久而暗淡而磨灭，反倒像一块铜镜因不断地擦拭而愈加明光可鉴。冷先生掖着皮夹走回他

在白鹿镇上的中医堂以后，嘉轩和他妈白赵氏以及长工鹿三在炕上和炕下把秉德老汉团团围定，像最忠诚的卫士监护着国王。他和母亲给病人喂了一匙糖水，提心吊胆如履薄冰似的希望度过那个可怕的间隔期而不再发作。秉德老汉用他十分柔弱十分哀婉的眼光扫视了围着他的三个人，又透过他们包围的空隙扫视了整个屋子，大约发觉冷先生不在了，迟疑一下就闭上了眼睛，再睁开时就透出一股死而无疑的沉静。他已预知到时间十分有限了，一下就把沉静的眼睛盯住儿子嘉轩，不容置疑地说：「我死了，你把木匠卫家的人赶紧娶回来。」嘉轩说：「爸……先不说那事。先给你治病，病好了再说。」秉德老汉说：「我说的就是我死了的话，你当面答应我。」嘉轩为难起来：「真要……那样，也得三年服孝满了以后。这是礼仪。」秉德老汉说：「『不孝有三无后为大。』你把书念到狗肚里去了？咱们白家几辈财旺人不旺。你爷是个单崩儿守我一个单崩儿，到你还是个单崩儿。自我记得，白家的男人都短寿，你老爷活到四十八，你爷活到四十六，我算活得最长过了五十大关了。你守三年孝就是孝子了？你绝了后才是大逆不孝！」嘉轩的头上开始冒虚汗。秉德老汉说：「过了四房娶五房。凡是走了的都命定不是白家的。人存不住是欠人家的财还没还完。我只说一句，哪怕卖牛卖马卖地卖房卖光卖净……」嘉轩看见母亲给他使眼色，却急得说不出口，哪有三年孝期未过就办红事的道理？正僵持间，秉德老汉又扭动起来，眼里的活光倏忽隐退，嘴里又发出嗷嗷嗷呜呜的狗一样的叫声，三个人全都不知如何是好了。嘉轩的一只手腕突然被父亲捏住，那指甲一阵紧似一阵直往肉里抠，垂死的眼睛放出一股凶光，嘴里的白沫不断涌出，在炕上翻滚扭动，那只手却不放松。母亲急了：「快给你爸一句话！」鹿三也急了：「你就应下嘛！」嘉轩「哇」的一声哭了：「爸……我听你的嘱咐……你放心……」秉德老汉立时松了手，往后一仰，蹬了蹬腿就气绝了。嘉轩一声嚎哭就昏死过去，被救醒时父亲已经穿上了老衣，香蜡已经在灵桌上焚烧。鹿三说：「你不能再哭了，先安顿丧事。你不做主旁人没法举动。」嘉轩当即

陈忠实 著
上卷 八

和族里几位长辈商定丧事，先定必办不可的事：派出四个近门子的族里人，按东南西北四路分头去给亲戚友好报丧；派八个远门子的族人日夜换班去打墓，在阴阳先生未定准穴位之前先给坟地推砖做箍墓的准备事项；再派三四个帮忙的乡党到水磨上去磨面，自家的石磨太慢了。下来就议到乐人的事，这需得主家嘉轩做主，请几个乐人？闹多大场面？继续多少时日？嘉轩说：「俺爸辛苦可怜一世，按说该当在家停灵三年才能下葬。俺爸临终有话，三天下葬，不用鼓乐，一切从简。我看既不能三年守灵，也不要三天草草下葬，在家停灵『一七』，也能箍好墓室。叔伯爷们，你们指教……」远门近门的长辈老者都知道嘉轩命运不济，至今连个骑马坠灵的女人也没有，都同意嘉轩的安排。一位伯伯朗然说：「人说『瞻前顾后』，前后总是不能兼顾，就只能是先瞻前而后顾后；生死不能同时顾全，那就先顾生而后顾死。」事情当即定下来，派一个人到邻近村里去找乐人班主，讲定八挂五的人数，头三天和后一天出全班乐人，中间三天只要五个人在灵前不断弦索就行了。

整个丧事都按原定的程序进行。七天后，秉德老汉就在祖坟坟地上占据了一个位置，一个新鲜的湿漉漉的黄土堆成的墓圪塔。他的坟堆按照长幼排在父亲坟堆的下首靠左的位置，右边不言而喻是留给白赵氏将来仙逝时的安居之地。这件悲凉的丧事总算过去了。屋里走了父亲一个人，屋院里顿然空寂得令人窒息。母亲一个人在上房里屋，他一个人在厦屋，长工鹿三一个人在马号里。如果母亲不咳嗽一声，这个有着三进房屋的四合院里整个晚上和白天都没有一丝声息。这天晚上母亲问他打算啥时候娶妻，他说起码得过了头周年以后。母亲说不要等了，等也是白等，家里太孤清了；况且她一个人单是扫屋扫院洗衣拆被做饭都支应不下来，再甭说纺线织布等家务了。他说：「那就过了百日再办吧。」母亲说：「百日也不要等了，『七七』过了就办。」实际的情况是过了两月，当麦子收割碾打完毕地净场光秋田播种之后的又一个仅次于冬闲的

夏闲时节里，他娶回来第五房女人——木匠卫老三家的三姑娘。新婚之夜，溽暑难耐。嘉轩插上了厦屋木门的门闩，转过身就抹下了长袖布衫和长裤。端坐在炕席上的新娘突然爬跪在炕上，对他作揖磕头，乞求他再不要脱短袖衫和短裤了。他问她怎么了？她说她生来就命苦，在穷苦人家里的三姑娘就更苦了（秦腔剧《五典坡》里的王宝钏排行为三，称三姑娘，乡间就把排行为三的女子视做命苦的人。）。他似乎意识到一点什么，就追问她是不是听到什么闲话了？她说她知道他娶过四房女人，都死了；她还说她听人说过他不光是命硬，而且那东西上头长着一个有毒汁的倒钩，把女人的心肺肝花全都捣得稀烂，铁打的女人也招不住捣腾。她竟然瑟瑟抖颤着身子哭起来：「俺爸图了你家的财礼不顾我的死活，逢崖遇井我都得往下跳。我不想死不想早死想多多伺候你几年，我给你端水递茶洗脚做饭扫地缝连补缀做牛做马都不说个怨字，只是你黑间甭拿那个东西吓我就行了，好官人好大哥好大大你就容让我了吧……」嘉轩一下子愣坐在椅子上，新婚之夜的兴味荡然无存。他早已听到过这个荒诞的流言却无法辩解，又着实搞不清别人的与自己的那个东西有什么区别。他曾经在逢集赶会时的公用茅厕里佯装拉屎尿偷偷观察过许多陌生的男人，全都是一个毬样又是百毬不一样，结果反而愈加迷惑。这个木匠卫家的三姑娘可怜兮兮地乞求饶命，不仅没有引起他的同情，反而伤害了他的自尊，也激怒了他。他从椅子上站起来，一步跨上炕去，三下五除二就扒光了衣裤，把自己的东西亮给她看，哪有什么倒钩毒汁！三姑娘又羞又怕又哭又抖。她越这样他越气恼，赌气扒下她的衣裤。事毕后他问她伤了什么内脏，却发现她已闭气。他慌忙掐住她的人中。她醒来后就躲到炕角缩作一团。他好气又好笑，亲昵她爱抚她给她宽心。无论如何，她的心病无法排除，每到夜晚，就在被窝里发疟疾似的打颤发抖。半年未过，她竟然神情恍惚，变成半疯半癫，最后一次到涝池洗衣服时犯了病，栽进涝池溺死了。

埋葬木匠卫家的三姑娘时，潦草的程度比前边四位有所好转，他用杨木板割了一副棺材，穿了五件衣服，前边四个都只穿

了三件。自然不请乐人，也不能再做更大的铺排，年轻女人死亡做到这一步已经算是十分宽厚仁慈了。嘉轩所以要对她稍显优厚待遇，完全是一种难以述说的心理因素。在这个女人被涝池的奇臭难闻的淤泥涂抹得脏污不堪的身子行将就木之前，他心里开始产生了一种负罪感。结婚那天，他在新房里揭去她的盖头巾的一霎，发现她不独漂亮而且壮健，红扑扑的脸膛，黑如乌珠似的两只机灵的眼睛，透着强健气魄的手臂。她的手掌上竟然有一层薄茧儿，那是木匠出门揽活挣钱，由她和母亲操持田间农活的印证。劳动练就的一副强健的体魄终究抵御不住怪诞流言的袭击……当他又是一个人躺在厦屋炕上的每一天夜晚，都挥斥不开她在新婚之夜给他磕头哀告的情景，总是想到她在他怀里瑟瑟发抖的冰凉的手和冰凉的腿，她肯定从未得到过做爱的欢愉而只领受过恐惧，她竟然无法排除恐惧而终于积聚到崩溃的一步。他现在有点心灰意冷，从田间回来就躺到空寂冷落的土炕上。这个土炕接纳过五个姿态各异的女人，又抬走了五具同样僵硬的尸体。订娶这五个女人花费的粮食棉花骡子和银元合计起来顶得小半个家当且在其次，关键是心绪太坏了。他躺在炕上既不吭声叹气也不难过，只是乏力和乏心。他觉得手足轻若片纸，没有一丝力气，一股轻风就可能把他扬起来抛到随便一个旮旯里无声无响，世事已经十分虚渺，与他没有任何牵涉。他躺在炕上直到天黑，听见母亲叫他吃晚饭他说不饿不想吃了。母亲又喊鹿三。鹿三不好意思独自吃饭，跑进厦屋来开导他。他劝鹿三快去吃饭不要等自己。鹿三在院里葡萄架下吞食饭食的声音很响，吃得又急又快。他想不出世上有哪种可口的食物会使人嚼出这样香甜这样急切的响声。

母亲拾掇完灶间的事在院子里扑打身上的尘灰，喊他。嘉轩走进上房里屋，母亲坐在父亲在世时常坐的那把简化了的太师椅上，姿势颇似父亲的坐姿。他在桌子另一边的椅子上坐下，尽量做出不在心亦不在意的样子。母亲说她准备明天一早回娘家去，托他的舅舅们给他再踏摸媳妇。他劝母亲暂缓一缓。母亲问他为什么要缓？二十几岁的年龄了还敢缓！母亲说着

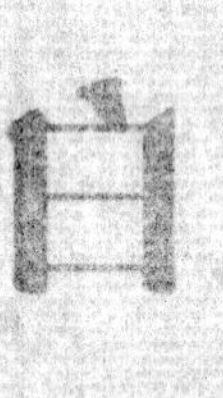

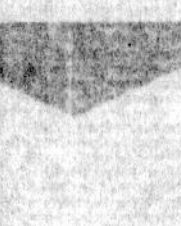

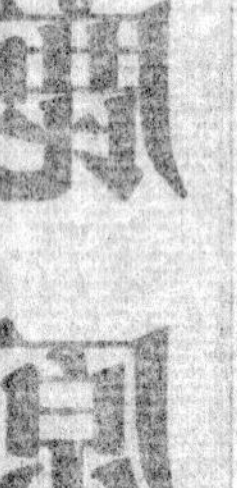

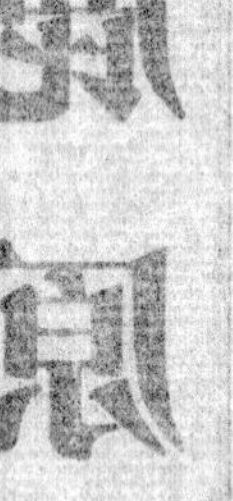

就上了劲儿：「甭摆出那个阴阳丧气的架势！女人不过是糊窗子的纸，破了烂了揭掉了再糊一层新的。死了五个我准备给你再娶五个。家产花光了值得，比没儿没女断了香火给旁人占去心甘。」嘉轩再没有说什么。第五天，母亲从舅家归来，事情已有定局。南原上的一户姓胡的小康人家，赌场上掷骰子一夜之间输光了家当，赌徒们赶到家来，上楼灌净了囤子里的粮食拉走了槽头的犍牛和骡子，用犍牛骡子拉着装满粮食的牛车走掉了。女人气得半死，赌徒羞愧难当，解下裤带吊到后院的核桃树上幸被人发现救活。这样一来答应以女儿许人，聘礼之高足使正常人咋舌呆脑，二十石麦子二十捆棉花或按市价折成银洋也可以，但必须一次交清。这个数字使嘉轩脊梁发冷，母亲却不动声色地说她已经答应了人家，下来该由充当媒人的二舅按照订婚的惯常程序去履行手续就是了。嘉轩惊异地发现，母亲办事的干练和果决实际上已经超过父亲，更少一些瞻前顾后的忧虑，表现出认定一条路只顾往前走而不左顾右盼的专注和果断。这样，赶在父亲的头周年祭祀到来之前一个月，正当桃花三月的宜人季节，第六个媳妇在呜哇呜哇的唢呐喇叭的欢悦的喜庆曲调里走进门楼来了。

第六个女人胡氏被揭开盖头红帕的时候，嘉轩不禁一震，拥进新房来看热闹的男人和女人也都一齐被震得哑了嘻嘻哈哈的哄闹。这个女人使人立即会联想到传说中的美女，或者是戏台上的贵妇人娇女子。当嘉轩从新房挤出来到摆满坐椅饭桌的庭院里的时候，有人就开始喊胡凤莲了，那是秦腔戏《游龟山》里一位美貌无双的渔女，几乎家喻户晓人人皆知。晚上，当他和她坐在一个炕上互相瞄瞅的美好时光里，她的光彩和艳丽一下子荡涤净尽前头五个女人潜留给他的晦暗心理，也使他不再可惜二十石麦子二十捆棉花的超级聘礼。然后同衾共枕。他很快发觉事情并不美妙。他抚摸她搂抱她亲她的脸亲她的嘴她都温顺地领受了，当他的手试图拉开她的短裤的系带时她跳了起来，从枕头下迅即摸出一把剪刀执在手中。那剪刀显然经过用心的打磨，锋利的刀刃在蜡烛的红光里闪出一道道血花。她跪在炕上，裸着两只翘翘的雪白的奶子，把剪刀的

刀尖对准他说：「你要是敢扯开我的裤带，我就把你的那个东西剪掉。」

他妥协了让步了依允了胡氏。他觉得有这样一个女人陪睡在身边该当满足了，却又止不住夜夜遗憾。他甚至开始真的怀疑自己那个东西里头流出的货是否有毒，偷偷把那货抖落到猪食里观察猪吃了以后的动静，共计三次，猪的活动毫无异常。他把自己的心事诉说给冷先生。冷先生听了就笑了，说他早就听到闲人们说的这个闲话了，纯属子虚乌有无稽之谈。在他行医的二十多年里经见过有精无精死精水精的男人，还没见过一个生有倒钩毒精的先例。冷先生笑毕说：「兄弟！干脆来个将错就错将计就计吧！」说罢铺纸捉笔蘸墨，开下一剂滋阴壮阳温补的药方，一次取了七服，并嘱连服百日。嘉轩拎着一捆药包回家交给胡氏，说这药是除毒的。胡氏喜不自胜，每日早晚煎熬，看着男人饮下。这一晚她偎在男人怀里动情地说：「你就忍着苦喝到百日，只要除了毒，你想咋样你要咋样就咋样，我一点为难你的坏心都没有。」嘉轩大为欢心，喝那苦咧咧的药汁如同喝着蜂蜜。百日尽头，嘉轩经过药物补缀，容光焕发，胡氏解除了心头禁讳也就扯去了裤带，俩人一样热烈一样贪婪一样不觉满足也不感困乏，直到把两页炕面的土坯弄塌，俩人又嘻嘻笑着挪一个地窝儿。

胡氏放开腰禁后的狂热持续了整整三个通宵，俩人都累坏了。第四天夜里再也折腾不起，相依相偎着进入睡梦。酣睡里一声尖叫把嘉轩惊吓得不知所措，清醒后发觉胡氏紧紧缠抱着自己，浑身哆嗦如同筛糠，大气也不敢出。他急忙点着油灯，看见胡氏的眼睛里满是狐疑惊恐之色，目光恍惚游移不定。问她怎么了，她嘴里支支吾吾，好半天才挤出一句：「有鬼！」说罢把头埋进被窝，更加用力死抱住嘉轩。嘉轩听罢，顿觉头皮发麻后脊发冷，浑身暴起一层冷森森的鸡皮疙瘩。他问：「鬼在哪达？」胡氏颤着声说：「我不敢说，越说越害怕。」嘉轩挣脱开胡氏的手，勾上裤子光着上身赤着脚跑出厦屋爬上楼去挖来半升豌豆，一把连着一把摔打起来，从顶棚打到墙角，从炕上打到地下，一把把豌豆密如雨下，刷刷刷

了，已经扫除了马号院子里的积雪，晒土场也清扫了，磨房门口的雪也扫得一干二净，说不定有人要来磨面的。只等嘉轩起来开了街门，他最后再进去扫除屋院里的雪。嘉轩已经起来了，开了街门，把前院后庭的积雪扫拢成几个雪堆，给鹿三招呼一声，让他用小推车把雪推出去，自己要出门来不及清除了。他没有给母亲之外的任何人透露此行是去请阴阳先生，免得又惹起口舌。村巷里的道路被一家一户自觉扫掉积雪接通了，村外牛车路上的雪和路两旁的麦田里的雪连成一片难以分辨。他拄着一根棍子，脚下嚓嚓嚓响着走向银白的田野。雪地里闪耀着绿色蓝色和红色的光带，眼前常常出现五彩缤纷的迷宫一样的琼楼仙阁。翻上一道土梁，他已经冒汗，解开裤带解手，热尿在厚厚的雪地上刺开一个豁豁牙牙的洞。这当儿，他漫无目的地瞧着原上的雪景，辨别着被大雪覆盖着的属于自己的麦田的垄畦，无意间看到一道慢坡地里有一坨湿土。整个原野里都是白得耀眼的雪被，那儿怎么坐不住雪？是谁在那儿撒过尿吧？筛子大的一坨湿土周围，未曾发现人的足迹或是野兽的蹄痕。他怀着好奇心走过去，裸露的褐黄的土地湿漉漉的，似乎有缕缕丝丝的热气蒸腾着。更奇怪的是地皮上匍匐着一株刺蓟的绿叶，中药谱里称为小蓟，可以止血败毒清火利尿。怪事！万木枯谢百草冻死遍山遍野也看不见一丝绿色的三九寒冬季节里，怎么会长出一株绿油油的小蓟来？他蹲下来用手挖刨湿土，猛然间出现了奇迹，土层里露出来一个粉白色的蘑菇似的叶片。他愈加小心地挖刨着泥土，又露出来同样颜色的叶片。再往深层挖，露出来一根嫩乎乎的同样粉白的秆儿，直到完全刨出来，那秆儿上缀着五片大小不一的叶片。他想连根拔起来却又转念一想，说不定这是什么宝物珍草，拔起来死了怎么办？失了药性就成废物了。他又小心翼翼地把湿土回填进去，把周围的积雪踢刮过来伪装现场，又蹲下来挣着屁股挤出一泡尿来，任何人都不会怀疑这儿的凌乱了。他用雪擦洗了手上的泥土，又回到原来的牛车路上。他当即转身朝回走去，踏着他来时踩下的雪路上的脚窝儿，缓两天再去找阴阳先生不迟。回到家里，母亲和鹿三都问他怎

么又回来了，他一概回答说路上雪太厚太滑爬不上那道慢坡去，他们都深信不疑。他回到自己的厦屋，从箱子里翻出一本绘图的石印本《秦地药草大全》来，这是一本家传珍宝，爷爷和父亲在山里收购药材那阵儿凭借此书辨别真伪。现在，他耐着心一页一页翻着又薄又脆的米黄色竹质纸页，一一鉴别对照，终于没有查到类似的药名。他心里猜断，不是怪物就是宝物。要是怪物贸然挖采可能招致祸端，要是宝物一时搞不清保存炮制的方法，拔了也就毁了。他想到冷先生肯定识货，可万一是宝物说不定进贡皇帝也未免难说，当即又否定了此举。他于焦急中想到姐夫朱先生，不禁一悦。

朱先生刚刚从南方讲学归来。杭州一位先生盛情邀约，言恳意切，仰慕他的独到见解，希望此次南行交流诸家沟通南北学界，顺便游玩观赏一番南国景致。他兴致极高，乘兴南去，想着自己自幼苦读，昼夜吟诵，孤守书案，终于使学界刮目相看，此行将充分阐释自己多年苦心孤诣凿研程朱的独到见解，以期弘扬关中学派的正宗思想。再者，他自幼至今尚未走出过秦地一步，确也想去风光宜人的南方游览一番，以博见识，以开眼界。然而此行却闹得不大愉快，乘兴而去扫兴而归。到南方后，同仁们先不提讲学之事，连续几天游山玩水，开始尚赏心悦目，三天未过便烦腻不振。所到之处，无非小桥流水，楼台亭阁，古刹名寺，看去大同小异。整日吃酒游玩的生活，使他多年来形成的早读午习的生活习惯完全被打乱，心里烦闷无着，又不便开口向友人提及讲学之事。几位聚会一起的南北才子学人很快厮混熟悉，礼仪客套随之自然减免，不恭和戏谑的玩笑滋生不穷，他们不约而同把开心的目标集中到他的服饰和口语上。他一身布衣，青衫青裤青袍黑鞋布袜，皆出自贤妻的双手，棉花自种自纺自织自裁自缝，从头到脚不见一根洋线一缕丝绸。妻子用面汤浆过再用棒槌捶打得硬邦邦的衣服使他们觉得式样古笨得可笑；秦地浑重的口语与南方轻俏的声调无异于异族语言，往往也被他们讪笑取乐。他渐渐不悦他们的轻浮。一天晚宴之后，他们领他进了一座烟花楼。当他意识到这是一个什么去处时怒不可遏，拂袖而去，对

邀他南行讲学的朋友大发雷霆：「为人师表，传道授业解惑。当今世风日下人心不古，吾等责无旁贷，本应著书立论，大声疾呼，以正世风。竟然是白日里游山玩水，饮酒作乐，夜间寻花问柳，梦死醉生……」朋友再三解释，说几位同仁本是好意，见他近日情绪不佳，恐他离家日久，思念眷属，于是才……朱先生不齿地说：「君子慎独。此乃学人修身之基本。表里不一，岂能正人正世。何来如此荒唐揣测？」当即断然决定，天明即起程北归，再不逗留。朋友再三挽留说，如果一次学也不讲就匆匆离去，于他的面子上实在难以支持。朱先生于是让步，讲了一回，语言又成为大的障碍，一些轻浮子弟窃窃讥笑他的发音而无心听讲。朱先生更加懊恼，慨然叹曰：南国多才子，南国没学问。他憋着一肚子败兴气儿回到关中，一气登上华山顶峰，那一口气才吁将出来，这才叫山哪！随即吟出一首《七绝》来：

踏破白云万千重
仰天池上水溶溶
横空大气排山去
砥柱人间是此峰

朱先生自幼聪灵过人，十六岁应县考得中秀才，二十二岁赴省试又以精妙的文辞中了头名文举人。次年正当赴京会考之际，父亲病逝，朱先生为父守灵尽孝不赴公车，按规定就要取消省试的举人资格。陕西巡抚方升厚爱其才更钦佩其孝道，奏明朝廷力主推荐，皇帝竟然破例批准了省试的结果。巡抚方升委以重任，不料朱先生婉言谢绝，公文往返六七次，仍坚

辞不就。直至巡抚亲自登门，朱先生说：「你视我如手足！可是你知道不知道？你害的是浑身麻痹的病症！充其量我这只手会摆或者这只脚会走也是枉然。如果我不做你的一只手或一只脚，而是为你求仙拜神乞求灵丹妙药，使你浑身自如起来，手和脚也都灵活起来。那么你是要我做你的一只手或一只脚，还是要我为你去求那一剂灵丹妙药呢？你肯定会选取后者，这样子的话你就明白了。」方巡抚再不勉强。朱先生随即住进白鹿书院。

白鹿书院坐落在县城西北方位的白鹿原原坡上，亦名四吕庵，历史悠远。宋朝年间，一位河南地方小吏调任关中，骑着骡子翻过秦岭到滋水县换乘轿子，一路流连滋水河川飘飘扬扬的柳絮和原坡上绿莹莹的麦苗，忽然看见一只雪白的小鹿凌空一跃又隐入绿色之中再不复现。小吏即唤轿夫停步，下轿注目许多时再也看不见白鹿的影子，急问轿夫对面的原叫什么原，轿夫说：「白鹿原。」小吏「哦」了一声就上轿走了。半月没过，小吏亲自来此买下了那块地皮，盖房修院，把家眷迁来定居，又为自己划定了墓穴的方位。小吏的独生儿子仍为小吏。小吏的四个孙子却齐摆摆成了四位进士，其中一位官至左丞相，与司马光文彦博齐名。四进士全都有各自的著述。四兄弟全部谢世后，皇帝钦定修祠以纪念其功德，修下了高矮粗细格式完全一样的四座砖塔，不分官职只循长幼而分列祠院大门两边，御笔亲题「四吕庵」匾额于门首。吕氏的一位后代在祠内讲学，挂起了「白鹿书院」的牌子。这个带着神话色彩的真实故事千百年来被白鹿原上一代一代人津津有味地传诵着咀嚼着。朱先生初来时院子里长满了荒草，蝙蝠在大梁上像蒜辫一样结串儿垂吊下来。朱先生用方巡抚批给他的甚为丰裕的银饷招来工匠彻底修缮了房屋，把一块由方巡抚书写的「白鹿书院」的匾牌架到原先挂着「四吕庵」的大门首上。那块御笔亲题的金匾已不知去向。大殿内不知什么朝代经什么人塑下了四位神像，朱先生令民工扒掉，民工畏怯不前，朱先生上前亲自动手推倒了，随口说：「不读圣贤书，只知点蜡烧香，怕是越磕头头越昏了！」

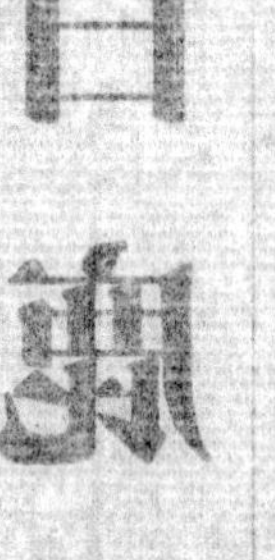

然而朱先生却被当作神正在白鹿原上下神秘而又热烈地传诵着。有一年麦子刚刚碾打完毕，家家户户都在碾压得光洁平整的打麦场上晾晒新麦，日头如火，万里无云，街巷里被人和牲畜踩踏起一层厚厚的细土，朱先生穿着泥屐在村巷里叮叮咣咣走了一遭，那些躲在树荫下看守粮食的庄稼人笑他发神经了，红红的日头又不下雨穿泥屐不是出洋相么？小孩子们尾随在朱先生屁股后头嘻嘻哈哈像看把戏一样。朱先生不恼不躁不答不辩回到家里就躺下午歇了，贤妻嗔笑他书越念越呆了，连个晴天雨天都分辨不清了。正当庄稼人悠然歇晌的当儿，骤然间刮起大风，潮过一层乌云，顷刻间白雨如注，打麦场上顿时一片汪洋，好多人家的麦子给洪水冲走了。人们过后才领悟出朱先生穿泥屐的哑谜，痛骂自己一个个愚笨如猪，连朱先生的好心好意都委屈了。

有天晚上，朱先生诵读至深夜走出窑洞去活动筋骨，仰面一瞅满天星河，不由脱口而出：「今年成豆。」说罢又回窑里苦读去了。不料回娘家来的姐姐此时正在茅房里听见了，第二天回到自家屋就讲给丈夫。夫妇当年收罢麦子，把所有的土地全部种上了五色杂豆。伏天里旷日持久的干旱旱死了包谷稻黍和谷子，耐旱的豆类却抗住了干旱而获得丰收。秋收后姐夫用毛驴驮来了各种豆子作酬谢，而且抱怨弟弟既然有这种本领，就应该把每年夏秋两季成什么庄稼败那样田禾的天象，告诉给自家的主要亲戚，让大家都发财。朱先生却不开口。事情由此传开，庄稼人每年就等着看朱先生家里往地里撒什么种子，然后就给自家地里也撒什么种子。然而像朱先生的姐姐那样得意的事再也没有出现过，朱家的庄稼和众人的庄稼一样遭灾，冷子打折了包谷，神虫吸干了麦粒儿，蝗虫把一切秋苗甚至树叶都啃光吃净了。但这并不等于说朱先生不是神，而是天机不可泄露，给自己的老子和亲戚也不能破了天机。后来以至发展到丢失衣物，集会上走丢小孩，都跑来找朱先生打筮问卜，他不说他们不走，哭哭啼啼诉说自己的灾难。朱先生就仔细询问孩子走丢的时间地点原因，然后作出判断，帮助

愚陋的庄稼人去寻找，许多回真的应验了。朱先生开办白鹿书院以后，为了排除越来越多的求神问卜者的干扰，于是就一个连一个推倒了四座神像泥胎，对那些吓得发痴发呆的工匠们说：「我不是神，我是人，我根本都不信神！」

白鹿书院开学之日，朱先生忙得不亦乐乎，却有一个青年农民汗流浃背跑进门来，说他的一头怀犊的黄牛放青跑得不知下落，询问朱先生该到何处去找。朱先生正准备开学大典，被来人纠缠住心里烦厌，然而他修养极深，为人谦和，仍然喜滋滋地说：「牛在南边方向。快跑！迟了就给人拉走了。」那青年农人听罢转身就跑，沿着一条窄窄的田间小道往南端直跑去，迎面有两个姑娘手拉着手在路上并肩而行，小伙子跑得气喘如牛摇摇晃晃来不及转身，正好从两个姑娘之间穿过去，撞开了她俩拉着的手。两位姑娘拉住他骂起来，附近地里正在锄麦子的人围过来，不由分说就打，说青年农民耍骚使坏。青年农民招架不住又辩白不清拔腿就跑，那些人又紧追不舍。青年农民情急无路，就从一个高坎上跳了下去，跌得眼冒金星，抬头一看，黄牛正在坎下的土壕里，腹下正有一只紫红皮毛的小牛犊撅着尻子在吮奶，老黄牛悠然舔着牛犊。他爬起来一把抓住牛缰绳，跳着脚扬着手对站在高坎上头那些追打他的庄稼人发疯似的喊：「哥们爷们，打得好啊，打得太好了！」随之把求朱先生寻牛的事述说一遍。那些哥们爷们纷纷从高坎上溜下来，再不论他在姑娘跟前耍骚的事了，更加详细地询问朱先生掐指占卜的细梢末节，大家都说真是活神仙啊！寻牛的青年农民手舞足蹈地说：「朱先生给我念下四句秘诀，『要得黄牛有，疾步朝南走；撞开姑娘手，老牛舔牛犊。』你看神不神哪！」这个神奇的传说自然很快传进嘉轩的耳朵，他在后来见到姐夫时问证其虚实，姐夫笑说：「哦，看来我不想成神也不由我了！」

嘉轩一贯尊重姐夫，但他却从来也没有像一般农人把朱先生当作知晓天机的神。他第一次看见姐夫时竟有点失望。早已名噪乡里的朱才子到家里来迎娶大姐碧玉时，他才得一睹姐夫的尊容和风采，那时他才刚刚穿上浑裆裤。才子的模样普普通

通，走路的姿势也普普通通，似乎与传说中那个神乎其神的神童才子无法统一起来。母亲在迎亲和送嫁的人走后问他：「你看你大姐夫咋样？」他拉下眼皮沮丧地说：「不咋样。」母亲期望从他的嘴里听到热烈赞美的话而没有得到满足，顺手就给了他一个抽脖子。

他开始敬重姐夫是在他读了书也渐渐懂事以后，但也始终无法推翻根深蒂固的第一印象。他敬重姐夫不是把他看作神，也不再看作是一个「不咋样」的凡夫俗子，而是断定那是一位圣人，而他自己不过是个凡人。圣人能看透凡人的隐情隐秘，凡人却看不透圣人的作为；凡人和圣人之间有一层永远无法沟通的天然界隔。圣人不屑于理会凡人争多嫌少的七事八事，凡人也难以遵从圣人的至理名言来过自己的日子。圣人的好多广为流传的口歌化的生活哲理，实际上只有圣人自己可以做得到，凡人是根本无法做到的。「房是招牌地是累，攒下银钱是催命鬼。」这是圣人姐夫的名言之一，乡间无论贫富的庄稼人都把这句俚语口歌当经念。当某一个财东被土匪抢劫了财宝又砍掉了脑袋的消息传开，所有听到这消息的男人和女人就会慨叹着吟诵出圣人的这句话来。人们用自家的亲身经历或是耳闻目睹的许多银钱催命的事例反复论证圣人的圣言，却没有一个人能真正身体力行。凡人们兴味十足甚至幸灾乐祸一番之后，很快就置自己刚刚说过的血淋淋的事例于脑后，又拼命去劳作去挣钱去迎接催命的鬼去了，在可能多买一亩土地再添一座房屋的机运到来的时候绝不错失良机。凡人们绝对信服圣人的圣言而又不真心实意实行，这并不是圣人的悲剧，而是凡人永远成不了圣人的缘故。

从白鹿村朝北走，有一条被牛车碾压得车辙深陷的官路直通到白鹿原北端的原边，下了原坡涉过滋水就离滋水县城很近了。白嘉轩从原顶抄一条斜插的小路走下去，远远就瞅见笼罩书院的青苍苍的柏树。白嘉轩踩着溜滑的积雪终于下到书院门口，仰头就看见门楼嵌板上雕刻着的白鹿和白鹤的图案，耳朵里又灌入悠长的诵读经书的声音。他进门后，目不斜视，

更不左顾右盼，而是端直穿过院庭，一直走到后院姐夫和姐姐的起居室来。姐姐正盘腿坐在炕上缝衣服，一边给弟弟沏茶，一边询问母亲的安宁。不用问，姐夫此刻正在讲学，他就坐着等着和姐姐聊家常。作为遐迩闻名的圣人姐夫朱先生的妻子的大姐也是一身布衣，没有绫罗绸缎着身。靛蓝色大襟衫，青布裤，小小脚上是系着带儿的家织布鞋袜，只是做工十分精细，那一颗颗布绾的纽扣和纽环，几乎看不出针线的扎脚儿。姐姐比在自家屋时白净了，也胖了点儿，不见臃肿，却更见端庄，眼里透着一种持重、一种温柔和一种严格恪守着什么的严峻。大姐嫁给朱先生以后，似乎也渐渐透出一股圣人的气色了，已经不是在家时给他梳头给他洗脸给他补缀着急了还骂他几句的那个大姐了。院里一阵杂沓的脚步声，嘉轩从门里望过去，一伙伙生员朝后院走来，一个个都显得老成持重顶天立地的神气，进入设在后院的餐室以后，院子里静下来。姐夫随后回来，打过招呼问过好之后，就和他一起坐下吃早饭。饭食很简单，红豆小米粥，掺着扁豆面的蒸馍颜色发灰，切细的萝卜丝里拌着几滴香油。吃罢以后，姐夫口中嘬进一撮干茶叶，咀嚼良久又吐掉了，用以消除萝卜的气味，免得授课或与人谈话时喷出异味来。姐夫把他领到前院的书房去说话。

五间大殿，四根明柱，涂成红色，从上到下，油光锃亮。整个殿堂里摆着一排排书架，架上搁满一摞摞书，进入后就嗅到一股清幽的书纸的气息。西边隔开形成套间，挂着厚厚的白色土布门帘，靠窗置一张宽大的书案，一只精雕细刻的玉石笔筒，一只玉石笔架和一双玉石镇纸，都是姐夫的心爱之物。滋水县以出产美玉而闻名古今，相传秦始皇的玉玺就取自这里的玉石。除了这些再不见任何摆设，不见一本书也不见一张纸，整个四面墙壁上，也不见一幅水墨画或一帧条幅，只在西山墙上贴着一张用毛笔勾画的本县地图。嘉轩每次来都禁不住想，那些字画条幅挂满墙壁的文人学士，其实多数可能都是附庸风雅的草包；像姐夫这样真有学问的人，其实才不显山露水，只是装在自己肚子里，更不必挂到墙上去唬人。两人坐

在桌子两边的直背椅子上，中间是一个木炭火盆，炭火在静静地燃烧，无烟无焰，烧过留下的一层白色的炭灰，仍然明晰地显露着木炭本来的木质纹路，看不见烟火却感到了温暖。姐夫一边添加炭棒，一边支起一个三角支架烧水沏茶。他就把怎样去请阴阳先生，怎么在雪地里撒尿，怎么发现那一坨无雪的慢坡地，怎么挖出怪物，以及拉屎伪造现场的过程详尽述说了一遍，然后问：「你听说过这号事没有？」姐夫朱先生静静地听完，眼里露出惊异的神光，不回答他的话，取来一张纸摊开在桌上，又把一支毛笔交给嘉轩说：「你画一画你见到的那个白色怪物的形状。」嘉轩捏着笔在墨盒里膏顺了笔尖，有点笨拙却是十分认真地画起来，画了五片叶子，又画了秆儿把叶子连结起来，最终还是不无遗憾地憨笑着把笔交给姐夫：「我不会画画儿。」朱先生拎起纸来看着，像是揣摩一幅八卦图，忽然嘴一嘬神秘地说：「小弟，你再看看你画的是什么？」嘉轩接过纸来重新审视一番，仍然憨憨地说：「基本上就是我挖出来的那个怪物的样子。」姐夫笑了，接过纸来对嘉轩说：「你画的是一只鹿啊！」嘉轩听了就惊诧得说不出话来，越看自己刚才画下的笨拙的图画越像是一只白鹿。

很古很古的时候（传说似乎都不注重年代的准确性），这原上出现过一只白色的鹿，白毛白腿白蹄，那鹿角更是莹亮剔透的白。白鹿跳跳蹦蹦像跑着又像飘着从东原向西原跑去，倏忽之间就消失了。庄稼汉们猛然发现白鹿飘过以后麦苗忽地蹿高了，黄不拉唧的弱苗子变成黑油油的绿苗子，整个原上和河川里全是一色绿的麦苗。白鹿跑过以后，有人在田坎间发现了僵死的狼，奄奄一息的狐狸，阴沟湿地里死成一堆的癞蛤蟆，一切毒虫害兽全都悄然毙命了。更使人惊奇不已的是，有人突然发现瘫痪在炕的老娘正潇洒地捉着擀杖在案上擀面片，半世瞎眼的老汉睁着光亮亮的眼睛端着筛子拣取麦子里混杂的沙粒，秃子老二的痴痢头上长出了黑乌乌的头发，歪嘴斜眼的丑女儿变得鲜若桃花……这就是白鹿原。

嘉轩刚刚能听懂大人们不太复杂的说话内容时，就听奶奶母亲父亲和村里的许多人无数次地重复讲过白鹿神奇的传说，每

个人讲的都有细小的差异，然而白鹿的出现却是不容置疑的。人们一代一代津津有味地重复咀嚼着这个白鹿，尤其在战乱灾荒瘟疫和饥馑带来不堪忍受的痛苦里渴盼白鹿能神奇地再次出现，而结果自然是永远也没有发生过，然而人们仍然继续兴味十足地咀嚼着。那确是一个耐得咀嚼的故事。一只雪白的神鹿，柔若无骨，欢欢蹦蹦，舞之蹈之，从南山飘逸而出，在开阔的原野上恣意嬉戏。所过之处，万木繁荣，禾苗茁壮，五谷丰登，六畜兴旺，疫疠廓清，毒虫灭绝，万家乐康，那是怎样美妙的太平盛世。这样的白鹿一旦在人刚能解知人言的时候进入心间，便永远也无法忘记。嘉轩现在捏着自己刚刚画下那只白鹿的纸，脑子里已经奔跃着一只活泼的白色神鹿了。他更加确信自己是凡人而姐夫是圣人的观点。他亲眼看见了雪地下的奇异的怪物亲手画出了它的形状，却怎么也判断不出那是一只白鹿。圣人姐夫一眼便看出了白鹿的形状，「你画的是一只鹿啊！」一句话点破了凡人眼前的那一张蒙脸纸，豁然朗然了。凡人与圣人的差别就在眼前的那一张纸，凡人投胎转世都带着前世死去时蒙在脸上的蒙脸纸，只有圣人是被天神揭去了那张纸投胎的。凡人永远也看不透眼前一步的世事，而圣人对纷纭的世事洞若观火。凡人只有在圣人揭开蒙脸纸点化时才恍悟一回，之后那纸又浑全了又变得黑瞎糊涂了。圣人姐夫说过「那是一只鹿啊」之后，就不再说多余的一句话了，而且低头避脸。嘉轩明白这是圣人在下逐客令了，就告辞回家。

一路上脑子里都浮动着那只白鹿。白鹿已经溶进白鹿原，千百年后的今天化作一只精灵显现了，而且是有意把这个吉兆显现给他白嘉轩的。如果不是死过六房女人，他就不会急迫地去找阴阳先生来观穴位；正当他要找阴阳先生的时候，偏偏就在夜里落下一场罕见的大雪；在这样铺天盖地的雪封门坎的天气里，除了死人报丧谁还会出门呢？这一切都是冥冥之中的神灵给他白嘉轩的精确绝妙的安排。再说，如果他像往常一样清早起来在后院的茅厕里撒尿，而不是一直把那泡尿憋到土

岗上去撒，那么他就只会留心脚下的跌滑而注定不敢东张西望了，自然也就不会发现几十步远的慢坡下融过雪的那一坨湿漉漉的土地了。如果不是这样，他永远也不会涉足那一坨慢坡下的土地，那是人家鹿子霖家的土地。他一路思索，既然神灵把白鹿的吉兆显示给我白嘉轩，而不是显示给那块土地的主家鹿子霖，那么就可以按照神灵救助白家的旨意办事了。如何把鹿子霖的那块慢坡地买到手，倒是得花一点心计。要做到万无一失而且不露蛛丝马迹，就得把前后左右的一切都谋算得十分精当。办法都是人谋划出来的，关键是要沉得住气，不能急急慌慌草率从事。一当把万全之策谋划出来，白嘉轩实施起来是迅猛而又果敢的。

第三章

吃罢晚饭，白嘉轩走进白鹿镇的中医堂，摆出的面孔和他的心境正好相反。他心里燃烧着炽烈的进取的欲火，脸孔上摆出的却是可怜兮兮的无奈，疲惫憔悴的神色令人望之顿生怜悯。他声音沉重凄楚地向冷先生述说家父暴亡妻子短命家道不济这些人人皆知的祸事，哀叹自己几乎是穷途末路了，命里注定祖先的家业要破落在他的手里了。这真是天灭白家，不可扭转。他走到这一步路已走绝，下一步是崖是井也得往下跳，只好卖掉祖宗的心头肉——河川里那二亩水地。把白鹿村挨家挨户捋码一遍，有力量一次买走这二亩水地的除非鹿子霖再数不出第二家来。希求冷先生老兄看在与先父交情甚笃的情分上，能出面与鹿家交涉，居中调节。说到此时潸然泪下，变卖祖先业产是不肖子孙啊！白嘉轩将在白鹿村以至白鹿原上十里八村的村民中落下败家子的可耻名声。冷先生听完冷冷地问：「你再想想不卖地行不行？」白嘉轩就更进一步数落起来，前头六个女人已经花光了父亲几十年来节俭积攒的银钱，而且连着卖掉了两匹骡子。槽头现有的红马和黄牛即使全拉到集上卖了，也不够订一个媳妇的聘礼，他现在订一个女人比先前订五个女人花的钱都多，再说卖了牲畜怎么种地？他翻来覆去想过无数次，只有卖地一条路可循。冷先生的面孔似有所动：「你只管托人做媒订亲娶妻，钱不够了从我这儿拿。地是不能卖。你卖二亩水地容易，再置二亩水地就难了。眼看着你卖地还要我做中人，我死了无颜去见秉德大叔呀！」嘉

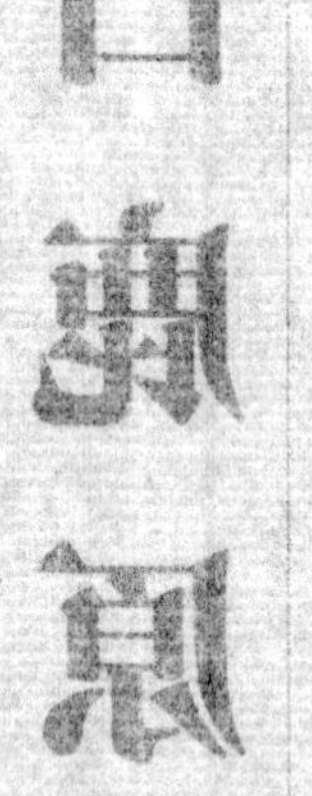

轩似乎更加伤情，默然不语。

冷先生的父亲老冷先生在白鹿镇开辟这个中药铺面坐堂就诊时，得助于嘉轩的爷爷的鼎力支持，要不然一个南原山根的外乡人就很难在白鹿镇扎住脚。嘉轩的爷爷用驮骡从山里运出中药材，老冷先生需要什么就卸下什么，从中药材的交易发展成相互之间的义气相交，传到冷先生和嘉轩的父亲秉德这时候，已经成为莫逆之交了。

冷先生的义气相助，使嘉轩深受感动又心生埋怨。白嘉轩谋的是鹿家的那块风水宝地，用的是先退后进的韬略；深重义气的冷大哥尚不知底里，又不便道明。他仍然委婉地说：「先生哥，借下总是要还的。按我目下的家景运气，你敢给我我还不敢拿哩！万一娶下女人再有个三长两短咋办呢？我爸在世时不止一百回给我说过，咱两家是义交而不是利交，义交才能世交。万一我穷败破产还不了账咋办？我无论如何也不能……」嘉轩诚恳的话把义气的冷先生说得改变初衷，唉叹一声终于答应了去找鹿子霖串说，又郑重声明仅此一回，以后要是再卖家业就不要来找他，他不忍心经办这号伤心的事。

这件事冷先生根本不用预测就可以料到结局。河川地是一年两季收成的金盆盆，鹿家近几年运道昌顺，早就谋划着扩大地产却苦于不能如愿，那些被厄运击倒的人宁可拉枣棍子出门讨饭也不卖地，偶尔有忍痛割爱卖地的大都是出卖原坡旱地，实在有拉不开栓的人咬牙卖掉水地，也不过是三分八厘，意思不大。冷先生出于礼仪的考虑，亲自走进了鹿家的院子。鹿子霖的父亲鹿泰恒一听白家要卖二亩水地，还以为自己的耳朵出了毛病，愣着神瞅着冷先生的冷面孔，才确信此人说话无诈无欺，脑袋一扬却说：「秉德兄弟虽不在世了，我咋能去置他的地哩！嘉轩侄儿这几年运气不顺，实在不行了来给我说一声。你给嘉轩把我的话捎过去，钱呀粮食呀要是急着用，从我这儿拿，地是千万不敢卖。」鹿泰恒完全是一位善良而又义气的长辈的亲柔心怀。冷先生就再三解释嘉轩卖地的动因，而且用自己要借钱给嘉轩的事来作证。鹿泰恒仍然是凛然不

为所动的神色：「嘉轩侄子即当真心卖地，我也不能买。咋哩？让人说我乘人危难拾掇合茬便宜哩！我怎么对得住走了的秉德兄弟哩！嘉轩侄儿要卖水地我挡不住，可我不能买，让他卖给旁人去。」冷先生笑着说：「好我的大叔哩！白鹿村小家小户谁能一次置起二亩水地？你心里甭含糊，其实你买下这地是给侄儿嘉轩解危救急哩！你就不要再顾虑什么了。」到此，鹿泰恒心里完全踏实下来，初听到这个喜讯时的惊喜已经变成可靠无误的真实，他的心情随之也就平缓下来。经过这一番交谈，既排除了乘人危难掠夺家产的坏名声，又考实了嘉轩卖地属于真实而不会中途变卦，至于说让旁人去买的话那是料就白鹿村论实力非他莫属。鹿泰恒做出莫可奈何的口吻说：「既是这样说，那就那么办算啦！这事嘛，你下来跟子霖去交涉好了，他和嘉轩是平辈弟兄，话好说事也好办，我一个长辈怎么和娃娃说这号话办这号事哩！再说子霖也成人了，这是给他置地哩……」

冷先生指派药铺的伙计王相，到镇上的饭铺定下八个菜，又提来一瓶烧酒。他坐在上位，让白鹿两家的主事者各坐一侧，方桌剩下的一边坐的是老秀才鹿泰和。冷先生向来言简意赅，不见寒暄就率先举起酒盅与三位碰过一饮而尽，然后直奔主题：「事情不必再说，现在只说怎么弄，有话明说，过后不说。」一切都按着各人预定的轨道推进，没有差错。嘉轩摆出的自然是败家子羞愧的面孔，呷下一盅酒后，开口说：「踢卖先人业产，愧无脸面见人，咋敢争多论少？先生哥处事公正，你说怎么弄就怎么弄，我绝无二话。」鹿子霖早已领得父教，严谨地把握着自己的情绪，把买地者的得意与激动彻底隐藏，表现出对于白家兄弟不幸遭遇的同情与体悯，慷慨地说：「先生哥你就看着办吧！既然俺们兄弟俩信得下你，谁日后再说二话还算人吗？你说咋弄就咋弄。」冷先生连着喝下几杯酒，冷冷的面孔开始红润活泛起来，更见一副耿直不阿的风采：「话怕明说。你们两家是白鹿村的大家户，二位令尊与家父都是义交。我虽无意偏袒任何一方，但话说回来，再准

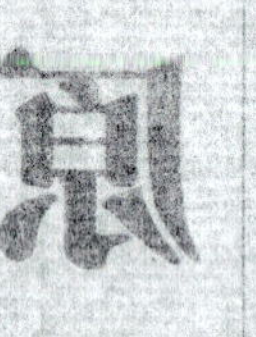

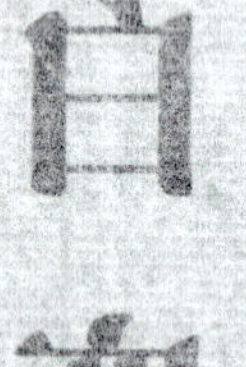

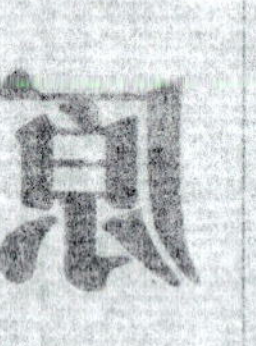

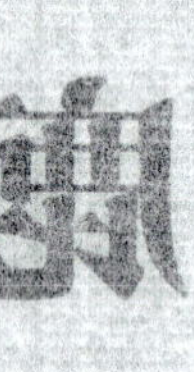

的尺子也都量不准布，还要二位贤弟宽谅。」说罢眼光锐利地瞅一瞅鹿子霖，鹿子霖以同样坚定的眼光做了回答。冷先生再转过头瞅着白嘉轩，白嘉轩却一把捂住腮帮，似乎要哭出来，低下头去。冷先生紧紧追问：「嘉轩似有反悔之意？如是，现在还来得及。人说泼出去的水推倒了的墙——难收难扶。现在水还没泼墙还没倒，你说了不迟。」嘉轩抬起头来，头上竟沁出一层细汗，说：「反悔倒不反悔，只是畏怯子孙的愤怨和乡党的耻笑。」随之吞吞吐吐说出换地的想法来：二亩水地还是卖给鹿子霖，鹿家原坡上那二亩慢坡地转到白家，好地换劣地的差价，由鹿家付给白家。嘉轩说出这个方案后忽地站起，手抚胸膛红着脸说：「全是为了顾一张面子呀！还望先生哥和子霖兄弟宽容。」此话一出，毕竟是节外生枝，冷先生不大高兴地说：「既有这话，你该早说，我也好与买方早早说透。不过现在说了也好……」说完就瞅一眼鹿子霖。鹿子霖原以为嘉轩事到临头要反悔要变卦了，单怕到手的二亩水地又黄了，听明白了是换地，就作出豁达的气魄说：「这倒好！只要于嘉轩兄面子上好看，就那么办。」冷先生自己当然对两厢情愿的事不再有什么话说，只是这突然的变故打乱了他事先与两方交换过的关于地价的估计，随机应变的办法很快也就形成。「既然如此小有变故，这事也不难办。」冷先生说，「嘉轩的水地是天字号地，子霖的慢坡地是人字号地，天字号地和人字号地的价码，按朝廷征粮的数目就可以兑换出来。如果二位同意这个弄法儿，事情就简单不过了。」无论白嘉轩或是鹿子霖，最熟悉的可能不是自己的手掌而是他们的土地。他们谁也搞不清自哪朝的哪一位皇帝开始，对白鹿原的土地按「天时地利人和」划分为六个等级，按照不同的等级征收缴纳皇粮的数字；他们对自家每块土地所属的等级以及交纳皇粮的数目，清楚熟悉准确无误绝不亚于熟悉自己的手掌。土地的等级是官府县衙测定的，征缴皇粮的数字也是官家钦定的，无厚此薄彼之嫌，自然天公地道，俩人都接受了。冷先生取来算盘，推给老秀才说：「你给兑换算计一下。」老秀才噼里啪啦拨动着算盘上的珠子，连拨两遍，一亩天字号

地大体可以折合四亩人字号地。这样就推算出鹿子霖应该净给白嘉轩的银两，如果按市价折合成粮食或棉花该是多少石多少捆。冷先生就歪过头对老秀才说：「现在该你忙活了。」老秀才这时接过药铺伙计王相送来的砚台，开始研墨。他被请来的职责很单纯，那就是双方把话说倒以后写买卖土地的契约。

鹿子霖看着老秀才不慌不忙研墨的动作，心里竟是抑制不住的激动。只要能把白家那二亩水地买到手，用十亩山坡地作兑换条件也值当。河川地一年两季，收了麦子种包谷，包谷收了种麦子，种棉花更是上好的土地；原坡旱地一季夏粮也难得保收。再说河川地势平坦，送粪收割都省力省事，牛车一套粪送到地里了。他家在河川有近二十亩水地，全是一亩半亩零星买下来的，分布在河川的各个角落。最大的一块不过二亩七分，打了一口井，两季保种保收。其余都是亩儿八分的窄小地块，打井划不来，不打井又旱很少收成。嘉轩这二亩水地正好与自家的那块一亩三分地相毗邻，合在一块就是三亩三分大的一个整块了，整个河川里也算得头一块大地块了。春闲时节就可以动手打井，麦收后如遇天旱，就可以套上骡子车水浇地不失时机地播种了。他眯着眼装作瞅着老秀才写字，心里已经有一架骡子拽着的木斗水车在嘎吱嘎吱唱着歌了。

白嘉轩双手抱成一个合拳压在桌子上，避眼不看老秀才手中的毛笔，紧紧锁着眉头瞅着那个密密麻麻标着药名的中药柜子，似乎心情沉痛极了。其实他的心里也是一片翻滚的波澜，那块蕴藏着白鹿精灵的风水宝地已经属于他了，只等片刻之后老秀才写完就可以签名了，世界上再没有第二个人知道此项买卖土地当中的秘密。

老秀才写好契约，冷先生先接到手看了一遍，又交给买卖双方的主人都看了一遍。冷先生把笔交给嘉轩，嘉轩捏着毛笔稍停了一下，似乎下了狠心才写上了自己的名字。鹿子霖接过笔很轻松地划拉了一阵。冷先生最后在中人款格下写上了自己的名字，落尾才由老秀才签名。冷先生取来印泥盒子，四个人先后用食指蘸了红色印泥，然后一齐往契约上按下去。一式

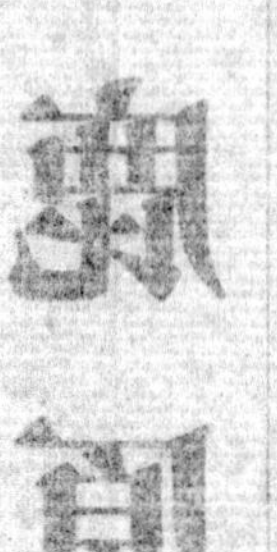

两份，买方和卖方各据一份。冷先生给每人盅里斟上酒，一齐饮了。

这桩卖地或者说换地的交易完毕后的第二天早饭时，白嘉轩才把这事告知母亲。不等嘉轩说完，白赵氏扬手抽了他一个耳光，手腕上沉重的纯银镯子把嘉轩的牙床硌破了，顿时满嘴流血，无法分辩。鹿三扔下筷子，舀来一瓢凉水，让嘉轩漱口涮牙。白赵氏来到冷先生的中药铺，一进门刚吐出「那地……」两字就跌倒在地，不省人事。冷先生松开正在给一位农妇号脉的手，从皮夹里抽出一根细针，扎入白赵氏人中穴，白赵氏才「哇」的一声哭叫出来。冷先生这时才得知嘉轩根本没有同母亲商量，但木已成舟水已泼地墙已推倒，只能劝慰白赵氏，年轻人初出茅庐想事单纯该当原谅，多长几岁多经一些世事以后办事就会周到细密了。白赵氏的心病不是那二亩水地能不能卖，而是这样重大的事情儿子居然敢于自作主张瞒着她就做了，自然是根本不把她当人了。想到秉德老汉死没几年儿子就把她不当人，白赵氏简直都要气死了。白鹿村闲话骤起，说白嘉轩急着讨婆娘卖掉了天字号水地，竟然不敢给老娘说清道明，熬光棍熬得受不住了云云。鹿家父子心里庆幸，娘儿俩闹得好！闹得整个白鹿原的人都知道白家把天字号水地卖给鹿家那就更好了。白嘉轩抚着已经肿胀起来的腮帮，并不生老娘的气。除了姐夫朱先生，白鹿精灵的隐秘再不扩大给任何人，当然也包括打得他牙齿出血腮帮肿胀的母亲。母亲在家里以至到白鹿镇中药铺找冷先生闹一下其实不无好处，鹿家将会更加信以为真而不会猜疑是否有诈。

遵照契约上双方拟定的协议，收罢麦子摞地，当年的夏粮由老主人收割，算是各人在自家原有土地上的最后一次收获，秋庄稼就要易地易主去播种了。鹿家父子扛着镢头铁锨踏进新买的二亩水地时，天色微明，知更鸟在树梢上空吵成一片，在这块已经属于自己的土地上，要做的第一件事就是挖掉白家的界石。为了这件不同寻常的事，父子俩亲自来干了，却把长工刘谋儿指派干其他活儿去了。父亲用脚指着地头一坨地皮说：「照这儿挖。」儿子只挖了一镢就听到铁石撞击的刺耳的

响声，界石所在的方位竟然一丝一毫都无差错。那块刻有东西南北小字的青石界石湿漉漉地晾到熹微的晨光里，底下垫着的石灰和木炭屑末依然黑白分明。鹿子霖瞅着刚刚挖出的界石问：「爸，你记不记得这界石啥时候栽下的？」鹿泰恒不假思索说：「我问过你爷，你爷也说不上来。」鹿子霖就不再问，这无疑是几代人也未变动过的祖业。现在变了，而且是由他出面涉办的事。鹿泰恒背抄着结实的双手，用脚踢着那块界石，一直把它推到地头的小路边上。沿着界石从南至北有一条永久性的庄严无犯的垄梁，长满野艾、马鞭草、菅草、薄荷、三棱子草、节儿草以及旱长虫草等杂草。垄梁两边土地的主人都不容它们长到自家地里，更容不得它们被铲除，几代人以来它们就一直像今天这样生长着。比之河川里诸多地界垄梁上发生的吵骂和斗殴，这条地界垄梁两边的主人堪称楷模。鹿家父子已经动手挖刨这道垄梁，挖出来的竟然是一团一团盘结在一起的各种杂草的黄的黑的褐的红的草根，再把那些草根在镢头上摔摔打打抖掉泥土，扔到亮闪闪的麦茬子上，只需一天就可以晒得填到灶下当柴烧了。这条坚守着延续着几代人生命的垄梁，在鹿家父子的镢头铁锨下正一尺一尺地消失，到后晌套上骡子用犁铧耕过，这条垄梁就荡然无存了，自家原有的一亩三分地和新买的白家的二亩地就完全和谐地归并成一块。儿子鹿子霖说：「后晌先种这地的包谷。」父亲鹿泰恒说：「种！」儿子说：「种完了秋田以后就给这块地头打井。」父亲说：「打！」儿子说他已经约定了几个打井的人，而且割制木斗水车的木匠也已打过招呼，这两项大事同时进行，待井打好了就可以安装水车。父亲说：「这样干给工匠管饭省事。」日头已经射出灼人的光焰，该当回家吃早饭了。儿子突然问：「听说嘉轩准备给他爸迁坟哩？」父亲冷漠地说：「越折腾越糟！爱迁就迁，爱折腾就折腾去！」

原坡地上的麦子开始泛出一层亮色的一天夜里落了一场透雨。邻近天明时白嘉轩醒来，放声痛哭。哭声惊动了母亲。他说

他梦见父亲了。搞不清父亲怎么弄得满身满脸都是泥水，浑身衣服湿漉漉往地上滴水，不住地打着冷颤。搞不清脚下怎么会有一个泥水聚积的深潭，父亲似乎就是从水潭里爬上来的，腿脚一哆嗦又跌下潭里，他怎么拽也拽不上来，眼看着父亲沉下去了，只露两只大手在水上摇。他大呼救命，越急越呼叫不出，急得大哭，突然惊醒了。母亲听罢，并不惊奇，只说了一句就回自己屋去了：「你到你爸坟上去看看。」

天明了，白嘉轩叫上长工鹿三扛着锨，踩着泥泞朝坟地走去。他围着父亲的坟堆查看了一番，发现了一个可能进水的洞穴，夜里落大雨时流水进入坟墓了。他向鹿三说了那个噩梦，鹿三连连称奇。他们用锨扎断了洞穴，堵死了水路，培高了土堆。嘉轩说：「墓道里进了水，父亲的仙骨被浸泡了，得迁坟。」

麦子收碾一毕，白嘉轩请来了阴阳先生，走遍了白家分布在原上的七八块旱地，选择新的基地。令人惊佩的是，他没有向阴阳先生作任何暗示，阴阳先生的罗盘却惊奇地定在了那块用二亩水地换来的鹿家的慢坡地上，而且坟墓的具体方位正与他发现白鹿精灵的地点相吻合。阴阳先生说：「头枕南山，足登北岭；四面环坡，皆缓坡慢道，呈优柔舒展之气；坡势走向所指，津脉尽会于此地矣！」白嘉轩听了，心中更加踏实，晌午炒了八个菜，犒劳阴阳先生。他把阴阳先生的话一字不漏地沉在心底，逢人问起却摆出无可奈何的样子说：「嗐！跑遍了七八块地，没一块有脉气的，只是这慢坡地离村子近点，地势缓点，凑合着扎坟吧！」

新的墓穴称不得豪华，只是用青砖箍砌了墓室和暗庭。这期间鹿子霖已经完成了打井的壮举。新割制的木斗水车也已安装调试完毕，崭新的白光光的木头架子在伏天的艳阳里格外耀眼，骡子拉着木轮水车踏着欢快的步子，哗哗的水声听来再悦耳不过了。鹿子霖又挖来四棵柳树埋在水井的四个角上，树大之后就能遮住从三个方向射下的阳光，人和牲畜就可以不受

暴晒之苦了。

白嘉轩在动手挖掘老坟的那一天，不分门户远近请来了白鹿村每一户的家长前来参加这个隆重的迁坟仪式。吹鼓手从老坟吹唱到新坟。三官庙的和尚被请来做了道场。鹿子霖和他父亲都被请来参加了被他们父子看作的瞎折腾。晚上回到家，鹿子霖又忍不住问父亲：「是不是瞎折腾？」并且说出自己的疑心：挖掘老墓时，他一直留心观察，墓室和墓道根本不见进水的痕迹，白嘉轩说他爸托梦要他迁坟，很可能是编造出来的一个幌子，这就不能不使人怀疑白嘉轩以好地换劣地的真实动机，是不是与阴阳先生取得默契之后玩了一个圈套？鹿泰恒心里赞赏儿子的分析，嘴上却仍然坚持自己的看法「是瞎折腾」。他随之告诉儿子鹿子霖说：「你爷去世时我请来了老阴阳先生，看过那块慢坡地，说是从四面坡势走向看，形同涝池，难得伸展。现在这个阴阳先生比起他爸老阴阳来，充其量只够个『二眯儿』……」

白嘉轩把亡父的尸骨安置于风水宝地让白鹿精灵去滋润，然后就背着褡裢进山去了。盘龙镇中药材收购店掌柜吴长贵接待了他，像侍奉驾临的皇帝一样殷勤周到无微不至。俩人盘腿坐在终年也不熄火的热炕上，炕上铺着地道的榆林手工毛毯，小炕桌上摆满了热腾腾的菜，全是山地特产珍品。一盘透着一股烟味的熏野猪肉，一盘清蒸锦鸡，一盘红烧娃娃鱼，一盘费尽周折买来的熊掌，还有一盘猴头，白银耳黑木耳百合黄花等山地普通菜自然也不少。嘉轩心境很好，有意放纵自己多贪了几杯，酒酣微醉，叙说近几年来遭的凶事厄运，随之就直接说出了此行的目的。现在要在白鹿原上下找一个女人是很困难了，而且无法接受高出十倍十几倍的要价。他说：「吴叔，这事拜托您了。」吴掌柜不假思索满口应承：「这不难。回去时你就把人引上。」

好多年前，嘉轩的爷爷领着嘉轩的父亲，在盘龙镇经营这个中药材收购店的时候，吴长贵只是一个经常前来出售药材的普通山民。引起他的命运开始发生转折的机缘，实际是一次不经意发生的差错。他交售了一大捆珍贵的黄芪以后，却发现多付了他钱，于是又背着背篓走回店铺对白嘉轩的父亲说：「白掌柜，您把账算错了，这是多付给我的钱！」说完把一摞铜元码到柜台上就走了。不料老掌柜在后边叫住他，把他叫进中药铺店里头去。此后他就成为这个铺店的伙计了。他认识秦岭山地生长的所有药材，他很快学会了对各种零散药材的粗加工手艺，继之又学会了打算盘和写字记账。他聪明的天资和诚实温厚的品性证明了白家父子辨识人的眼力功夫，因此他深得白家父子的信赖。促成他的命运发生重大转折的机缘，却是白家连续遭受的天灾和人祸。主持家事的老二白秉义在白鹿原发生的骚乱中被点了天灯，白掌柜赶回家去的途中又遭匪劫，不久就去世了，老大白秉德只好回白鹿原主持家政，盘龙镇中药材收购店就交给吴长贵料理，说定每年交多少银子，其余的盈利全归吴长贵。从此，吴长贵再不是那个背着背篓来交售药材的脏兮兮的山民了，却很快成了盘龙镇四大富户中的一员。秉德老汉不幸暴死，他从山里赶来参加葬礼，趴在棺材上哭得比亲生儿子嘉轩似乎还厉害。他给秉德老汉挂了一杆十丈长的白绸蟒纸，飘飘摇摇像一条活蟒自天而降，令白鹿原上的穷人和富人震惊不已。人们见惯了用白纸和苇秆剪扎的蟒纸，尚未见过谁肯破费用白绸作蟒纸来吊唁祭奠死者，吴长贵真算得知恩知报的义气君子了。

吴长贵已经喝得满面煞白，虚汗如注，他一只手捏着酒盅，另一只手抓着条布巾。凭着这条布巾，他在盘龙镇从东头到西头挨家挨户喝过去从来还没有出过丑。他对白嘉轩说：「你把五女引走吧！」嘉轩也是绝无仅有的一次纵酒。他虽远远不是吴长贵的对手，而实际灌进的数量也令人咋舌。他的语言早已狂放，与在冷先生中医堂里和鹿子霖换地时羞愧畏怯可怜兮兮的样子判若两人。他大声说：「吴大叔那可万万使不得！我命硬克妻，我不忍心五女妹妹有个三长两短。你给我在山里随便买一个，只要能给我白家传宗接代就行了……」吴长贵说：「咱们现在只顾畅饮，婚事到明天再说。」

直到第二天晌午，白嘉轩才醒过酒来，昨晚的事已经毫无记忆。吴长贵这时才郑重其事地提出把五姑娘许给他。白嘉轩摇摇头，一再重复着与昨晚酒醉时同样的反对理由。吴长贵更加诚恳地说，他原先就想把三女儿许给他，只是想到山外人礼仪多家法严，一般大家户不娶山里女人，也就一直不好开口。既然嘉轩此次专程到山里来结亲，他原有的顾虑就消除了。吴长贵说：「只要你不弹嫌山里人浅陋……」白嘉轩再也无力拒绝了。吴长贵有二子五女，个个女子都长得细皮嫩肉，秀眉重眼，无可弹嫌。当下，白嘉轩站起打躬作揖，俩人的关系顷刻间发生了最重要的变化。

白嘉轩回到白鹿村，立即筹备结婚的大事。吴长贵用骡子驮着女儿和嫁妆赶前一天夜里进了白鹿镇，暂时住在冷先生的中医堂，冷先生被聘为媒人。结婚这天，白嘉轩跟着轿子到冷先生的中医堂迎娶了新娘，一切顺利。

这是第七个新婚之夜。嘉轩看着五女感到一阵尴尬和窘迫，这是他娶过的七个女人之中唯一在婚前见过面的一个。岂止见过面，而且熟悉如同姊妹。他每年都在农闲时光去山里一次两次，多在酷暑难耐的三伏，他一来为了照看中药材收购的生意，二来是到山里避一避暑热；吃住在吴大叔家里，与五女四女三女二女大女以及两个小弟情同兄弟姊妹，从来也不戒忌什么。现在骤然间面对一对闪闪发亮的红蜡烛，反倒拘束和不好意思了。仙草——五女的名字——已经耐不住山外伏天的酷热，从容不迫地脱去长袖衣裤，光洁细腻的胳膊和双腿裸露在他的面前，娇美的后腰里系着三个小棒槌，叽里当啷摇晃。嘉轩装作好奇去摸那小棒槌以排遣其窘迫。仙草转过身来，小腹的裤腰上也系着同样大小的三个棒槌。他问：「仙草，你带这小棒槌做啥？」仙草毫不避讳地说：「打鬼！」

白嘉轩猛地一颤，就呆若木鸡了。那棒槌肯定是用桃木旋下的了。桃木辟邪，鬼怕桃木橛儿。六个桃木棒槌对付六个从这

个炕上抬出去的尚不甘心的鬼，可见仙草事先是做了充分准备的。他心头刚刚潮起的那种欲火又顿然熄灭了。仙草却不理会他，带着叽里当啷摇晃着的小棒槌躺下了，用一条花格单子搭在身上。他也心灰意冷地躺下来。那温馨的气息像玫瑰花香一样沁人心脾，心里的灰冷渐渐被逐出，又潮起一种难以抑制的焦渴。他鼓起勇气伸手把她揽进怀里，抚摸她的脖颈、丰腴的肩膀和最富诱惑的胸脯。她默默地接受了，没有惊慌也不反抗。她在他的怀里微微颤抖着身子，出气声变得急促起来。他受到鼓舞，就把手往腹部伸去，却触到了一只倒霉的小棒槌，心里又泛起一缕阴冷之气。她抓住了他的手告诉他，出嫁前，母亲备下酒席请来一位驱鬼除邪的法官，法官把六个小桃木棒槌留下就走了。她说：「法官说，戴过百日再解裤带。」白嘉轩一听就不由得火了：「又是个百日忌讳！」仙草却说：「百日又不是百年。你权当百日后才娶我。你就忍一忍，一百天很快就过去了。不为我也该为你想想，你难道真个还要娶八房十房女人呀……」他听着她友好的又是冷静的话，就抽出了被她抓着的手，把她紧紧搂住，心底却异常清醒。他坐起来，重新穿上衣服。仙草问：「你干啥呀？」嘉轩说：「我跟鹿三哥睡马号去，免得睡在一起活受罪。」仙草说：「那也好。你睡这儿我也难受。只是……你明晚去马号。今日是……头一夜。」嘉轩断然说：「算了，我今黑就去。」

嘉轩扯了一条被单夹在腋下，拉开门闩，走出门去。仙草迟疑一阵儿忽然跳下炕来：「等等。」她喊住他，又把他拽进门，反过身插上门闩，从他腋下扯走被单。嘉轩愣住了，怕她生气，反倒和颜悦色地说：「我听你的话，为我好也为你好……」仙草重新爬上炕，打断他的话：「算了！」说着，一把一个扯掉了腰带上的六个小棒槌，「哗」地一下脱去紧身背心，两只奶子像两只白鸽一样扑出窝来，又抹掉短裤，赤裸裸躺在炕上说：「哪怕我明早起来就死了也心甘！」

第四章

八月末的一天清早，白嘉轩起来洗脸漱口时，他的冒死破禁而且显出怀孕征兆的妻子仙草正坐在纺线车前嗡嗡嗡地转动着车把儿，锭子上已经结下一枚茭白大小的白色线穗了。母亲也早已起来，在自个独居的里屋炕上摇转着纺车。他坐在父亲在世时常坐的那把靠背椅子上，喝着酽茶，用父亲死后留下的那把白铜水烟袋过着早瘾。父亲死后，他每天晚上在母亲落枕前和清早起床后都到里屋里坐一会儿。两架纺车嗡嗡吱吱的声音互相衔接，互相重合，此声间歇，彼声响起，把沉稳和谐的气氛弥漫到四合院的每一个角落。白嘉轩沉浸在这古老悠远而又新鲜活泼的乐曲里，浑身的筋骨和血液就鼓涨起来。

长工鹿三把犁铧套绳收拾齐备，从马号里牵出红马拴在院子里的石雕拴马桩上，扯着大步走进院庭，大声询问种子的事。嘉轩从里屋走出来：「你先喝口茶。」鹿三站在院庭里说他不喝，仍然询问麦子和豌豆掺和的比例，二八还是三七？嘉轩说：「这块地种药材。种子你甭管，我拿着。」说着喷出一口烟，吹净水烟筒里的烟灰，放下水烟壶，喝下最后一盅茶，就赳赳地走出街门，进入马号。鹿三解下红马牵着，套上犁杖。嘉轩扛起沉重的铁齿大耙子，腋下挟着一把镢头和一把竹条扫帚。鹿三回过头问：「你拿扫帚做啥？」嘉轩也不解释：「拿就是有用嘛。」鹿三就不再问。主仆二人走过街巷，出

了村子，走下河滩，红马拖着空犁在田间土路上撞出噗噗的声响。

田野已经改换过另一种姿容，斑斓驳杂的秋天的色彩像羽毛一样脱光褪尽荡然无存了，河川里呈现出一种喧闹之后的沉静。灌渠渠沿和井台上堆积着刚刚从田地里清除出来的包谷秆子。麦子播种几近尾声，刚刚播种不久的田块裸露着湿漉漉的泥土，早种的田地已经泛出麦苗幼叶的嫩绿。秋天的淫雨季节已告结束，长久弥漫在河川和村庄上空的阴霾和沉闷已全部廓清。大地简洁而素雅，天空开阔而深远。清晨的冷气使人精神抖擞。

红马拽着犁杖踏进自家的地头，鹿三把犁铧插进土地，回过头问：「种啥药？我可没种过。你说咋种？」嘉轩告诉他，还是像种麦子一样要细耕，种子间隔一大犁或两小犁沟溜下，又像种包谷一样。为了撒播均匀，需得给种子里掺上细土或细沙，因为种子太小太小了。鹿三吆喝红马耕起来，一犁紧靠一犁，耕得比麦子的垄沟更精细。嘉轩看了看翻耕过的土壤又改变了主意：「先耕一遍，再耙耱一遍，把死泥块子弄碎了，再开沟播种。现在这样子下种不行。」经过夏天和秋天大水漫灌和收获时的踩踏，黏性的黄泥土地严重板结，犁铧上翻出大块大块的死泥硬块，细小的种子顶不破泥块就捂死在土层里了。鹿三禁不住问：「啥药材吗比麦子还娇贵？」白嘉轩说：「罂粟。」白嘉轩说罂粟就跟说麦子包谷或者豌豆一样平淡。鹿三就不再问。他不懂得罂粟，自己并不奇怪，几百种中药材里，他连十个药名也记不清，罂粟想来也就不过是一种中药，或者属贵重稀欠一点罢了。

太阳升上白鹿原顶一竿子高了，这块一亩多点的土地耕翻完了，卸下犁具再套上铁齿耙，白嘉轩扯着两条套绳指挥吆喝着红马耙耱过一遍，地面变得平整而又疏松。鹿三又解下耙来再套上犁杖，在翻耕耙耱过的土地上开沟播种了。嘉轩每隔两小犁，跟着鹿三的屁股溜下掺和着细土的种子，然后用长柄扫帚顺着溜过种子的犁沟拖拉过去，就给那些细小娇弱的罂粟

种子覆盖上一层薄土了。

这时候，好多在田地里劳作的男人都立在远远近近的地方瞧着这主仆二人的奇怪举动，怎的用扫场扫院的扫帚扫到犁沟里来了？庄稼汉对这些事兴味十足，纷纷赶过来看看白嘉轩究竟搞什么名堂。他们蹲在地边，捏捏泥土，小心翼翼地捡起几粒刚刚溜进垄沟的种子，在手心捻，用指头搓，那小小的籽粒儿被捻搓净了泥土，油光闪亮，像黑紫色的宝石。他们嘻嘻地又是好奇地问：「嘉轩，你种的啥庄稼？」嘉轩平淡地说：「药材。」他们还问：「啥药材？」嘉轩仍然像说到麦子包谷谷子一样的口气说：「罂粟咯！」

大约过了十天，那一垄垄用扫帚漫过的犁沟里就有小小的绿色生命萌生出来，带着羞怯和娇弱的姿容呈现在主人的眼里，也使白鹿村的庄稼人见识了罂粟。「唔！罂粟就这样子？」「嗯！像芥末，也像菜子。」庄稼人的比喻总是恰当不过，罂粟的幼苗跟那呛人鼻膜的芥末的幼苗几乎一般无二。如果白嘉轩说这是「鸦片烟」，他们准会惊得跌个跟头，再也不会去跟什么烂货芥末相比较了。为了防备冬天冻死，嘉轩和鹿三用牛车拉了一车麦秸草撒到垄沟里，盖住了小小的幼苗。

第二年春天，从被雨雪沤得霉朽污黑的麦秸秆下蹿出绿翠晶莹的嫩叶来；清明过后开始拔节抽秆分出枝杈，更像芥末或者油菜的株形了；直到开花才显出与后者的本质差别来。油菜和芥末是司空见惯的碎金似的黄花，而罂粟却开出红的白的粉红的黄的紫的各色的花，五彩缤纷，花谢之后就渐渐长成一个墨绿色的椭圆的果实。

过些时候，人们看见，白嘉轩和他家的长工鹿三，以及很少下地的母亲，甚至身体相当笨重的妻子一齐到地里来了，用粗针或三角小刀刺破那些墨绿色的椭圆形果实，收刮下从破口里流出来的黏稠的乳汁一样的浆液。他们一家四口天天清早在微明时分出村下地，到太阳出来时就一齐回到屋里，这似乎更增加了这种奇异的药材的神秘色彩。谁也搞不明白收取那种

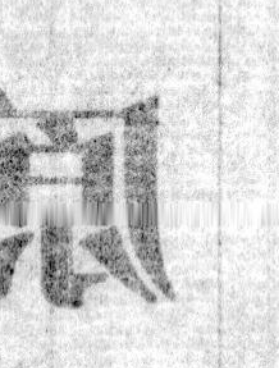

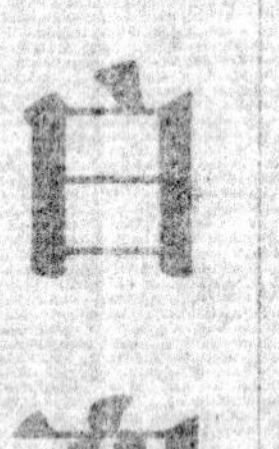

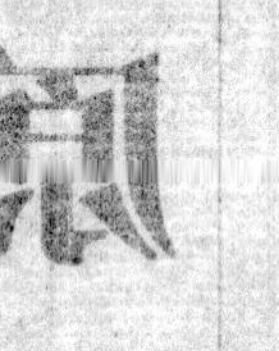

乳白的浆液能治什么病，只是互相神秘莫测地重复说：「那是罂粟。罂粟就是罂粟。药嘛！」

夜晚，嘉轩按照岳父的指点要领在小铁锅里熬炼加工这些浆液的时候，一股奇异的幽幽的香气几乎使他沉醉，母亲白赵氏在里屋的炕上也沉醉了，坐在灶间拉风箱的吴氏仙草也沉醉了。幽幽的香气从四合院里弥漫开来，在四月温柔的夜风里扩散到大半个白鹿村，大人小孩都蹙着鼻孔贪婪地吸取着美好的空气，一个个都沉醉了。那是一种使人一旦闻到便不能作罢的气味，使人闻之便立即解脱一切心事沉疴而飘飘欲仙起来。第二天一早起来，在麻麻亮的街巷里，庄稼汉们似乎恍然大悟过来，一遍又一遍地重复着：「罂粟就是鸦片。」

白嘉轩把炼制加工成功的鸦片装进一只瓷罐，瓷罐装在一条褡裢里，搭在肩上，坐在牛车里进城去了。

白嘉轩从山里娶回来第七个女人吴仙草，同时带回来罂粟种子。人们窃窃议论那个十分水色的女子会不会成为白嘉轩带着毒倒钩的毬头下的又一个死鬼，无论如何想不到也看不见他的蓝袍底下的口袋里装着一包罂粟种子。他的岳父吴掌柜决定把女儿嫁给他的同时，顺便把罂粟种子也交给了他。岳父说，他年初过商州下汉口时，花了黄货才弄到手这包罂粟种子。他说山里气候太冷，罂粟苗儿耐不过三九冰雪严寒，山外的白鹿原的气候正好适宜。罂粟和麦子一样秋末播种，来年麦收前后收获，凡是适宜麦子生长的土地和气候也就适宜种植罂粟。他强调说，他是专门为恩人白家买的，花黄货也花。他教给他种植管护采收尤其是熬炼加工的方法，至于销路那就根本不成问题了。无论是乡下或是城镇，有钱人或是没钱人，普通百姓或是达官贵人，都在寻找这种东西。有人吸食，有人倒卖，药铺里更不用说有多少收多少。至于种植罂粟的好处和辉煌的前景，岳父吴长贵只字不提。谁都知道这东西的分量，金子多贵鸦片就多贵。

白嘉轩背着褡裢走进康复元中药铺，这是爷爷领着父亲在盘龙镇收购中药材时建立的送货点，互相信赖的关系已年深日久。他先报了爷爷的名字，接着报了父亲的名字，最后报出岳父的名字，康复元的康掌柜专意接见了他，又指派伙计当下收购了鸦片，而且热心地指出他炼制质量不高的技术性毛病，并告诉他火候的把握至关重要。白嘉轩说这是头回试火，下回肯定就会弄得好些。他出门时心里不觉往下一坠，褡裢里头装的银元比来时装的那罐鸦片的分量沉重得多。

连续三年，白嘉轩把河川的十多亩天字号水地全都种上了罂粟，只在旱原和原坡地里种植粮食。罂粟种植的巨大收益比鸦片的香气更具诱惑。他在一亩水地里采收炼制的鸦片所卖的银元，可以籴回十几亩天字号水地实地所能生产的麦子，十多亩天字号水地种植的罂粟的价值足以抵得过百余亩地的麦子和包谷了。白嘉轩当然不会愚蠢到用那些白花花当啷啷的银元全部买成麦子。他把祖传的老式房屋进行了彻底改造，把已经苔迹斑驳的旧瓦揭掉，换上在本村窑场订购的新瓦，又把土坯垒的前檐墙拆除，安上了屏风式的雕花细格门窗，四合院的厅房和厢房就脱去了泥坯土胎而显出清雅的气氛了。春天完成了厅房和厢房的翻修改造工程，秋后冬初又接着进行了门房和门楼的改建和修整。门楼的改造最彻底，原先是青砖包皮的土坯垒成的，现在全部用青砖砌起来，门楣以上的部分全部经过手工打磨。工匠们尽着自己最大的心力和技能雕饰图案，一边有白色的鹤，另一边是白色的鹿。整个门楼只保留了原先的一件东西，就是刻着「耕读传家」四字的玉石匾额。那是姐夫得中举人那年，父亲专意请他写下的手迹。经过翻新以后，一座完整的四合院便以其惹人的雄姿稳稳地盘踞于白鹿村村巷里。

马号是在第二年春天扩建的，马号里增盖了宽敞的储存麦草和干土的一排土坯瓦房；晒土场和拴马场的周围也用木板打起来一圈围墙。红马又生下一头棕红色的骡驹，在新圈起来的晒土场上撒欢。

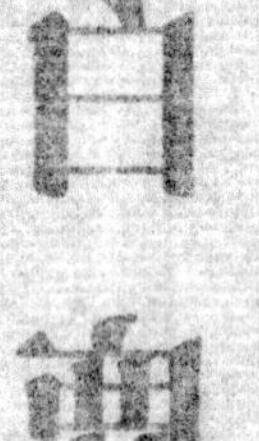

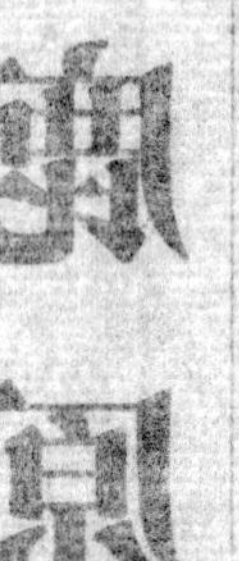

榜样的力量是无穷的。三五年间，白鹿原上的平原和白鹿原下的河川已经成为罂粟的王国。滋水县令连续三任禁种罂粟，但罂粟的种植和繁衍却仍在继续。

这年春天，正当罂粟绽开头茬花蕾的季节，白鹿书院的朱先生站在妻弟新修的门楼下，欣赏那挺拔潇洒的白鹤和质朴纯厚的白鹿，以及自己题写的「耕读传家」的笔迹。白嘉轩从门里走出来，惊喜地礼让姐夫到屋里坐。朱先生却说：「你把我写的那四个字挖下来。」白嘉轩莫名其妙地愣住了。朱先生又说了一遍。白嘉轩连忙说：「哥呀，这倒是咋了？」朱先生仍不解释，第三次重复「把它挖下来」的话。白嘉轩为难地搓搓手：「哥呀，你今日专门为挖这四个字来的？」朱先生点点头。白嘉轩顿时生疑。朱先生又说：「要么你去用一块布把它蒙上。」白嘉轩预感到一种不祥之兆，就取来黑布，让鹿三搬来梯子，把「耕读传家」四个字严严实实蒙盖住了。朱先生仍不进屋，对嘉轩说：「把你的牛和马借我用一回。」嘉轩说：「这算啥事，你尽管拉去就是了。你用牲口做啥？」朱先生说：「你先把犁套好，套两犋犁。」白嘉轩不敢怠慢，引着朱先生进了马号，和鹿三分头动手，给红马和黄牛都套上了犁杖。朱先生自己从墙上取下一根鞭子，从鹿三手里接过犁把，吆喝着黄牛出了马号，让嘉轩吆喝红马拉的犁杖一起走。鹿三好心好意要从朱先生手里夺过犁杖，让朱先生捉着犁杖从村里走过去太失体统了。朱先生执意不让，说他自幼就练成了吆牛耕地的本领，多年不捉犁把儿手都痒痒了。鹿三只好替换下嘉轩。嘉轩就空着手跟着，问：「哥呀，你到底套犁做啥？朝哪边走？」朱先生说：「你跟着只管走就是了。」村巷里有人发现了穿长袍的朱先生，而且奇怪他怎么捉着犁把儿，纷纷跑过来看才子举人朱先生耕田犁地。朱先生和谁也不搭话，一直吆着牛扶着犁走出街巷，下了河滩，走到白嘉轩最早种植罂粟的那块天字号水地边停下来。白嘉轩和鹿三看见，地头站着七八个穿黑色官服的人，才不由一惊。朱先生啥话不说吆着牛进入罂粟地，犁铧插进地里，正在开花的罂粟

苗被连根撬起，埋在泥土里。白嘉轩跑到跟前，拉住缰绳：「哥呀，你这算弄啥？」朱先生一手捉着犁把儿，一手从怀里掏出一张硬纸示于嘉轩：「哥奉县令指示前来查禁烟苗。」白嘉轩一下愣住了，蹲在地边上，双手抱住头再也说不出话来。朱先生挥一下鞭子吆动黄牛，扶着犁杖在罂粟地里耕翻起来，地边上已经围满了吃惊的人群，远处还有人正往这儿奔跑。朱先生吆牛犁了一个来回，对白嘉轩说：「你把那犋犁吆上，进地吧！」白嘉轩从地上站起来，从鹿三手中接过红马拉着的犁把儿也进了地。朱先生回头赞许地点点头：「兄弟，你还可以。」两人一先一后，一牛一马拽着两犋犁杖，不大工夫就把那块罂粟捣毁了。朱先生喝住犁：「兄弟，把犁吆到另一块烟地里去。」

田间路上和翻耕过的罂粟地里已经聚集来了白鹿村全部男女，鹿子霖和他爸鹿泰恒也挤在人群里。鹿泰恒走到朱先生跟前，拱拳作揖说：「好！朱先生，好哇！」随之转过头呼叫儿子子霖和长工刘谋儿：「回去套牲口吆犁，进地把烟苗犁了！」朱先生丢下犁杖，双手攥住鹿泰恒的手：「请受我一拜！」朱先生随之站起，面对众人，宣读县府二十条禁烟令。最后又当着众人的面对嘉轩说：「这回你明白我叫你拿黑布蒙住门楼上那四个字的用意了吧？」

朱先生所做所为，顷刻之间震动了白鹿原。十天不过，川原上下正在开花的罂粟全都犁毁。这一威震古原的壮举不久就随着先生的一声长叹变得毫无生气。新来的滋水县令没有再聘用他，而是把这一肥缺送给了另外一个人。罂粟的红的白的粉红的黄的紫的美丽的花儿又在白鹿原开放了，而且再没有被禁绝。好多年后，即白嘉轩在自己的天字号水地里引种罂粟大获成功之后的好多年后，美国那位在中国知名度最高的冒险家记者斯诺先生来到离白鹿原不远的渭河流域古老农业开发区关中，看到了无边无际五彩缤纷的美丽的罂粟花。他在他的《西行漫记》一书里对这片使美洲人羞谈历史的古老土地上的罂粟发出喟叹：

「在这条从西安府北去的大道上，每走一里路都会勾起他对本民族丰富多彩的绚烂历史的回忆……在这个肥沃的渭河流域，孔子的祖先、肤色发黑的野蛮的人发展了他们的稻米文化，形成了今天在中国农村的民间神话里仍是一股力量的民间传说……

「在那条新修的汽车路上，沿途的罂粟摇摆着肿胀的脑袋，等待收割……陕西长期以来就以盛产鸦片闻名。几年前西北发生大饥荒，曾有三百万人丧命，美国红十字会调查人员，把造成那场惨剧的原因大部分归咎于鸦片的种植。当时贪婪的军阀强迫农民种植鸦片，最好的土地都种上了鸦片，一遇到干旱的年头，西北的主要粮食小米、麦子和玉米就会严重短缺。」

罂粟再次占据了这片古原大地，小麦却变成大片大片的罂粟之间的点缀了。人们早已不屑于再叫罂粟，也不屑于再叫鸦片，这些名字太文雅太绕口了，庄稼人更习惯称它为大烟或洋烟。大烟是与自己以往的旱烟相对而言，洋烟是与自己本土的土著烟族相对而言。丰富的汉语语言随着罂粟热潮也急骤转换组合，终于创造出最耀眼的文字：人们先前把国外输入的被林爷爷禁止的鸦片称作洋烟，现在却把从自家土地上采收，自家铁锅里熬炼的鸦片称为土烟，最后简化为一个简洁的单音字——「土」。衡量一家农户财富多寡的标准不再是储存了多少囤粮食和多少捆（十斤）棉花，而是多少「土」！白鹿镇每逢集日，一街两行拥挤不堪的烟土市场代替了昔日的粮食市场成为全镇交易的中心。

结婚一年后，这个小厢房厦屋的土炕上传出一声婴儿尖锐的啼哭。仙草心安理得地享受了婆婆白赵氏无微不至的服侍。坐满了月子，跳下炕来的时候，她容光焕发，挺着两只饱满肥实的乳房，完全是一个动人的少妇了。

庆贺头生儿子满月的仪式隆重而又热烈。所有重要亲戚朋友都通知到了，许多年已经断绝往来的亲戚也闻讯赶来了。嘉轩

杀了一头猪，满心欢喜地待承亲朋乡友。他没有费多少心思就给孩子取下马驹的乳名，正如他的父亲给他取过拴狗的乳名一样的用意，越是贵重越是值钱的娃子越取那种丑陋的名字才更吉利；一当孩子度过多灾多祸的幼儿期进入私塾读书阶段，那时才应该费点心思取一个雅而不俗的官名，供其在一切公众场合使用。嘉轩听着众人不断重复着的恭维新生儿子的套话——再没有比这些套话叫人心里更快活的事了，他只是憨笑着更加殷勤更加诚挚地递烟让茶，对所有的亲朋乡友不分彼此不管亲疏不戒远近一律平等对待。

欢庆的日子虽然热烈却毕竟短暂，令人陶醉的是更加充实的往后的日月。妻子仙草虽然是山里人，却自幼受到山里上流家庭严格的家教，待人接物十分得体，并不像一般山里穷家小户的女子那样缺规矩少教养。只是山里不种棉花只种麻，割下麻秆沤泡后揭下麻丝挑到山外来，换了山外人的粮食和家织粗布再挑回山里去。仙草开始不会纺线织布，这是一个重大缺陷，一个不会纺线织布的女人在家庭里是难以承担主妇的责任的。嘉轩在订娶头几房女人时，媒人首先向他夸奖的总是那女子所受的家教如何严格，茶饭手艺如何利落精致，还会拿来纺下的线穗儿和织成的花格子布供人欣赏。临到娶仙草时，已经顾不了那么多，只考虑能传宗接代就行了。母亲白赵氏明白这个底里，表现得十分通达十分宽厚，一面教授一面示范给她，怎样把弹好的棉花搓成捻子，怎样把捻子接到锭尖上纺成线，纺车轮子怎么转着纺出的线才粗细均匀而且皮实。纺成的线又怎么浆了洗了再拉成经线，怎么过综上机；上机后手脚怎样配合，抛梭要快捷而准确；再进一步就是较为复杂的技术，各种颜色的纬线和经线如何交错搭配，然后就创造出各种条纹花色的格子布来。她教她十分耐心，比教自己的女儿还耐心尽力。仙草生来心灵手巧，一学即会，做出的活儿完全不像初试者的那样粗糙，这使白赵氏十分器重，嘉轩自然十分欢心。

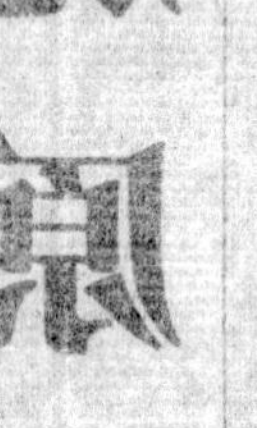

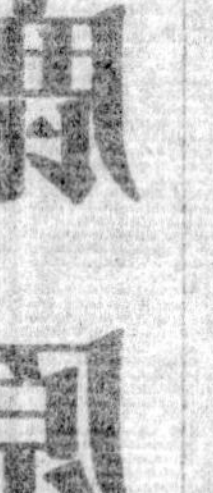

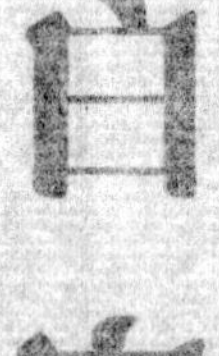

孩子满月时，岳父从山里用骡子驮来满满两驮篓礼物，吃的穿的玩的一应俱全。一双精致的小银镯上系着一对山桃木旋成的小棒槌。百日以后，小马驹就把那小棒槌含在嘴里，像吮吸乳头一样咂得吱吱有声。嘉轩和仙草看着就会心地笑了，自然都联想到新婚头一夜系在她裤腰带上的那六个桃木棒槌。孩子刚刚过岁就断奶了，马驹双手抱着仙草的乳房却吸不出乳汁，昼夜啼哭。仙草尚无做母亲的经验，急得心神不安问婆婆怎么回事。白赵氏不仅不慌不急反而有些幸灾乐祸地说：「奶汁儿怕是给另一个暗里夺了吃光了。」仙草突然红了脸，又想起夜里丈夫和她做爱时吮咂乳房的情景。后来才悟出阿婆并没有取笑的意思，暗里夺了吃光了奶汁儿的是指自己肚里又有一个了。

第二个孩子出生以后取名骡驹，这个家庭里的关系才发生了根本性变化。由罂粟引种成功骤然而起的财源兴旺和两个儿子相继出生带来的人丁兴旺，彻底扫除了白家母子心头的阴影和晦气。白赵氏已经不再过问儿子的家事和外事，完全相信嘉轩已经具备处置这一切的能力和手段；她也不再过多地过问仙草管理家务的事，因为仙草也已锻炼得能够井井有条地处置一切应该由女人做的家务。她自觉地悄悄地从秉德死后的主宰位置开始引退。她现在抱一个孙子又引一个孙子，哄着脚下跟前的马驹又抖着怀里抱着的骡驹，在村巷里骄傲自得地转悠着，冬天寻找阳婆而夏天寻找树荫。遇到那些到村巷里来卖罐罐花馍、卖冰糖圪塔、卖花生的小贩儿，她毫不吝啬地从大襟下摸出铜元来。那些小贩儿久而久之摸熟此道，就把背着的馍篓子、挑着的糖担子停在白家门外的槐树下，高声叫着或者使劲摇着手里的铃鼓儿，直到把白赵氏唤出来买了才挑起担儿挪一个地摊。

白嘉轩把人财两旺的这种局面完全归结于迁坟。但他现在又不无遗憾。迁坟那阵儿是他最困窘的时候，只是箍砌了安置棺柩的暗庭和墓室，明庭却没能用青砖砌了。现在又不好再翻修了，灵骨不断移动万一冲撞惊扰了风水灵气，结果可能适得其反。他还是下决心采取补救措施，把坟堆周围整个儿用砖砌起来，再在墓堆上加修一座象征性的房屋，这不但可以使坟墓遮风避雨，也可以使白鹿的精灵安驻，避免割草挖柴的人到坟头滋扰。前几年植栽的柏树已很旺盛，后来，又移栽了几棵枳树，于是这墓地就成为一座最像样的坟茔了。

白嘉轩随之陷入一桩纠纷里。在给父亲修造坟墓时，一位前来帮忙搬砖和泥的鹿姓小伙，向他吐露出想卖半亩水地的意向，说他的父亲在土壕里掷骰子输光了家当就没有再进家门，如今死活都不知。白嘉轩爽快地说：「你去寻个中人就行了。你想要多少我给你多少，要粮食可以，要棉花也可以。你朝中人开个口我连回话都不讲。」这个鹿姓小伙儿自然找到冷先生做中人。冷先生向白嘉轩传递了卖主开口的要价，他听了后当即说：「再加三斗。」这种罕见的豁达被当作慈心善举在村民中受到赞颂。白鹿村的小姓李家一个寡妇也找到冷先生的中医堂，求他做中人卖掉六分水地给白家。白嘉轩更慷慨地说：「孤儿寡母，甭说卖地，就是周济给三斗五斗也是应该的。加上五斗！」

在契约上签名画押后的第二天早晨，白嘉轩来到新买的寡妇家的六分水地里察看，老远瞅见那块地里正有人吆着高骡子大马双套牲畜在地里飞梭似的耕作。此值初夏，日头刚冒出原顶，田野一片柔媚。骡马高扬着脖颈，吆犁人扶着犁把儿疲于奔命。地头站着一个穿黑袍的人，高个儿，手叉着腰，那是鹿子霖。白嘉轩不由心头一沉就加快脚步赶到地头。鹿子霖佯装不闻不见，双手背抄在后腰里，攥着从头拖到臀部的又黑又粗的大辫子，傲然瞅视着拽犁奔驰的骡马。白嘉轩一看就火了：「子霖，你怎么在我的地里插铧跑马？」鹿子霖佯装惊讶地说：「这是我的地呀！」白嘉轩说：「这得凭契约说话，不是谁说是谁的就是谁的！」鹿子霖说：「我不管契约。是李家寡妇寻到我屋里要把地卖给我。」白嘉轩说：「那是白

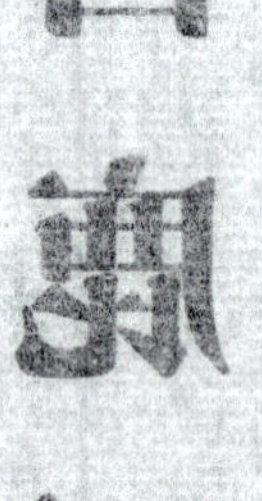

说。昨日黑间李家寡妇已经签字画押了。」鹿子霖拖长声调说：「谁管你们黑间做下什么事！李家寡妇借过我五斗麦子八块银元，讲定用这块地作抵押，逾期不还，我当然就要套犁圈地了！」长工刘谋儿正吆着骡马赶到地头，鹿子霖从长工手里夺过鞭子接过犁把儿，勒回牲畜示威似的翻耕起来。白嘉轩一跃上前抓住骡马缰绳。两个年龄相仿的男人随之就厮打在一起。长工刘谋儿是外村人不敢插手，只顾去逮惊跑的牲畜。骡马拖着犁杖，在已经摆穗扬花的麦田里磕磕绊绊地奔跑着。两个男人从李家寡妇的地里扭打到地头干涸的水渠，同时跌倒在渠道的草窝里，然后爬起来继续厮打，又扯拽到刚刚翻过的土地里。这时候村子里拥来许多男女，先是鹿子霖的几个内侄儿插手上阵，接着白嘉轩的亲门近族的男子也上了手，很快席卷为白鹿两姓阵势分明的斗殴，满地都是撕破的布片和丢掉的布鞋。白赵氏和白吴氏婆媳俩颠着一双小脚跑来时，打斗刚刚罢场。

冷先生赶在白家婆媳二人之前到达出事地点，吆喝一声：「住手！」有如晴天打雷，震得双方都垂手驻足。冷先生一手挎着长袍走上前去，一手拉着白嘉轩，一手拉着鹿子霖朝镇子里走去。无论鹿姓或白姓的人看见主家被拽走了，也就纷纷四散。俩人被冷先生一直拖进他的中医堂。冷先生先关了门以免围观，随之打了两盆水，让他们各自去洗自己脸上手上的血污，然后给他们抓破的伤口敷了白药，止了血。冷先生说：「就此罢休的话，你俩现在都回去吃早饭；罢休不了的话，吃罢饭上县去打官司。」说罢拉开门闩，一只手作出请出门的手势。

白嘉轩随后即弄清，李家寡妇确实先把地卖给鹿子霖，而且以借的形式先灌了五斗麦子拿了八块银元，一俟签字画押再算账结清。这当儿看到白嘉轩给那位赌徒儿子的地价比鹿子霖给她的地价高出不少，心里一转就改变主意，要把地卖给白嘉轩，用白嘉轩给她的地款还了鹿子霖的借贷。白嘉轩弄清了这个过程就骂起李家寡妇来：「真正的婆娘见识！」但事已至

此，他无法宽容鹿子霖。他在家里对劝解他的人说：「权且李家寡妇是女人见识。你来给我说一句，我怎么也不会再要她的地！你啥话不说拉马套犁就圈地，这明显是给我脸上撒尿嘛！」他主意愈加坚定，无论李家寡妇如何妇人见识，这本身与他无关；他现在手里攥着卖地契约，走到州走到县都是有理气长的官司。他已经向县府投诉。鹿子霖也向县府投诉。

李家寡妇与白嘉轩签字画押以后，鹿子霖当晚就知道了。当双方以及中人冷先生一齐按下蘸了红色印泥的食指的时候，鹿子霖已经作出明早用骡马圈地的相对措施了。鹿子霖把整个卖地的过程向父亲鹿泰恒学说一遍。鹿泰恒问：「你看咋办呢？」鹿子霖就说了他的办法，又对这办法作了注释：「倒不在乎李家寡妇那六分地。这是白嘉轩给我跷尿骚哩！」鹿泰恒说：「能看到这一点就对了。」他默许了儿子已经决定的举措。在他看来，白秉德死了以后，白嘉轩的厄运已经过去，翅膀也硬了，这是儿子鹿子霖的潜在的对手。在他尚健在的时日里，应该看到儿子起码可以成为白嘉轩的一个对手，不能让对方跷腿从头上跷了尿骚！官司一定要打，打到底！倾家荡产也要打赢这场官司。

白嘉轩从滋水县投诉回来顺便走到白鹿书院，向姐夫朱先生诉说了鹿家欺人过甚的事，意在求姐夫能给知县提示一下，使这场肯定赢的官司更有把握。据嘉轩得知，每有新县令到任，无一不登白鹿书院拜谒姐夫朱先生。朱先生说：「我昨日已听人说了你与鹿家为地闹仗的事，我已替你写了一件诉状，你下回过堂时递给衙门就行了。记住，回家后再拆看。」

白嘉轩急急回到家，在菜油灯下拆开信封，一小块宣纸上写下稀稀朗朗几行娃娃体毛笔字：

致嘉轩弟：

倚势恃强压对方，

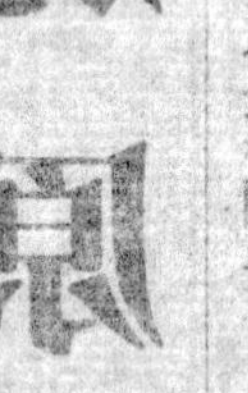

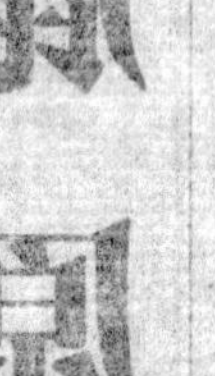

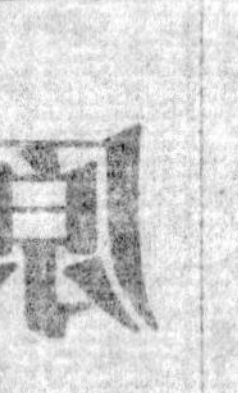

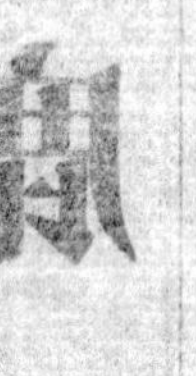

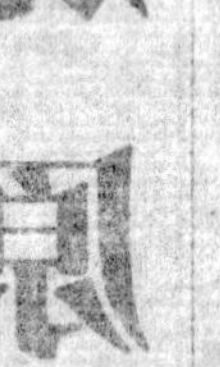

打斗诉讼两败伤；
为富思仁兼重义，
谦让一步宽十丈。

白嘉轩读罢就已泄了大半仇气，捏着这纸条找到中医堂的冷先生，连连慨叹「惭愧惭愧」。冷先生看罢纸笺，合掌拍手：「真是绝妙一出好戏！嘉轩你瞅——」说着拉开抽屉，把一页纸笺递给嘉轩。嘉轩一看愈觉惊奇，与他交给冷先生的那一页纸笺内容一样，字迹相同，只是题目变成「致子霖兄」。

三天后的一个晚上，冷先生把白嘉轩和鹿子霖一起邀约到中医堂，摆下一桌酒席，把他们交给他的相同内容的纸笺交换送给对方，俩人同时抱拳打拱，互致歉意谦词，然后举酒连饮三杯，重归于好而且好过已往。俩人谁也不好意思再要李家寡妇那六分地了，而且都慨然提出地归原主，白家和鹿家各自周济给李家寡妇一些粮食和银元，帮助寡妇渡过难关。冷先生当即指派药房伙计叫来李家寡妇，当面毁了契约。李家寡妇扑通跪到地上，给白嘉轩、鹿子霖磕头，感动得说不出话只是流眼泪。

这件事传播的速度比白鹿两家打斗的事更快更广泛。滋水县令古德茂大为感动，批为「仁义白鹿村」，凿刻石碑一块，红绸裹了，择定吉日，由乐人吹奏升平气象的乐曲，亲自送上白鹿村。一向隐居的朱先生也参加了这一活动。碑子栽在白鹿村的祠堂院子里，从此白鹿村也被人称为仁义庄。

陈忠实 著
上卷 五二

第五章

二月里一个平淡宁静的早晨，春寒料峭，街巷里又响起卖罐罐馍的梆子声。马驹和骡驹听见梆子声就欢叫起来，拽着奶奶的衣襟从上房里屋走出来。白赵氏被两个孙子拽得趔趔趄趄，脸上却洋溢着慈祥温厚的笑容，两只手在衣襟下掏着铜子和麻钱。嘉轩跷出厦屋门坎，在院庭里挡住了婆孙三人的去路：「妈，从今日往后，给他俩的偏食断了去。」白赵氏慈和的脸顿时沉阴下来，瞅着儿子，显然是意料不及而愣住了。嘉轩解释说：「不该再吃偏食了，他俩大了。人说『财东家惯骡马，穷汉家惯娃娃』。咱们家是骡马娃娃都不兴娇惯。」白赵氏似有所悟，脸上泛出活色来，低头看看偎贴在腰上的两颗可爱的脑袋，扬起脸对儿子说：「今个算是尾巴一回。」嘉轩仍然不改口：「当断就断。算了，就从今个断起。」白赵氏把已经码到手心的铜子和麻钱又塞进大襟底下的口袋，愠怒地转过身去：「你的心真硬！」马驹和骡驹窝火委屈得哭丧着脸，被奶奶拽着手怏怏地往上房里屋走去。

街巷里的梆子声更加频繁地敲响，干散清脆的吆喝声也愈加洪亮：「罐罐儿馍——兔儿馍——石榴儿馍——卖咧——」仙草从织布机上转过头说：「你去把那个卖馍客撵走，甭叫他对着门楼子吆喝了，引逗得娃们净哭。」嘉轩反而笑说：「人家在街巷里吆喝，又没有钻到咱们院子里来吆喝，凭啥撵人家？吆喝着好，吆喝得马驹骡驹听见卖馍卖糖的梆子铃鼓响，

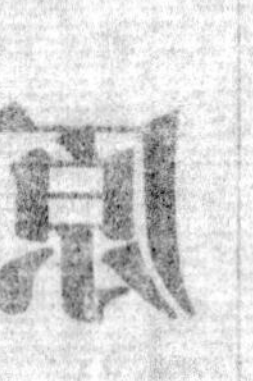

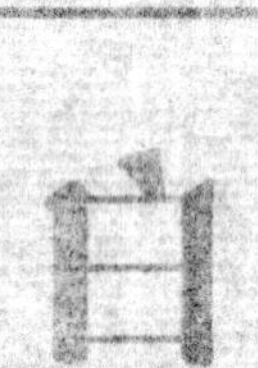

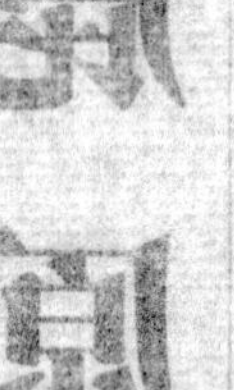

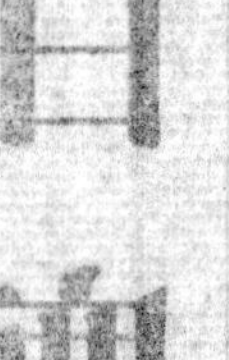

就跟听见卖辣子的吆喝一样就好了。」仙草咬着嘴唇重复一遍婆婆的话：「你真心硬！」

两个孩子已经长到该当入学的年龄。这两个儿子长得十分相像，像是一个木模里倒出一个窑里烧制的两块砖头；虽然年龄相差一岁，弟弟骡驹比哥哥马驹不仅显不出低矮，而且比哥哥还要粗壮浑实。他们都像死去的爷爷秉德，整个面部器官都努力鼓出来，鼓出的鼻梁儿，鼓出的嘴巴，鼓出的眼球以及鼓出的眉骨，尽管年纪小小却已显出那种以鼓出为表征的雏形底坯。随着年龄的增长，这种鼓出的脸部特征将愈来愈加突出。

白嘉轩太喜欢这两个儿子了。他往往在孩子不留意的时候专注地瞅看那器官鼓出的脸，却说不出亲热的话也做不出疼爱亲昵的表示。孩子和奶奶形影不离，日夜厮守，他几乎没有背过抱过他们，更不会像一般庄稼汉把儿子架在脖子上逛会看戏了。现在，看看儿子已经该当读书了，他就不能再撒手由奶奶给他们讲猫儿狗儿了。白嘉轩正在谋划确定给白鹿村创办一座学堂。白鹿村百余户人家，历来都是送孩子到七八里地的神禾村去念书，白嘉轩就是在那里早出晚归读了五年书。他想创办学堂不全是为了两个儿子就读方便，只是觉得现在应该由他来促成此举。学堂就设在祠堂里。那座祠堂年久失修，虽是祭祀祖宗的神圣的地方，却毕竟又是公众的官物没有谁操心，五间大厅和六间厦屋的瓦沟里落叶积垢，绿苔绣织，瓦松草长得足有二尺高；椽眼里成为麻雀产卵孵雏的理想窝巢；墙壁的泥皮剥落掉渣儿；铺地的方砖底下被老鼠掏空，砖块下陷。白嘉轩想出面把苍老的祠堂彻底翻修一新，然后在这里创办起本村的学堂来。他的名字将与祠堂和学堂一样不朽。

祠堂和村庄的历史一样悠久，却没有任何竹册片纸的典籍保存下来。搞不清这里从何年起始有人迹，说不清第一位来到这原坡挖凿头一孔窑洞或搭置第一座茅屋的始祖是谁。频频发生的灾祸不下百次把这个村庄毁灭殆尽，后来的人或许是原有的幸存者重新聚合继续繁衍。灾祸摧毁村庄摧毁历史也摧毁记忆，只有荒诞不经的传说经久不衰。泛滥的滋水河把村庄从

河川一步一步推移到原坡根下，直到逼上原坡。相传有一场毁灭性的洪水发生在夜间，有幸逃到高坡上的人光着屁股坐到天亮，从红苕地里扯一把蔓子缠到腰际，遮住男女最隐秘的部位，在一片黄汤中搜摸沉入淤泥里的铁锨镢头和斧头；祠堂里那幅记载着列祖列宗显考显妣的宽大的神轴和椽子檩条，一齐被洪水冲得无影无踪，村庄的历史便形成断裂。

传说又一年三伏天降流火，大如铜盆小如豆粒的火团火球倾泻下来，房屋焚为灰烬；人和牛马猪羊鸡犬全被烧焦，无法搭救无计逃遁自然无一幸免；祠堂里的神轴和椽子檩条又一齐化为灰烬，村庄的历史又一次成为空白。至于蝗虫成精，疫疠滋蔓，已经成为小灾小祸而不值一谈了。活在今天的白鹿村的老者平静地说，这个村子的住户永远超不过二百，人口冒不过一千，如果超出便有灾祸降临。

这个村庄后来出了一位很有思想的族长，他提议把原来的侯家村（有胡家村一说）改为白鹿村，同时决定换姓。侯家（或胡家）老兄弟两个要占尽白鹿的全部吉祥，商定族长老大那一条蔓的人统归白姓，老二这一系列的子子孙孙统归鹿姓；白鹿两姓合祭一个祠堂的规矩，一直把同根同种的血缘维系到现在。据说白鹿原当时掀起了一个改换村庄名称的风潮，鹿前村、鹿后村、鹿回头村、鹿鸣村、鹿卧村、鹿噙草村、鹿角村、鹿蹄村，不一而足。一位继任的县官初来乍到，被这些以鹿命名的村庄搞得脑袋发涨，命令一律恢复原来的村名，只允许保留白鹿村和白鹿镇两个与鹿有关的名字，白鹿村的村民感到风光，更加珍视自己的村名。

改为白姓的老大和改为鹿姓的老二在修建祠堂的当初就立下规矩，族长由长门白姓的子孙承袭下传。原是仿效宫廷里皇帝传位的铁的法则，属天经地义不容置疑。老族长白秉德死后，白嘉轩顺理成章继任族长是法定的事。父亲过世后的头几年里，每逢祭日，白嘉轩跪在主祭坛位上祭祀祖宗的时候，总是由不得心里发慌尻子发松；当第七房女人仙草顺利生下头胎

儿子以后，那种两头发慌发松的病症不治自愈。现在，白嘉轩怀里揣着一个修复祠堂的详细周密的计划走进了鹿子霖家的院子。

这是白鹿村乃至整个白鹿原最漂亮的一座四合院。它是鹿子霖的老太爷的杰作。那位老太爷过烂了光景讨吃要喝流逛到了西安城里，在一家饭铺先是挑水拉风箱，后来竟学成了一手烹饪绝技。一位南巡的大官路经西安吃了他烧的葫芦鸡，满心欢喜脱口赞叹：「天下第一勺。」于是就发了财，于是就在白鹿村置买田地，于是就修建起白鹿原第一流的四合院。他的巨大成功启发着诱惑着一茬又一茬庄稼汉的后人，撂下镢头犁杖操起铁勺锅铲，由此掀起的学炊热历经一个世纪，白鹿原以出勺勺客闻名省城内外。然而自老太爷之后，到鹿子霖的四辈人当中，鹿家却再没有一个男人执勺弄铲，外人万万料想不到「天下第一勺」谢世时，竟然留下这样的遗嘱：「我一辈子都是伺候人，顶没出息。争一口气，让人伺候你才算荣耀祖宗。中一个秀才到我坟头放一串草炮，中了举人放雷子炮，中了进士……放三声铳子。」鹿子霖的老爷爷爷父亲和他本人都没有实现老太爷的遗愿，除了雇来长工做务庄稼，均未成为让人伺候的人；尽管一代一代狗推磨儿似的居心专意供给子弟读书，却终究连在老太爷坟头放一串草炮的机运也不曾有过。老太爷的尸骨肯定早已化作泥土，他的遗言却似窖藏的烧酒愈久愈鲜。鹿子霖在儿子刚交七岁的那年正月就送他到神禾村学堂去启蒙，翻查了一夜字典才选定兆鹏作为儿子的学名，那寓意是十分殷切，也十分明朗的。二儿子兆海这年正月刚送去学堂，两个儿子每天麻麻亮就被他吼喊起来去上学。兆鹏兆海的脸冻皴了，手脚冻得淌黄水。做娘的抱怨孩子太小上学太早，鹿子霖毫不动摇地鼓着劲说：「我等着到老太爷的坟地放铳子哩！」

鹿子霖在厢房里听见一阵陌生的脚步声就走到庭院，看见白嘉轩进来，便忙拱手问候。白嘉轩停住脚说：「我找大叔说件事。」鹿子霖回到厢房就有些被轻贱被压低了的不自在。白嘉轩走进上房的屏风门就叫了一声：「叔哎！」鹿泰恒从上房里屋踱出来时左手端着一只黄铜水烟壶，右手捏着一节冒烟的火纸，摆一下手礼让白嘉轩坐到客厅的雕花椅子上。鹿泰恒坐在方桌另一边的椅子上，细长的手指在烟壶里灵巧地捻着金黄绵柔的烟丝，动作很优雅。白嘉轩说：「大叔，咱们的祠堂该翻修了。」鹿泰恒吹着了火纸，愣怔了一下，燃起火焰的火纸迅速烧出一节纸灰。鹿泰恒很快从愣怔里恢复过来，优雅地把火纸按到烟嘴上，优雅地吸起来，水烟壶里的水的响声也十分优雅，直到「噗」的一声吹掉烟筒里的白色烟灰，说：「早都该翻修了。」白嘉轩听了当即就品出了三种味道：应该翻修祠堂；祠堂早应该翻修而没有翻修是老族长白秉德的失职；新族长忙着娶媳妇埋死人现在才腾出手来翻修祠堂咧！白嘉轩不好解释，只是装作不大在乎，就说起翻修工程的具体方案和筹集粮款的办法。鹿泰恒听了几句就打断他的话说：「这事你和子霖承办吧！我已经老了。」白嘉轩忙解释说：「跑腿自然有我和子霖。你老得出面啊！」鹿泰恒说：「你爸在世时，啥事不都是俺俩搭手弄的？现在该着你们弟兄搭手共事了。」随之一声唤，叫来了鹿子霖：「嘉轩说要翻修祠堂了，你们弟兄俩商量着办吧。」

整个一个漫长的春天里，白鹿村洋溢着一种友好和谐欢乐的气氛。翻修祠堂的工程已经拉开。白嘉轩请来了第五房女人的父亲卫木匠和他的徒弟。整个工程由白嘉轩和鹿子霖分头负责。鹿子霖负责工程，每天按户派工。白嘉轩组织后勤。祠堂外的场院里临时搭起席棚，盘了锅台支了案板。除了给工匠管饭，凡是轮流派来做小工打下手的人，也一律在官灶上吃饭。厨师是本村里最干净最利落的几个女人。男人们一边围在地摊上吃饭一边和锅台边的女人调笑打诨，欢悦喜庆的气氛把白鹿两姓的人融合到一起了。

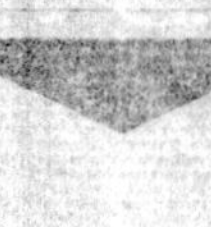

白嘉轩提出的一个大胆的方案得到了鹿子霖爽快的响应：凡是在祠堂里敬香火的白姓或鹿姓的人家，凭自己的家当随意捐赠，一升不少，一石不拒，实在拿不出一升一文的人家也不责怪。修复祠堂的宗旨要充分体现县令亲置在院里石碑上的「仁义白鹿村」的精神。不管捐赠多少，修复祠堂所需的粮款的不足部分，全由他和鹿子霖包下。白嘉轩把每家每户捐赠的粮食记了账，用红纸抄写出花名单公布于祠堂外的围墙上，每天记下花销的粮食和钱款的数字，心里总亮着一条戒尺：不能给祖宗弄下一摊糊涂账。整个预算下来，全体村民踊跃捐赠的粮食只抵全部所需的三分之二，白嘉轩和鹿子霖两家合包了三分之一。

整个工程竣工揭幕的那天，请来了南原上麻子红的戏班子，唱了三天三夜。川原上下的人都拥到白鹿村来看戏，来瞻仰白鹿村修造一新的祠堂，来观光县令亲置在祠堂院子里的石碑，来认一认白鹿村继任的族长白嘉轩。那个曾经创造下白鹿原娶妻最高记录的白嘉轩原本没长什么狗毬毒钩，而是一位贵人，一般福薄命浅的女人怎能浮得住这样的深水呢？

这年夏收之后，学堂开学了。五间正厅供奉着白鹿两姓列祖列宗显考显妣的神位，每个死掉的男人和女人都占了指头宽的一格，整个神位占满了五间大厅的正面墙壁。西边三间厦屋，作为学堂，待日后学生人数发展多了装不下了，再移到五间正厅里去。东边三间厦屋居中用土坯隔开来，一边作为先生的寝室，一边作为族里官人议事的官房。

白嘉轩被推举为学董，鹿子霖被推为学监。两人商定一块去白鹿书院找朱先生，让他给推荐一位知识和品德都好的先生。

朱先生见了妻弟白嘉轩和鹿子霖，竟然打拱作揖跪倒在地：「二位贤弟请受愚兄一拜。」两人吃了一惊，面面相觑忙拉朱先生站起，几乎同声问：「先生这是怎么了？」朱先生突然热泪盈眶：「二位贤弟做下了功德无量的事啊！」竟然感慨万端，慷慨激昂起来：「你们翻修祠堂是善事，可那仅仅是个小小的善事；你们兴办学堂才是大善事，无量功德的大善事。

祖宗该敬该祭，不敬不祭是为不孝；敬了祭了也仅只尽了一份孝心，兴办学堂才是万代子孙的大事；往后的世事靠活人不靠死人呀！靠那些还在吃奶的学步的穿烂裆裤的娃儿，得教他们识字念书晓以礼义，不定那里头有治国安邦的栋梁之材呢。你们为白鹿原的子孙办了这大的善事，我替那些有机会念书的子弟向你们一拜。」白嘉轩也被姐夫感染得热泪涌流，鹿子霖也大声谦和地说：「朱先生看事深远。俺俩当初只是觉得本村娃娃上学方便……」

朱先生的同窗学友遍及关中，推荐一位先生来白鹿村执教自然不难，于是就近推荐了白鹿原东边徐家园的徐秀才。徐秀才和朱先生同窗同庚，学识渊博却屡试不中，在家一边种地一边读书，淡泊了仕途功利，只为陶冶情性。两人拿着朱先生亲笔写的信找到徐家园，徐秀才欣然出马到白鹿村坐馆执教了。

辟作学馆的西边三间厦屋里，摆满了学生从自家屋里抬来的方桌、条桌、长凳和独凳。白嘉轩的两个儿子也都起了学名，马驹叫白孝文，骡驹叫白孝武，他们自然坐在里边。鹿子霖的两个儿子鹿兆鹏和鹿兆海也从神禾村转回本村学堂。男人们无论有没有子弟就学，一齐都参加了学堂开馆典礼。

典礼隆重而又简朴。至圣先师孔老先生的石刻拓片侧身像贴在南山墙上，祭桌上供奉着时令水果，一盘沙果、一盘迟桃、一盘点心、一盘油炸馃子。两支红蜡由白嘉轩点亮，祠堂院庭里的鞭炮便爆响起来。他点了香就磕头。孩子们全都跪伏在桌凳之间的空地上，拥在祠堂院子里的男人们也都跪伏下来。鹿子霖和徐先生依次敬了香跪了拜，就侍立在祭台两边，关照新入学的孩子一个接一个敬香叩头，最后是村民们敬香叩首。祭祀孔子的程序完毕，白嘉轩把早已备好的一条红绸披到徐先生肩上，鞭炮又响起来。徐先生抚着从肩头斜过胸膛在腋下系住的红绸，只说了一句话作为答辞：「我到白鹿村来只想教好俩字就尽职尽心了，就是院子里石碑上刻的『仁义白鹿村』里的『仁义』俩字。」

按预定的程序本该结束，院里走进了两位老汉，手里托着一只红色漆盘，盘里盘着两条红绸。俩老汉走上祭台，把一条红绸披到白嘉轩肩上，把另一条披到鹿子霖肩头。老者说：「这是民意。」

傍晚，白嘉轩脱了参加学堂开馆典礼时穿的青色长袍，连长袖衫和长裤也脱了，穿着短袖衫和半截裤，一身清爽地走进了暮色四合的马号，晚饭前必须给牲畜铡好青草。鹿三用独轮小推车从晒土场往牲畜圈里推土垫圈，脸上眉毛上扑落着黄土尘屑，他见白嘉轩走来，忙扔下小推车揭起了铡刀。白嘉轩在铡墩前蹲下来，把青草一把一把扯过来，在膝头下捋码整齐再塞到铡口里去。鹿三双手按着铡把，猫腰往下一压，「咔嚓」一声，被铡断的细草散落下来，铡刀刃上和铡口的铁皮上都染上一层青草的绿汁。「应该让娃娃去念书。」白嘉轩说。「那当然。念书是正路嘛！」鹿三说。「我说黑娃应该去念书。」白嘉轩说。「喔！你说的是黑娃？」鹿三说，「快揣草！甭只顾了说话手下停了揣草。」白嘉轩揣进青草说：「叫黑娃明早上就去上学。给徐先生的五升麦子由我这儿灌。先生的饭也由我管了。桌子不用搬，跟马驹骡驹伙一张方桌，带上一个独凳儿就行了。」鹿三嘲笑说：「那个慌慌鬼！生就的庄稼坯子，念啥书哩！」「穷汉生状元，富家多纨袴。你可不要把娃娃料就了，我看黑娃倒很灵聪哩！」白嘉轩笑着说，「日后黑娃真的把书念成了，弄个七品五品的，我也脸上光彩哩！」鹿三说：「黑娃上了学，谁来割草呢？」「你割我割，咱俩谁能腾出手谁去割。先让黑娃去上学。」白嘉轩说，「秋后把坡上不成庄稼的『和』字地种上苜蓿，明年就不用割草了。」

黑娃天不明又被父亲吼喊起来，他正要挎笼提镰去割青草，却听鹿三说：「把草镰和草笼撂下，掮上板凳上学去。」黑娃愣在院子里，似乎不大情愿地丢下笼和镰，说：「拿啥念哩？没有书，没有笔，也没有纸。」鹿三说：「你先坐到学堂盘一盘你的野性子。笔咧纸咧书咧缓两天再买。你要是盘不下性子，还是窝不住的野鹁鸽，花钱买书买纸我就白撂钱了。」

黑娃把一只独凳掮上肩膀，走进祠堂大门。徐先生穿着褐色长袍背抄着手在院子里踱步，他看见徐先生就不知所措。鹿三拉住儿子的手说：「给先生行礼。」黑娃弯腰低头鞠躬时，肩上的凳子摔了下来，正好砸了徐先生的脚背。鹿三顺手抽了黑娃一个抹脖子，骂道：「我把你这慌慌鬼……」徐先生忍着疼不在意地说：「送进去。嘉轩给我说过了。」鹿三拉着儿子进入学堂，找到马驹和骡驹的方桌，在一侧放下凳子。马驹把一摞仿纸，一根毛笔递给黑娃：「俺爸叫我给你。」鹿三竟然心头一热，鼻腔酸酸的，又狠狠地说：「黑娃你要是再不好好念书，我把你狗日……」

黑娃捉着那支毛笔，拔下笔帽，紫红的笔头使他想到了狐狸火红的皮毛。在山坡上割草记不清多少次撞见狐狸，有一次他猛然甩出手里的草镰，偏巧挂住了狐狸的后腿。那狐狸有一条火焰似的蓬松的粗尾巴。他拼命追赶，却眼看着它从崖坎里一条狭缝中跑掉了。他总是惦念着那只狐狸的跛腿好了没好？现在，他突然想到要是抓住那只狐狸，能栽多少毛笔呀！他的左手染着青草的绿汁，指头肚儿变成紫黑色，捏着光滑的笔杆和绵软的黄色仿纸总觉得怯怯的。徐先生进来，领着学生念书。黑娃没有书本，就跟着徐先生愣念：「人——之——初，性——本——善。」

学堂里坐的全是本村的娃娃，没有同学间的陌生，只有对于念书生活的新鲜。三五天后，随着新鲜感的消失，黑娃就觉得念书不再是幸事而是活受罪。母亲几乎天天晚上都要给他敲一次警钟：「黑娃，你要是不贪念书光贪耍，甭说对不住你大你妈，单是你白家叔叔的好心都……」黑娃不耐烦地说：「干脆还是叫我去割草。」

平日在村子里割草砍柴、浮水、掏雀蛋时建立的友谊，很快又在学堂里重现，孩子们自然地围拢到猴王黑娃的周围。黑娃对这种崇拜已经没有兴趣而且失掉自信，原因是他自己也崇拜起另一个人来，那是鹿兆鹏。鹿兆鹏是从神禾村转回本村学

堂的，他年龄不算最大，书却读得最高。徐先生把他叫到自已的寝室单个儿面授，已经是《中庸》了。他很随和，一双深眼睛上罩着很长很黑的眼睫毛，使人感到亲近。他的弟弟鹿兆海也是这种深眼睛和长睫毛。他爸鹿子霖，他爷鹿泰恒都是这种长条脸深眼窝长睫毛。鹿兆鹏自小在神禾村念书，黑娃难得和他接触，现在坐到相邻的两个方桌跟前，他就无法摆脱那个深眼窝里溢出的魅力。黑娃不由得在心里将鹿兆鹏兄弟和白孝文兄弟进行比较，鹿兆鹏鹿兆海兄弟使人感到亲切，甚至他们的父亲鹿子霖也使人感到亲切。鹿子霖常常在街巷里猛不防揪住黑娃头上的毛盖儿，另一只手就抓住了他裆里的那个东西，哈哈大笑着胁逼他叫叔：「黑娃你崽娃子叫叔不叫？我把你这碎牛牛拔了去喂猫！」而白嘉轩大叔却永是一副凛然正经八百的神情，鼓出的眼泡皮儿总是使人联想到庙里的神像。黑娃知道白家对自家好却总是怯惧，他每天早晨和后晌割两笼青草，匆匆背进白家马号倒在铡墩旁边又匆匆离去，总怕看见白嘉轩那张神像似的脸。他坐在白家兄弟的方桌上，看着孝文孝武的脸还是联想到庙里那尊神像旁边的小神童的脸，一副时刻准备着接受别人叩拜的正经相。孝文孝武念书写仿很用功，人也很灵聪，背书流利得一个栗子也不磕巴，照影格描写的大字满纸都被徐先生画上了红圈儿。黑娃已经取下一个文雅的学名叫鹿兆谦，名字是父亲求白嘉轩给取的。父亲说这娃儿野，又骚（顽皮），让他改改。白嘉轩说：「他养成了谦逊的品行，就不野也不骚了。谦谦君子嘛！他在鹿姓里属兆字辈，就叫兆谦，叫起来也顺口着哩！」徐先生点名鹿兆谦背书时，黑娃竟然毫无反应，惹得娃子们哄然大笑。学生们仍然叫他黑娃，兆鹏也叫他黑娃，只有孝文孝武记住了他爸起下的名字，每唤必是兆谦。每听到孝文孝武称呼的兆谦，黑娃就觉得增加了一分对白家兄弟的敬重，正像他惧怕白嘉轩而仍不失尊敬他一样。他终于耐不住白家兄弟方桌上的寂寞，把自已的独凳挪到鹿家兄弟的方桌边去了。

他一扬手接住鹿兆鹏扔过来的东西，以为是石子，看也不看就要丢掉。鹿兆鹏喊：「甭撂甭撂！」他看见一块白生生的东

西，完全像沙滩上白色的石子，放在手心凉冰冰的。他问：「啥东西？」鹿兆鹏说：「冰糖。」黑娃捏着冰糖问：「冰糖做啥用？」鹿兆鹏笑说：「吃呀！」随之伸出舌头上正在含化的冰糖块儿。黑娃把冰糖丢进嘴里，呆呆地站住连动也不敢动了，那是怎样美妙的一种感觉啊！无可比拟的甜滋滋的味道使他浑身颤抖起来，竟然哇的一声哭了。鹿兆鹏吓得扭住黑娃的腮帮子，担心冰糖可能卡住了喉咙。黑娃悲哀地扭开脸，忽然跳起来说：「我将来挣下钱，先买狗日的一口袋冰糖。」

隔了几天鹿兆鹏又把一块点心小心翼翼地放到黑娃的手心里说：「水晶饼。比冰糖比平常的点心都好吃。」黑娃瞅着手心里的圆圆的水晶饼，酥松的白得像雪似的皮儿上缀着五个红色的俏花点儿，手心里已经落着松散的皮屑。他觉得身上又开始颤栗，而且迅速传导到全身。他咬一咬牙却把那水晶饼扔到路边的草丛里去了。鹿兆鹏惊呆了，水晶饼在他也是稀罕的吃食儿，他省下一个来让给黑娃，却遭到如此野蛮的回报。他一把揪住黑娃的衣襟：「黑娃，你狗日的给我拣回来！」黑娃一伸手也揪住兆鹏的领口：「财东娃！你要是每天都能拿一块水晶饼一块冰糖来孝敬我，我就给你捡起来吃了。」他随之突然气馁了瓦解了：「我再也不吃你的什么饼儿什么糖了，免得我夜里做梦都在吃，醒来流一摊涎水……」鹿兆鹏松了手，似乎也颤栗了一下，就把一只手搭到黑娃肩头拥着走了。

冰糖给黑娃留下了难以磨灭的美好而又痛苦的向往和记忆，他愈来愈明晰，只有实践了他「挣钱先买一口袋冰糖」的狂言才能解除其痛苦。后来他果真得到了一个大洋铁桶装着的雪白晶亮的冰糖，那是他和他的弟兄们打劫一家杂货铺时搜到手的。弟兄们用手抓着冰糖往嘴里填往袋里装的时候，他猛然颤栗了一下，喝道：「掏出来，掏出来！把吞到嘴里的吐出来！」他解开裤带掏出生殖器，往那装满冰糖的洋铁桶里浇了一泡尿。

除了兆鹏的冰糖，还有徐先生抽的一顿板子也给他留下了记忆。背不过书写错了字挨徐先生的板子已不算什么耻辱，学堂里几乎找不出一个侥幸者，兆鹏兄弟孝文兄弟虽然全是好学生，也照样被板子抽打手掌，只不过次数少些而已。那天后晌，徐先生指派黑娃到河滩柳林里去砍一根柳树股儿。黑娃能被徐先生委以重任心里觉得很荣耀，又可以到柳絮吐黄的河滩里畅快一番。他看见兆鹏朝他挤眼儿，就向徐先生提出：「让兆鹏一块去给我搭马架儿，柳树太高爬不上去。」徐先生应允了。他忽然觉得也应该让孝文分享一下这种幸运，就说：「俺屋没有斧头，孝文家有一把，快得跟剃头刀一样。」徐先生又点头默许了。三个伙伴走出白鹿村村口，看见独庄庄场里围着一堆人，黑娃说：「那儿给牛打犊给马配驹，看看热闹去。」

他们从围墙破缺的塌口看见一头皮毛油光乌亮的黑驴正和一匹枣红马咬仗，咬脖子咬尻子咬嘴又不像是真咬，红马和黑驴都张着嘴露出宽扁的牙齿，又吊下一串串黏稠的涎水。庄场的主人白兴儿，伸出可笑的手把枣红马拽进围栏，拴住了缰绳，黑驴跟过来钻进围栏的敞口，就跳上了枣红马的脊背。三个人都瞪圆了眼睛，屏住了呼吸，胸膛里开始发憋发闷。黑驴的前蹄踏在红马的背上，张口咬住了红马脖子上的长鬃。白兴儿伸手托起黑驴后裆里的一条二三尺长的黑黢黢的傢伙，随之就消失了，红马浑身颤抖着咴儿咴儿叫起来。孝文惊奇地说：「看看那只手！」黑娃用眼睛禁斥了孝文一下。

白兴儿的手指，像鸭子的脚掌一样，由一层薄皮连结在一起。白兴儿的爷爷是这种手，他的儿子生下来还是这种手，人叫白连指儿。据说这连指儿最适宜做牲畜配种的事。

三个人默默地离开庄场朝河滩走去，谁也不说话。黑娃突然伸出手在兆鹏裆里抓了一把：「噢呀！硬得跟驴毬一样！」兆鹏红了脸也在黑娃裆里报复了一下：「你也一样！」他们不好意思动手试探孝文，孝文比他们都小，只是逼问：「孝文你自个说实话，硬不硬？」孝文哇的一声哭了：「硬得好难受！」

他们轻而易举地砍了一根柳树股儿，又折了一堆柔软的柳条儿，捋下皮来，用白生生的柳枝编织蚂蚱笼儿，把黑驴压着红马的令人不舒服的事忘记了。回到学堂，已经放学，徐先生又让黑娃把那根柳木棍儿用斧头削平刮光，然后接到手掂了掂说：「你三个跪下，把手伸出来！」徐先生不偏不倚，一人一板，从左边挨个儿打到右边，再从右边挨个儿打到左边。三个人谁也不招认在去河滩以前曾经到庄场看过黑驴和红马配驹儿的事，黑娃因此佩服孝文也是个硬头货。徐先生打了每人十个板子，说：「你们啥时候说了实话再起来。」就背抄着手在庭院里悠悠然踱着方步。三个人偷偷交换一下眼色，黑娃悄悄说：「咋么也没想到砍柳树股儿是为做板子。」天擦黑时，三个人的家长不约而同找到学堂，看见了一排溜儿跪在祠堂台阶下的儿子。刚直不阿的徐先生背抄着手冷着脸说：「问问你们的娃子到啥场合去了。」白鹿村三个最珍爱面子最要脸皮的人一下子气得脸孔蜡黄，手直哆嗦。随和可亲的鹿子霖率先抽了兆鹏一记耳光。这完全出乎黑娃的意料，他想绝对应该是火暴脾气的父亲先动手揍他，或者是令人敬畏的白嘉轩大叔先教训孝文……继兆鹏被连续几个耳光击倒之后，黑娃觉得自己屁股上挨了重不可负的一击就狗吃屎似的趴下了，眼前霎时一片金光又一片黑暗。

当他醒来时，已经是一个温馨的早晨，睁开眼看见了白嘉轩大叔的脸，和蔼地笑着。这是黑娃第一次看到白嘉轩大叔的笑颜，不禁奇怪起来，这张脸原来也会笑，笑起来也十分动人。母亲破例给他煮了二个荷包蛋，催他吃下。白嘉轩笑着说：「黑娃，夹上书上学去。」父亲在旁边说：「算了算了，这东西不成器不说，倒把孝文给引坏了！」白嘉轩收了笑容说：「我说让他弄个五品七品是说笑，念些书扎到肚子里却是实情，你该明白『知书达理』这话，知书以后才能达理。」说着就抓住黑娃的手，拽着走了。黑娃无法拒绝那只粗硬有力的手，一直把他拽进学堂。那只手给他留下了复杂的难忘的记忆。

这年冬天，兆鹏兆海兄弟俩离开白鹿村，到朱先生坐馆的白鹿书院念书去了，刘谋儿赶着青骡拉着的木轮大车，车上装着被卷和一口袋面粉，鹿子霖坐在车厢里亲自送儿子去高等学馆。徐先生也来送行。兆鹏兆海恭恭敬敬地向徐先生作揖鞠躬。兆鹏跑过来抓住黑娃的手捏了捏，就上车去了。黑娃又感到一阵痛苦的颤栗，兆鹏把一块冰糖留在他的手心里了。两年之后，孝文孝武兄弟俩也坐上父亲鹿三赶着的黄牛拽着的大车到白鹿书院去了，车上照样装着铺盖卷和一口袋面粉。他送他们上路以后，就从学堂里提着独凳走出来，向徐先生深深地鞠躬，很诚恳地说：「先生啥时候要砍柳树股儿，给我捎一句话就行了。」徐先生嘴巴两边的肌肉扭动了两下，没有说话。黑娃扛起独凳就走出了祠堂的大门。

第六章

白嘉轩第三个儿子降生以后，取名为牛犊。在二儿子骡驹和三儿子牛犊之间，仙草按照每年一个或三年两个的稀稠生过三男一女，全都没有度过四六厄运就成为鹿三牛圈里的鬼。四个孩子的死亡过程一模一样，如出一辙：出生的第四天开始啼哭，日夜不断，直到嗓子嘶哑再哭不出。到第六天孩子便翻起白眼，眼仁上吊。仙草看见那翻吊的白眼仁就毛骨悚然。白赵氏冷冷地说：「还是一个短命的。」其实在孩子刚刚发生尖锐的啼哭时，她就料就了这种结局。她拿一撮干艾叶在手心搓捻成短短的一柱，栽到孩子的脑门上，用火点燃。那冒着的烟和燃着的火渐渐接近头皮，可以听见脑门上的嫩皮被炙烤的吱吱声，烧焦的皮毛散发出一股刺鼻的焦臭气味。白赵氏不管抽搐扭动的孩子，硬着心肠又把同样的艾叶栽到孩子的两边脸颊上，烧出两块黑斑。这四个孩子都经过艾叶的炙烤，却没有一个能活到第七天。仙草每一次都忍不住掉泪，尤其是那个女儿。白赵氏不哭也不劝她，每次都只是一句话：「注定不是阳世的人。」

白赵氏一生生过的男孩和女孩多数都死于四六风，唯一能对付的就是那一撮艾叶，大约只有十之一二的侥幸者能靠那一撮艾叶死里逃生，脑门上和嘴角边却留下圆圆的疤痕。白赵氏从炕上抱走已经断气的孩子，交给鹿三，鹿三便在牛圈的拐角里挖一个深坑，把用席子裹缠着的死孩子埋进去。以后挖起牲畜粪时，把那一坨地方留着，直到多半年乃至一年后，牛屎

白鹿原

陈忠实 著

陈忠实 著

上卷

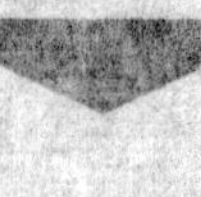

牛尿将幼嫩的骨肉腐蚀成粪土，然后再挖起出去，晒干捣碎，施到麦地里或棉田里。白鹿村家家的牛圈里都埋过早夭的孩子，家家的田地里都施过渗着血肉的粪肥。

牛犊注定是阳世之物。白赵氏的三柱艾叶挽住了他的小命，脑门和嘴角留下三个圆溜溜的疤痕，笑的时候倒添了一种妩媚。白赵氏据此训斥对艾叶失去信心的仙草说：「你不信！这下你信不信？老辈子人传下的办法能错了？」仙草却不无遗憾：「牛犊要是个女子就合人心上来了。」

白嘉轩有一晚站在炕下对正在给牛犊喂奶的妻子说：「你给白家立功了。白家几辈子都是单崩儿。我有三个娃子了，鹿子霖……俩。那女人这二年再不见生，大概已经腰干（腰干：俗说断止月经。）了？」

隔了一年多点儿，仙草又坐月子了，这是她第八次坐月子。她现在对生孩子坐月了既没有恐惧也没有痛苦，甚至完全能够准确把握临产的时日。她的冷静和处之泰然的态度实际是出于一种司空见惯，跟拉屎尿尿一样用不着惊慌失措，到屎坠尿憋的时候抹下裤子排泄了就毕了，不过比拉屎尿尿稍微麻烦一点罢了。她挺着大肚子，照样站在案板前擀面条，坐在木墩上拉风箱，到井台上扯着皮绳扳动辘轳拐把绞水，腆着大肚子纺线织布，把蓝草制成的靛搅到染缸里染布。按她自身的经验，这样干着活儿分娩时倒更利索。

这天她正在木机上织布，腹部猛然一坠，她疼得几乎从织机上跌下来，当眼睛周围的黑雾消散重新复明以后，她已经感觉到裤裆里有热烘烘的东西在蠕动。她反而更镇静，双手托着裤裆下了织布机，缓缓走过庭院。临进厦屋门时，头顶有一声清脆的鸟叫，她从容地回过头瞥了一眼，一只百灵子正在庭院的梧桐树上叫着，尾巴一翘一翘的。跨过厦屋门坎，她就解开裤带坐到地上，一团血肉圪塔正在裤裆里蠕动。丈夫和鹿三下地去了，阿婆抱着牛犊串门子去了。剪刀搁在织布机上。

她低下头噙住血腥的脐带狠劲咬了几下，断了。她掏了掏孩子口里的黏液，孩子随之发出「哇」的一声哭叫。刚才咬断脐带时，她已经发现是个女子。她把女儿身上的血污用裤子擦拭干净，裹进自己的大襟里爬上炕去，用早已备置停当的小布单把孩子包裹起来，用布条捆了三匝，塞进被窝。她擦了擦自己腹上腿上和手上的血污，从容地溜进被窝，这才觉得浑身没有一丝力气了。

白嘉轩回家来取什么工具，看见厦屋脚地上一片血污一股腥气，大吃一惊。他摇醒她问怎么回事，她眼也不睁手也不抬只是说：「快烧炕。」他扯来麦秸塞进炕洞点着火就烧起来。青烟弥漫，仙草呛得咳嗽起来。他问她：「人好着哩？」她说：「渴。」他又钻到厨房烧了一碗开水给她端来。她嘴唇不离碗沿一气饮尽，感动得流下眼泪，这是她进这个门楼以后男人第一次为她烧水端水。她缓过一口气来，就忍不住告诉他：「是个女子！」嘉轩说：「这回合你心上来了，也合我心上来了。稀欠稀欠！」仙草又忍不住说了孩子落草时有百灵子叫的事，嘉轩背抄着手在脚地上踱步，沉吟着：「百灵……百灵……白灵……白灵……就是灵灵儿娃嘛！」

白灵顺顺当当度过了四六大关，顺顺当当出了月子，仙草绷紧的神经才松弛下来，如此顺当地躲过四六灾期反倒使她心地不大踏实。这天晚上，她将一月来反复琢磨着的一件心事提出来：「给灵灵认个干大。」嘉轩听了，「嗯」了一声，随即附和，表示赞同。他现在偏爱这个女儿的心情其实不亚于仙草，单怕灵灵有个病病灾灾三长两短，认个干大就有护荫了。他说：「认谁呢？」仙草说：「这由你看着办。」嘉轩先提出冷先生。仙草说：「你去问咱妈，咱妈说认谁就认谁。」

吃罢晚饭，白嘉轩悠然地坐在那把楠木太师椅上，把绵软的黄色火纸搓成纸捻儿，打着火镰，点燃纸捻儿，端起白铜水烟壶，捏一撮黄亮黄亮的兰州烟丝装进烟筒，「噗」的一声吹着火纸，一口气吸进去，水烟壶里的水咕嘟咕嘟响起来，又徐

徐喷出蓝色的烟雾。他拔下烟筒，「哧」的一声吹进气去，燃过的烟灰就弹到地上粉碎了。

白赵氏已经脱了裤子，用被子偎着下半身，一只手轻轻地拍着依偎在怀里的小孙子牛犊，嘴里哼着猫儿狗儿的催眠曲儿，轻轻摇着身子，看着儿子嘉轩临睡前过着烟瘾。她时不时地把儿子就当成已经故去的丈夫，那挺直腰板端端正正的坐姿，那左手端着烟壶右手指头夹着火纸捻儿的姿势，那吸烟以及吹掉烟灰的动作和声音，鼻腔里习惯性地喷出吭吭吭的响声，简直跟他老子的声容神态一模一样。他坐在他老子生前的坐椅上用他老子留下的烟具吸烟，完全是为了尽守孝道：他白天忙得马不停蹄，只有在临睡前就着油灯陪她坐一阵儿，解除她一个人生活的孤清，夜夜如此。他一般进屋来先问安，然后就坐下吸水烟，说一些家事。她相信儿子在族里和在家里的许多方面都超过了父亲；她恪守幼时从父母，出嫁从丈夫，老来从儿子的古训，十分明智地由儿子处理家务和族里的事而不予干涉。嘉轩过足了烟瘾，就说起了给女儿认干大的事。白赵氏没有确认两代交好的冷先生，说：「就认鹿三好！」

嘉轩收拾了烟壶，捏灭了火纸到马号去了。鹿三正在马号里给牲畜喂食夜草。马号宽敞而又清整，槽分为两段，一边拴着红马和红马生下的青骡，一边拴着黄牛和黄牛生下的紫红色犍牛。槽头下用方砖箍成一个搅拌草料的小窖，鹿三往草窖里倒进铡碎的谷草和青草，撒下碾磨成细糁子的豌豆面儿，泼上井水，用一只木锨翻捣搅拌均匀，把粘着豌豆糁子的湿漉漉的草料添到槽里去。黄牛和犍牛舔食草料时，挂在脖子上的铜铃丁当当响着。鹿三背对门口做着这一切，放下木锨，回过头来，看见嘉轩站在身后注视着他的劳作。他没有说话，更不用惊慌，仍然按他原先的思路在槽头忙着。白嘉轩也站在槽头前，背抄着双手看骡马用弹动的长唇吞进草料，牙齿嚼出咯噔咯噔的声音。他又挪步到牛槽边站住，看着黄牛和犍牛犊用长长的舌头卷裹草料。鹿三转身走到炕沿边坐下来，抽着旱烟，主人不说话，他也不主动说什么。嘉轩几乎每天晚上陪

老娘坐过之后都要到马号来，来了就那么背抄着手站着看牛马吃草嚼料，甚至连一句话也不说，看着牲畜吃光整整一槽草料才回去睡觉。白嘉轩从槽边转过身走到鹿三当面：「三哥，你看我那个小女儿灵灵心疼不心疼？」鹿三说：「心疼。」白嘉轩说：「给你认个干女儿你收不收？」鹿三惊奇地睁大了不大灵活的黑眼睛，随之微低了头，捏弄着烟锅，脑子里顿时紧张地转动起来，综合，对比，肯定，否定，一时拿不定主意。白嘉轩诚恳地说：「我们三人商量过了，想跟你结这门干亲。当然……这是两厢情愿的事，你悦意了顶好；不悦意也没啥，咱们过去怎样，日后还是怎样。你今黑间思谋思谋，明儿个给我见个回话。」说罢就走出马号去了。

鹿三捉着短管烟袋依然吸烟，烟雾飘过脸面，像一尊香火烟气笼罩着的泥塑神像。这是一个自尊自信的长工，以自己诚实的劳动取得白家两代主人的信任，心地踏实地从白家领取议定的薪俸，每年两次，麦收后领一次麦子，秋后领一次包谷和棉花，而白家从来也没有发生过短斤少两的事。在他看来，咱给人家干活就是为了挣人家的粮食和棉花，人家给咱粮食和棉花就是为了给人家干活，这是天经地义的又是简单不过的事。挣了人家生的，吃了人家熟的，不好好给人家干活，那人家雇你干什么？反过来有的财东想让长工干活还想勒扣长工的吃食和薪俸，那长工还有啥心劲给你干活？这样，财东想要雇一个本顺的长工和长工想要择一家仁义的财东同样不容易。白家是仁义的。麦收时打下头场麦子，白秉德老汉就说：「鹿三取口袋去，先给你灌。你屋里事由紧，等着吃哩！」一石麦子按十一斗量，刨一斗水分。」秋后轧下头一茬棉花，白秉德还是那句话：「先给你称够背回去，叫女人看该咋样用，天冷了。」遇到好年景，年终结账时，白秉德慷慨地说：「今年收成好，加二斗麦，鹿三你回去跟娃们过个好年。」鹿三自己只有二亩旱地，每年种一季麦子，到了播种麦子的时节，白秉德就说：「鹿三，你套上犁先把你那二亩地种了。」他用白家的牲畜和犁具用不了一晌时间就种完了。春天，女

人鹿张氏提着小锄去锄草，麦子不等黄透就被女人今日一坨明日一坨旋割完了，一捆一捆背回家去，在自家的小院里用棒槌一个一个捶砸干净。鹿三整个夏收期间都一心注定给白家收割碾打晾晒麦子和播种秋田。麦子成熟进入洪期，白秉德临时从白鹿镇雇来几个麦客抢时收割，鹿三自然成为麦客们的头领，引着他们辨认白家的地块，督察他们不要偷懒怠工和割麦留下太高的茬子。鹿三有时也忍不住发火：「你看你割过的麦茬像不像人割的？贼偷也留不下这么高的茬口！出门给人干活就凭这本事？掌柜的算瞎了眼叫下你这号二道毛！」鹿三的庄稼手艺在白鹿村堪称一流，他看见那些做得不入辙的活计就由不得发火。白秉德死了以后，鹿三和平辈的白嘉轩关系更加和谐。白嘉轩很真诚地称他为三哥，他对他不称主家不称掌柜的而是直呼其名，自然是官名白嘉轩。鹿三一般不参与白家家庭内部的事务，不像有些浅薄势利之徒，主家待他好了自个就掂不来轻重也沉不住气了，骚情得恨不能长出个尾巴来摇。他只恪守一条，干好自己该干的事而决不干他不该干的事。给白家宝贝女儿当干大还是不当呢？鹿三权衡了当这个干大和不当这个干大的种种利弊之后，仍然拿不定主意，最后只是反复想着一句话：嘉轩已经开了口，这个脸不能伤！

为女儿灵灵满月所举行的庆贺仪式相当隆重，热烈欢悦的喜庆气氛与头生儿子的满月不相上下。亲戚朋友带着精心制作的衣服鞋袜和各种形状的花馍来了，村里的乡党凑份子买来了红绸披风。白嘉轩杀了一头猪，做下十二件子的丰盛席面，款待亲朋好友和几乎整个村庄里的乡党。在宴席动箸之前，点亮了香蜡，白嘉轩当众宣布了与鹿三结下干亲的决定。仙草一手抱着灵灵，跪拜三叩，代孩子向鹿三行礼。席间顿然出现了混乱，男人女人们一拥而上，把从锅底上摸来的黑灰和不知从哪儿搞来的红水一齐抹到白嘉轩的脸上，又抹到鹿三的脸上，妇人们几乎同时把仙草也抹得满脸黑红了。鹿三憨笑着挤出人群，跑回马号。用木瓢在水缸里舀水洗脸，看见儿子黑娃坐在炕上，像个大人似的用一只手撑着腮帮，眼里淌着泪花。他问儿子怎么了？黑娃不吭声。他拉黑娃到白家去坐席，黑娃斜着眼一甩手走掉了。谬种！鹿三自言自语骂着，这狗日是个谬种。

唯一的缺憾是冷先生没有到场。白嘉轩很郑重地邀约了冷先生。冷先生被一位亲戚攀扯到城里给一位亲戚去看病，顺便给灵灵买一件礼物，讲定来去三天，一定赶在满月喜庆日子的前一天回来，结果没有回来，过了十天也没有回来。这时候开始传播着一个扑朔迷离的消息：城里「反正」了！第十二天夜里冷先生回到白鹿镇的中医堂，立即指派跑堂抓药的伙计叫来了白嘉轩和鹿子霖。俩人几乎异口同声问：「先生哥，你可回来了！」冷先生坐在他的那把罗圈椅子上：「差点儿回不到咱原上来了！」

白嘉轩问：「是不是反了正了？」

冷先生答：「反了正了！」

鹿子霖又接口问：「『反正』是咋回事？」

冷先生说：「反皇帝，反清家，就是造反哩嘛！说是反了正了，还说是革了命了！」

白嘉轩问：「那皇帝现时……」

冷先生说：「皇帝还在龙廷。料就是坐不稳了。听说是武昌那边先举事，西安也就跟着起事，湖广那边也反正了，皇帝只剩下一座龙廷了，你想想还能坐多久？」

鹿子霖问：「是要改朝换代了？」

冷先生说：「人都说是反正，革命……」

白嘉轩问：「反正了还有没有皇帝？」

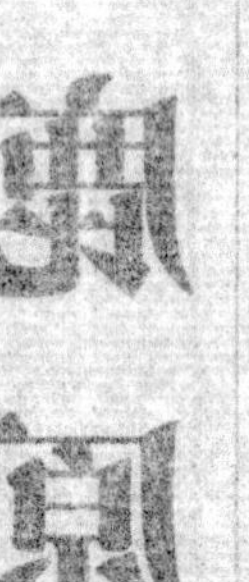

冷先生说：「怕很难说。城里清家的官们跑了，上了一位张总督。」

鹿子霖问：「总督是个啥官职？」

冷先生说：「总督就是总督。管咱一个省，该是二品……」

白嘉轩说：「没有皇帝了，往后的日子咋样过哩？」

鹿子霖说：「皇粮还纳不纳呢？」

冷先生抿了一口茶，没有回答，他也不知道没有了皇帝的日子该怎么过，却神秘地讲起他在城里经历的惊心动魄的事件。

那一夜，他给亲戚看了病，早早吃了饭，亲戚家人领他去三意社看秦腔名角宋得民的《滚钉板》。木板上倒扎着一　长的明灿灿的钉子，宋得民一身精赤，在密密麻麻的钉子上滚过去，台下一阵欢呼叫好声。此时枪声大作，爆豆似的枪声令人魂飞魄散。剧场大乱。宋得民赤着身子跑了。冷先生和亲戚已经失散，他跑上大街，被一声沉闷的爆炸吓得蹲下身子，然后慌慌张张钻进小巷。回到亲戚家里，病人已经死掉，枪声把人活活吓死了。亲戚一家既不敢烧香点蜡摆设灵堂，连哭也不敢大声。城门已经关死，连续多日，进城的人进不去，出城的人出不来，冷先生后来随着亲戚家发丧的灵柩才出了城门。冷先生带着劫难余生的慨叹笑着说：「我的天！我在大街小巷钻着跑着，枪子儿在头顶咕儿咕儿响，要是有一颗飞子撞上脑袋，咱弟兄们也就没有今日了。」

白嘉轩说：「先生哥，你再甭出远门了。就坐在咱们白鹿镇上，谁想看病谁来，你甭出去。」

鹿子霖附和道：「这是实实在在的话。先生哥，你大概还不知道，原上出了白狼了！」

「知道。我回来一路上听过十遍八遍了。」冷先生说，「皇帝再咋说是一条龙啊！龙一回天，世间的毒虫猛兽全出山了，

这是自然的。」

城里的反正只引起了慌恐，原上的白狼却造成最直接的威胁。白狼是从南原山根一带嘈说起来的，几天工夫，白狼可怖的爪迹已经踩踏了整个白鹿原上的村庄。那是一只纯白如雪的狼，两只眼睛闪出绿幽幽的光。白狼跳进猪圈，轻无声息，一口咬住正在睡觉的猪的脖子，猪连一声也叫不出，白狼就噘着嘴吸吮血浆，直到把猪血吸干咂尽，一溜白烟就无影无踪地去了。猪肉猪毛完好无损，只有猪脖下留着几个被白狼牙齿咬透的血眼儿。人们把猪赶出猪圈，临时关进牛棚马号里，有的人家甚至把猪拴到火炕脚地的桌腿上。可是无济于事，关在牛棚马号里的猪和拴在火炕脚地上的猪照样被白狼吮咂了血浆而死了，谁也搞不清那白狼怎样进出关死了门窗的屋子的。南原桑枝村桑老八就是把猪拴在炕下的方桌腿上，装作熟睡，故意拉出牛吼似的鼾声。夜半时分，桑老八就听见炕下有吱儿吱儿的声响，像娃儿吮奶汁的声音。桑老八悄悄偏过头，睁开眼朝脚地一瞅，一道白光穿过后墙上的木格窗户掼出。待他点上油灯，光着屁股下炕来看时，猪已断气，尚未吸吮净尽的血冒着气泡儿从猪脖下的血口子里汩汩涌出来。最有效的防范措施终于从白狼最早作孽的南原创造成功，人们在村庄四周点燃麦草，彻夜不熄。狼怕火，常见的野狼怕火白狼也怕火。白鹿原一到夜幕降临就呈现出前所未有的壮观，村村点火，处处冒烟；火光照亮了村树和街路，烟雾弥漫了星空。

白嘉轩说：「咱们白鹿村只靠那个跛子老汉打更怕是不行了。堡子的围墙豁豁牙牙，甭说白狼，匪贼骑马进村也无个挡遮！」

鹿子霖说：「修吧。把豁口全部补齐，晚上轮流守夜，立下罚规，不遵者见罚！」

第二天一早，白嘉轩提着大锣，从白鹿村自东至西由南到北敲过去，喊过去，宣告修补村庄围墙的事。人们丢下活计，扔

下饭碗就集中到祠堂院子里。白嘉轩一宣布修补破残围墙的动议，就得到一哇声的响应。整个村子骤然形成灾祸临头的悲怆激昂的气氛，人人都热情而又紧张地跑动起来了。

按照修建祠堂的惯例，白嘉轩负责收缴各家各户的粮食，鹿子霖负责指挥工程。围墙工程经过短促的准备，当天后晌就响起石夯夯击黏土的沉闷的声音。民众的热情超过了族长和工头，一致要求日夜不停，轮换打夯，人停夯不停。白嘉轩和鹿子霖商量一下就接受了。翻修祠堂时拆掉的锅台又垒盘起来，日夜冒着火光，风箱昼夜呱嗒呱嗒响着，管晚上打夯的人吃两顿饭。五天五夜连轴转过，围绕村庄的土墙全部修补完好。白嘉轩和鹿子霖又把十六岁以上的男人以老搭少划分成组，夜夜巡逻放哨。放哨的人在围墙上点燃麦草，手执梭镖和铁铳，在高至屋脊的围墙上严阵以待。有一夜，白嘉轩睡得正香，猛然被一声沉重的铳响惊醒。他爬起来抓起靠在炕头墙上的梭镖，拉开门就冲了出去。村巷里脚步踢踏，人影闪动，奔到围墙的出口，那儿已被手执梭镖的村民围得水泄不通。值班巡逻的人说，他看见白狼蹿上围墙，就放了一铳，一道白光又掼出围墙去了。「白狼来了！」凶讯像沉重的乌云笼罩在白鹿村的上空，村民们愈加惊恐，愈觉修复堡子围墙的举措非常英明十分及时。成功地修复围墙不仅有效地阻遏了白狼的侵扰，增加了安全感，也使白嘉轩确切地验证了自己在白鹿村作为族长的权威和号召力，从此更加自信。

白嘉轩背着褡裢朝县城的方向走去。秋末冬初的黎明像一个行动迟缓的老人凝滞不前。冬走十里不明。浓雾笼罩着的村庄仍然有驱狼的火光明明灭灭。雄鸡的啼叫没有往日的雄壮，而显得黏稠滞涩，像是鸡脖子里全都塞满了鸡毛。白狼的凶讯持续流传。后来又传闻朱先生凭一张嘴，一句话，就解除了从甘肃反扑过来的二十万清军，朱先生因此被张总督任命为第

一高参。白嘉轩忙于修复围墙而不闻姐夫朱先生的种种传闻，是昨天晚上鹿子霖带着一脸惊奇询问他关于朱先生的消息时才知道的。他带着验证传闻和反正以来的种种疑惧和慌乱去找朱先生，听他断时论世。

朱先生在他的书房里接待白嘉轩，他一如往常，看不出任何异样的神态。白嘉轩脑子里顿时蹦出「处世不惊」四个字来。他忍不住说起乡间关于白狼的传言，朱先生笑笑说：「无稽之谈。今日防了白狼，明日又嘈出一条白蛇，一只白虎，一只白狐狸，一只白乌鸦，你将防不胜防。」姐夫对白狼的冷漠，使白嘉轩感到扫兴，他随之问起朱先生斥退二十万清军的事。朱先生用像冷漠白狼一样的口气说：「传言而已！」白嘉轩不好再问，却又忍不住：「哥。我想你是不会为张总督当说客的。」朱先生却笑了：「你又猜错了，我这回乐意当了张总督的说客。」

那天清晨，朱先生正在书房里诵读。诵读已经不是习惯而是他生命的需要。世间一切佳果珍馐都经不得牙齿的反复咀嚼，咀嚼到后来就连什么味儿也没有了；只有圣贤的书是最耐得咀嚼的，同样一句话，咀嚼一次就有一回新的体味和新的领悟，不仅不觉得味尝已尽反而觉得味道深远；好饭耐不得三顿吃，好衣架不住半月穿，好书却经得住一辈子诵读。朱先生诵读圣贤书时，全神贯注如痴如醉如同进入仙界。门房老者张秀才来报告，说省府衙门有两位差人求见。朱先生头也不抬：「就说我正在晨诵。」张老秀才回到门口如实报告：「先生正在晨诵。」两位差官大为惊讶，晨诵算什么？不就是背书念书吗？念书背书算什么搁不下的紧事呢？随之就对门房张秀才上了火：「我这里有十万火急命令，是张总督的手谕，你问先生他接也不接？」张秀才再来传话，朱先生说：「我正在晨读。愿等就等，不愿等了请他们自便。」差官听了更火了，再三申明：「这是张总督的手谕，先生知道不知道张总督？」张秀才说：「皇帝来也不顶啥！张总督比皇帝还高贵？等着！先生正在晨诵。」两位差官只好等着，张秀才不失礼仪为他们沏了茶。

朱先生晨诵完毕，挽着袍子来到门房，接了差官的信，果然是张总督的亲笔手谕。张总督的信慷慨陈词，婉约动人，言简意赅地阐释了反正举事的原意，摆置出目下严峻的局势，又说反正时逃跑的清廷巡抚方升，从甘肃宁夏拢集起二十万人马反扑过来，大军已压到姑婆坟扎下营寨，离西安不过二百里路，要决一死战。张总督说他的革命军同仇敌忾，士气高昂，完全可以击败方升的乌合之众。只是战事一起，市民百姓必遭涂炭，古城必遭毁灭，于理不通于心亦不忍。因此想请朱先生前往姑婆坟，以先生之德望，以先生与方升之交谊，劝方升退兵，这里亦不追击，由他自去陇西。如果方升情愿留住西安，张总督可以保护其颐养天年。

朱先生看罢，对两个差人说：「儒子只读圣贤书，不晓军事，又无三寸不烂之舌，哪有回天之力。回去告知张总督，免得贻误战机。」说罢就转身走了。两个差官气得脸色骤变，让司机发动了汽车，气呼呼跳上车走了。朱先生听得门口清静下来，立即告诉妻子：「快点给我收拾行李。」朱白氏担心地问：「你到哪达去？不是说不去吗？」朱先生说：「我得出去躲几天。我算定张总督还要派人来缠的。」朱白氏放下心来，给他换了一身干净衣服，朱先生夹了一把黄油布伞就出了白鹿书院。午时，两位差官果然又驾着汽车来了，而且带来了一位大官，是张总督的秘书。门房老者张秀才仍然以礼相待，如实相告：「走了。先生走了。躲走了。」

傍晚时分，在张总督的总督府门前，一位背着褡裢夹着油伞的人径直往里走。荷枪实弹的卫兵横枪挡住。那人说：「我找张总督。」卫兵只瞧了一眼就不打算再瞧一眼，嘴里连续呼出五个「去去去去去！」那人就站在门口大声呼叫起张总督的名字，而且发起牢骚：「你三番两次请我来，我来了你又不让我进门。你好不仗义！」这时候一辆汽车驶到门口停下，车上跳下两个人来，顺手抽了卫兵一记耳光，转过身就躬下腰说：「朱先生请进。」朱先生一看，正是早晨破坏他晨诵的那

两位差官，便跟着差官走进总督府见了张总督。张总督挽着朱先生坐下，亲昵地怨嗔道：「先生你是腿上的肉虫儿不得死了？放着汽车不坐硬走路。」朱先生说：「我是土人，享不了洋福，闻见汽油味儿就恶心想吐。」张总督说：「我真怕你不来哩！正准备三顾茅庐，我亲自去你的书院哩。」朱先生笑说：「纵是孔明再生，看见你这身戎装，也会吓得闭气，何况我这个土人。」

第二天一早，张总督起来时，已经找不着朱先生，连连叹惋：「这个呆子书呆子！」随之带了一排士兵乘车追出城去。

朱先生已经踏上咸阳大桥，一身布衣一只褡裢一把油伞，晨光熹微中，仍然坚持着晨诵，连呜呜吼叫的汽车也充耳不闻，直到张总督跳下车来堵住去路，朱先生才从孔老先生那里回到现实中来，连连道歉：「总督大人息怒。我怕打扰你的瞌睡就独自上路了。」张总督好气又好笑说：「这十二个卫兵交给你，请放心，我已经给他们交待过了。」朱先生转过身瞅一眼站成一排溜儿的兵士，摇摇头说：「这十二个人不够。把你的兵将一满派来也不够。要是你能打过方升，你还派我做什么？回吧回吧，把你这十二个兵丁带回去护城吧。」张总督不由脸红了说：「那你总得坐上汽车呀！」朱先生不耐烦了：「我给你说过，我闻不惯汽油味儿……」说罢一甩手走了，嘴里咕咕嘟嘟又进入晨诵了。张总督追上来再次相劝，要他坐上汽车，带上十二名经过特种训练的卫士以防不测。朱先生却轻轻松松地说：「你诵一首咸阳桥的诗为我送行吧。」张总督心不在焉又无可奈何地诵道：

渭城朝雨浥轻尘，客舍青青柳色新。
劝君更进一杯酒，西出阳关无故人。

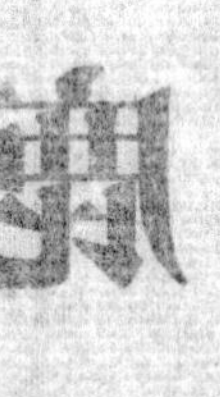

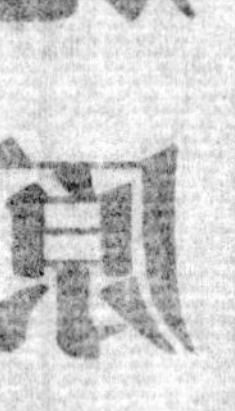

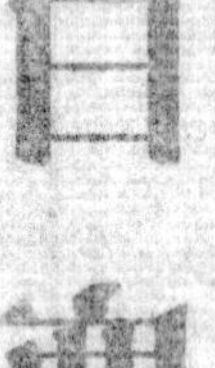

朱先生击掌称好之后，自己也吟诵起来：

车辚辚，马萧萧，行人弓箭各在腰。耶娘妻子走相送，尘埃不见咸阳桥……

朱先生吟诵至此，热泪涌流，转过身扯开步径自走了。

日暮时分，朱先生走到一条小河边，隔水相望，那边已是穿着清家服装的兵勇。他走过木板吊桥，就被兵勇们截住，喝问不止。朱先生放下肩头的褡裢，取出一方纸呈给兵勇们的头目，那是方升当巡抚时亲笔题赠给他的一帧条幅：学为好人。朱先生考中头名举人那年，曾经连续三次婉言辞谢了方巡抚提拔他的既定公文。方升不仅不恼，反而更加器重他的品格，就择取朱先生复信中的一句话「孺子愿学为好人」题书回赠。这帧条幅现在成了通行证，在剑拔弩张的两军对垒中显示奇效，兵勇们既不放心又不敢得罪他，于是就把他带有强迫性地弄上汽车。朱先生真的闻不得汽车的汽油味儿，一路上吐得搅肠翻肚。

方巡抚在他的行营里接见了朱先生，并备下一桌丰盛的晚餐，朱先生却远远坐着不上餐桌。方巡抚谦和地说：「先生屈就便餐。待我平定逆贼收复西安之后，再请先生。」朱先生摇摇头，仍不动身。方巡抚问得紧了，朱先生才说：「我害怕。」方巡抚问：「这里就你和我，怕什么？」朱先生嗫嚅道：「我没见过你的这身打扮。我看见你这一身戎装就好像看见了白刀子进去红刀子拔出。我害怕。我一害怕就吃不进饭。巡抚你脱下征衣穿便服吧！」方巡抚听罢哈哈大笑：「哎呀先生！不瞒你说，我从陇西起身时把便衣全都烧了。好！今日我破例一次。」说罢便脱下戎装。朱先生这才坐到桌前说：

「这才像个人了。」

席间，朱先生一双筷子只搛素菜，不动荤菜更不动酒，见方巡抚刚放下筷子，便从褡裢里掏出一只瓦罐，把盘中剩下的荤菜素菜倾盘倒进瓦罐里去。方升皱了皱眉问：「先生，你……」朱先生憨憨地说：「我把这些好东西带回家去，让孩子尝尝。」方巡抚惊问：「何至于此？」朱先生说：「天下大乱，大家都忙着争权逐利，谁个体恤平民百姓？我今日专程求恩师讨活路来了。」方巡抚顿然激愤起来：「先生为关中大儒，既已困拮如此，百姓更是苦不堪言。我正为此披挂戎装，平叛讨贼，重振朝纲，百姓正翘首以待。」朱先生模棱两可地问：「你能平定关中，我深信不疑。武昌呢？湖广各省呢？谁去平叛？」方升说：「我为清臣，誓为朝廷尽忠。我丢掉的江山，由我收回。至于武昌湖广，那非我辖地，鞭长莫及。」朱先生笑说：「一树既老且朽，根枯了，干空了，枝股枯死，只有一枝一梢荣茂，这一枝一梢还能维系多久？」方巡抚听了，警惕地打量着朱先生：「先生是……替叛贼当说客来了？」朱先生坦然地说：「我刚才已经说过，是向你讨活路来了。恕我直言，清廷犹如朽木难得生发，又如同井绳难以扶立。你纵然平复关中，无力平复武昌湖广。你一枝一梢独秀能维持多久？如再……恕我直言……再次被撵出关中，怕是难得立足之地了。」方升听到此时，脸色骤变，站起身来：「先生免言！我原以为你清高儒雅，想不到已改投门庭，为叛贼充当说客！」朱先生坐着不动，稍微提高了话音：「恩师听我坦白。张总督反正文告二十八条，我只领受三条，一为剪辫子，一为放足，一为禁烟。我仍矢守白鹿书院，月里四十不曾下山，晨诵午习，传道授业解惑；仍然恪守『学为好人』的宗旨。」说着就掏出方升题赠的条幅。方升怒气难平：「我只要亲自腰斩了那个负义之徒，宁可肝脑涂地亦不顾及。」朱先生听了不以为然地笑了：「不义之徒自有灾池等着他，何必你兴师动众？」

张总督和朱先生是同一年经方巡抚亲自监考得中的举人，那是方巡抚到陕赴任第一年的事。次年，方巡抚力荐当时的张举人官费赴日本国留学，他在日本参加了孙中山先生的同盟会，回陕后就成为方巡抚的头号政敌，直到反正成功，方巡抚仓皇逃出关中。朱先生说：「恩师常言『顺时利世』，在秦为政多年，颇获人心。而今挟刃领兵几十万进入关中，腰斩的岂止张某一人？目下城里城外惊慌失措，谣传恩师要洗城。战事一起，遭伤害的是百姓，你就要落千古骂名了。」说到此，朱先生背起褡裢就告辞了。方升挽留说：「天明再行。」朱先生笑说：「我一身粗布衣，匪贼看不上，囊中无一文钱，谁杀我图不得财又赚不得物，划不着啊！」说罢径自去了。

朱先生是夜宿于他的老师家中。老师姓杨，名扑，字乙曲，是关中学派的最后一位传人。朱先生住了两日回到省城复命张总督。张总督一见面就跪下了：「我代表免遭屠城的三秦父老向先生一拜。」朱先生这时才得到确凿消息，方巡抚已经罢兵，带领二十万大军撤离姑婆坟，回归甘肃宁夏去了。

张总督立即传令备置酒席，为朱先生接风洗尘压惊庆功。朱先生从褡裢里掏出瓦罐，抱着罐子大吃大嚼起来。张总督难为情地说：「先生这不寒碜我吗？」朱先生不以为然地笑着：「朋友之交，宜得删繁就简。」吃罢喝了一杯热茶，背起褡裢告辞。张总督死拉住不放：「我还想请先生留下墨宝。」朱先生又放下褡裢，执笔运腕，在宣纸上写下两行稚头拙脑的娃娃体毛笔字：

脚放大，发铰短

指甲常剪兜要浅

张总督皱眉头不知所云。朱先生笑说：「我这回去姑婆坟，一路上听到孩童诵唱歌谣，抄录两句供你玩味。」说罢又背起褡裢要走。张总督先要用汽车送，又要改用轿子，又要牵马驮送。朱先生说：「不宜车马喧哗。」

白嘉轩由不得大声慨叹，姐夫的姑婆之行太冒险了。说罢白狼，白嘉轩就提出诸多疑问，没有了皇帝的日子怎么过？皇粮还纳不纳？是不是还按清家测定的「天时地利人和」六个等级纳粮？剪了辫子的男人成什么样子？长着两只大肥脚片的女人还不恶心人？朱先生不置可否地听着妻弟发牢骚，从抽屉里取出一份抄写工整的文章，交给嘉轩：「发为身外之物，剪了倒省得天天耗时费事去梳理。女人的脚生来原为行路，放开了更利于行动，算得好事。唯有今后的日子怎样过才是最大最难的事。我这几天草拟了一个过日子的章法，你看可行不可行？」白嘉轩接过一看，是姐夫一笔不苟楷书的《乡约》：

一、德业相劝

德谓见善必行闻过必改能治其身能修其家能事父兄能教子弟能御童仆能敬长上能睦亲邻能择交游能守廉洁能广施惠能受寄托能救患难能规过失能为人谋事能为众集事能解斗争能决是非能兴利除害能居官举职凡有一善为众所推者皆书于籍以为善行。业谓居家则事父兄教子弟待妻妾在外则事长上结朋友教后生御僮仆至于读书治田营家济物好礼乐射御书数之类皆可为之非此之类皆为无益。

二、过失相规

犯义之过六：一曰酗酒斗讼二曰行止逾违三曰行不恭逊四曰言不忠信五曰造谣诬毁六曰营私太甚。犯约之过四：一曰德业不相劝二曰过失不相规三曰礼俗不相成四曰患难不相恤。不修之过五：一曰交非其人所交不限士庶但凶恶及游惰无形众所不齿者若与之朝夕游从则为交非其人若不得已暂往还者非二曰游戏怠惰游谓无故出入及谒见人止多闲适者戏笑无度及意在侵侮或驰马击鞠之类怠惰谓不修事业及家事不治门庭不洁者三曰动作无仪进退疏野及不恭者不当言而言当言而不言者衣冠太饰及全不完整者不衣冠而入街市者四曰临事不恪主事废妄期会后时临事怠慢者五曰用度不节不计家之有无过为侈费者不能安贫而非道营求者以上不修之过每犯皆书于籍三犯则行罚。

三、礼俗相交

……

白嘉轩当晚回到白鹿村，把《乡约》的文本和朱先生写给徐先生的一封信一起交给学堂里的徐先生。徐先生看罢，击掌赞叹：「这是治本之道。不瞒你说，我这几天正在思量辞学农耕的事，徐某心灰意冷了；今见先生亲书，示我帮扶你在白鹿村实践《乡约》，教民以礼义，以正世风。」

白嘉轩又约请鹿子霖到祠堂议事。鹿子霖读罢《乡约》全文，感慨不止：「要是咱们白鹿村村民照《乡约》做人行事，真成礼仪之邦了。」三人当即商量拿出一个在白鹿村实践《乡约》的方案，由族长白嘉轩负责实施。当晚，徐先生把《乡

约》全文用黄纸抄写出来，第二天一早张贴在祠堂门楼外的墙壁上；晚上，白鹿两姓凡十六岁以上的男人齐集学堂，由徐先生一条一款，一句一字讲解《乡约》。规定每晚必到，有病有事者须向白嘉轩请假；要求每个男人把在学堂背记的《乡约》条文再教给妻子和儿女；学生在学堂里也要学记《乡约》，恰如乡土教材。白嘉轩郑重向村民宣布：「学为用。学了就要用。谈话走路处世为人就要按《乡约》上说的做。凡是违犯《乡约》条文的事，由徐先生记载下来；犯过三回者，按其情节轻重处罚。」

处罚的条例包括罚跪，罚款，罚粮以及鞭抽板打。白鹿村的祠堂里每到晚上就传出庄稼汉们粗浑的背读《乡约》的声音。从此偷鸡摸狗摘桃掐瓜之类的事顿然绝迹，摸牌九搓麻将抹花花掷骰子等等赌博营生全踢了摊子，打架斗殴扯街骂巷的争斗事件再不发生，白鹿村人一个个都变得和颜可掬文质彬彬，连说话的声音都柔和纤细了。

白嘉轩从街巷里走过去，瞥见白满仓之妻坐在街门外的捶布石上给娃子喂奶，扯襟袒脯，两只猪尿泡一样肥大的奶子裸露出来，当晚就在众人聚集的祠堂里当作违反礼仪的事例讲了。白满仓羞得赤红着脸，当晚回去就抽了丢人现眼的女人两个耳光。从此，女人给孩子喂奶全都自觉囚在屋里。

白嘉轩又请来两位石匠，凿下两方青石板碑，把《乡约》全文镌刻下来，镶在祠堂正门的两边，与栽在院子里的「仁义白鹿村」竖碑互为映照。这镌刻工程继续多日，两个石匠叮叮咣咣凿石刻字，白嘉轩不管田间劳作多么紧张多么疲累，每天至少要到祠堂来查看一回。

这天后晌，他坐在一只小凳上看着石匠刻字，鹿子霖走进祠堂来，笑嘻嘻地告诉他：「嘉轩哥，县府任命兄弟为白鹿镇保障所乡约了。」白嘉轩问：「乡约怎的成了官名了？」鹿子霖说：「人家就这么称呼。」

白頭鳥

上卷

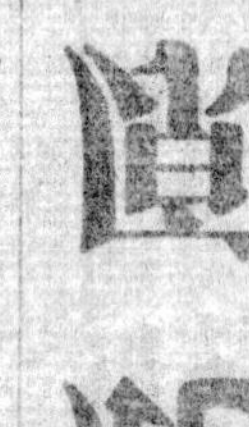

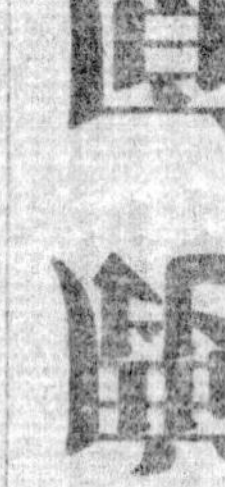

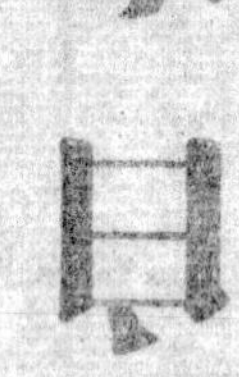

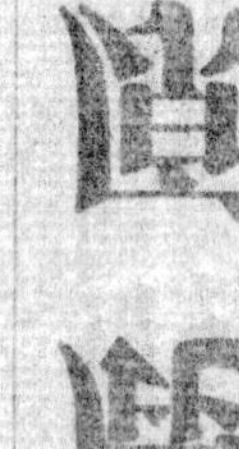

第七章

鹿子霖一上任乡约就施展出非凡的办事能力和组织才能。他用白鹿仓拨给他的十分有限的经费，在白鹿镇买下一院破落户的民房。房屋已经破败不堪，庭院里散发着一股酸滋滋臭烘烘的气味。他雇请来卫木匠，向所辖的十个村子摊派小工，把三间大厅和两间厢房全部翻修一新。把临街的已经歪扭的门楼彻底拆除，用蓝色的砖头垒成两个粗壮的四方门柱，用雪白的灰浆勾饰了每一条砖缝，然后安上两扇漆成黑色的宽大门板。在右首的门柱上，挂出一块白底黑字的牌子：滋水县白鹿仓第一保障所。多年来一直破败不堪的居民小院，完全焕然一新了，在灰暗衰老的白鹿镇上，立即昭示出一种奇异的气质。

皇帝在位时的行政机构齐茬儿废除了，县令改为县长；县下设仓，仓下设保障所；仓里的官员称总乡约，保障所的官员叫乡约。白鹿仓原是清廷设在白鹿原上的一个仓库，在镇子西边三里的旷野里，丰年储备粮食，灾年赈济百姓，只设一个仓正的官员，负责丰年征粮和灾年发放赈济，再不管任何事情。现在白鹿仓变成了行使革命权力的行政机构，已不可与过去的白鹿仓同日而语了。保障所更是新添的最低一级行政机构，辖管十个左右的大小村庄。

当白鹿仓的总乡约田福贤要鹿子霖出任第一保障所的乡约那阵儿，鹿子霖听着别扭的「保障所」和别扭的「乡约」这些新

名称满腹狐疑，拿不定主意，推诿说自己要做庄稼，怕没时间办保障所里的事。当他从县府接受训练回来以后，就对田福贤是一种知遇恩情的感激心情了。

鹿子霖在县府接受了为期半月的任职训练。受训结束的前一天，县长史维华再一次到场训示，发给大家每人一身青色制服，换上了一色一式制服的各仓总乡约和各保障所的乡约们一起同史县长合影留念，这无疑是滋水县历史上别开生面的一张历史性照片。鹿子霖脱下长袍马褂，穿上新制服到大镜前一照，自己先吓了一跳，几乎认不出自己了。停了片刻，他还是相信那个穿一身青色洋布制服的鹿子霖，仍是那个穿长袍马褂的鹿子霖：长条脸，高额头，深陷的眼睛，长长的眼睫毛，统直的鼻子，俊俏的嘴角，这个鹿子霖比那个鹿子霖更显得精神了。

一天后晌，两个正在朱先生的白鹿书院念书的儿子闻讯跑到县府来看望他，看见他一身制服就惊得愣呆呆地瞅着。鹿子霖哈哈笑着搂住儿子说：「爸革命咧！」大儿子兆鹏说：「爸！你都革命了，还让我念古书？我想到城里的新学堂去念书。科举考试早都废止了，再念老书没一点点儿用处了。」二儿子兆海也附和哥哥说：「好几个生员都走了，到城里的新学堂念书去了。我跟哥哥一块去。」鹿子霖很爽快地说：「去。你俩一搭去。史县长说来，咱县上也正筹划新学堂哩！」

鹿子霖日暮时回到白鹿村，在街巷里遇见熟人，全都认不出他来了。他对这种反应已不奇怪，作出无所谓的样子回答他们的询问：「在县府受训。满了。十五天满了。这衣裳……制服嘛！」走进自家院子，他的女人端着一盆泔水正往牛圈走，吓得双手失措就把盆子扣到地上了。鹿子霖走进上房向父亲请安。泰恒老汉眨巴着眼睛把他从头到脚瞅盯了半晌，惊奇地问：「你的辫子呢？」鹿子霖早有准备：「凡是受训的人，齐茬儿都铰了。保障所是革命政府的新设机构，咋能容留清家的辫子？」泰恒老汉闭嘴闷声了。

白鹿仓总乡约田福贤邀请鹿子霖出任第一保障所乡约的时候，鹿泰恒出于自家在白鹿村处境的考虑，支持儿子到白鹿村外边去闯世事，现在自然不能为儿子丢掉辫子再说二话。鹿子霖恭恭敬敬向父亲汇报了在县府受训的情况，泰恒老汉听了说：「甭忘了你老太爷的话。」鹿子霖说：「那忘不了。」第二天鹿子霖就着手交办买房修房创建保障所的事。他在白鹿村和白嘉轩搭手修造祠堂，创立学堂，修补堡子围墙，结果却只是增加了族长白嘉轩的功德；现在他将第一次出面独立行事，就决心要办出个样子来。在白鹿村，他的财富可以累加，却与族长的位置无缘；现在，他是保障所的乡约，下辖包括白鹿村在内的十个村庄，起码不在白嘉轩之下了吧？他按照县府规定给保障所的编员人数，物色聘请了一位书手，姓王，是大王村的一位学子，写得一手好字，人也精丁。到保障所修建完成，他和王书手就在厅房里坐下来摆出办公的架势了。

第一保障所创建成功，并举行了隆重的庆祝活动。鹿子霖首先约请了顶头上司总乡约田福贤，还邀请了第一保障所所辖管的十个村子里的官人——包括白嘉轩在内的各村的族长，又邀请了白鹿仓另外八个保障所的乡约；再就是镇子上的几位头面人物，中医堂的冷先生，杂货铺的葛掌柜，粮店的崔掌柜等；本保障所辖管的十个村子的绅士和财东，也都一个没有遗漏。第一项仪式是挂牌。白鹿仓总乡约田福贤把挽着红绸的木牌挂在右首的四方门柱上，然后鞭炮齐鸣，又三声铳响，把人们震得耳鸣心跳。在乱糟糟的恭贺气氛里，鹿子霖却想起老太爷的话：「中了秀才放一串草炮，中了举人放雷子炮，中了进士放三声铳子。」他现在是保障所的乡约，草炮雷子铳子都放了，老太爷在天之灵便可得到了慰藉。

鹿子霖在镇子的饭馆包下五席饭菜，跑堂的掌着红漆木盘把菜送到保障所里。酒过三巡，鹿子霖致词欢迎，田总乡约作指示，各位同僚，各位头面人物相互祝贺恭维。白嘉轩坐在这里很难受，听这些人说话更难受，他怎么也消除不了心里的疑团：「这些人在这儿吃谁的？」他几次想把姐夫朱先生写给张总督的民谣念出来，却又几次作罢。他清楚鹿子霖不是张总

督，他自己也不是朱先生，念了也没有用。他应酬着坐了一阵子，再也坐不下去，就起身告辞了。鹿子霖捏着酒盅走过来，拉他再饮：「嘉轩哥，日后还望你宽容兄弟之不周。」白嘉轩装出豁达的样子说：「这话再不能往下说，再说就见外了。我有事得先走一步。」鹿子霖热情地拉住不放：「啥事紧得要走？」白嘉轩挣脱了手臂，离开桌椅说：「黄牛寻犊子咧！我得去配种。」鹿子霖扫兴地闭了嘴，再不挽留。

白嘉轩得到通知到保障所开会，十个村的官人全都到齐后，鹿子霖传达了县府史维华县长的命令，要对本县的土地和人口进行一次彻底清查，先由保障所逐村逐户核查造册，再由白鹿仓汇总之后统一到县府加盖印章，一亩一章，一丁一章，按土地亩数和人头收缴印章税。白嘉轩还没听完，就突然想到保障所挂牌吃喝那天自己没有说出口的话：这些人在这儿吃谁的？他然后作出一副轻松的样子，对鹿子霖开玩笑说：「子霖兄弟，是不是挂牌那天吃下窟窿了？」鹿子霖正怀着上任后第一次执行公务的神圣和庄严，一时变不过脸来，虽然被这话噎得难受，却只能是玩笑且当它玩笑：「嘉轩兄谝什么闲传，这是史县长的命令。」但心里却不由懊恼起来。印章税收齐后，县府、仓和保障所按七二一比例开成，上交县府七成，仓里抽取二成，保障所留下一成，作为活动经费以及官员们的俸禄。因为没有各村官人的份儿，所以此条属内部掌握，一律不朝下传达。鹿子霖恢复平静以后，就强烈地意识到，现在不能示弱，否则以后事情就难办了，于是说：「各位，咱们官事官办，私事私了。属于兄弟和各位私人交情的事，咋都好说好办，属于官事，就得按县府的条律执行。史县长再三说，必须服从革命法令，建立革命新秩序。」有人问：「谁要是实在没钱交咋办？」鹿子霖说：「让他们自己想办法。」又有人说：「要是想不下办法咋办？现在青黄不接，去年秋里遭了旱，村里多半人吃食接不上新麦……」鹿子霖

说：「办法只要想，总是能想到的。各位回村以后，牙口得放硬点。」

白嘉轩就不再说话，领了鹿子霖散发的通告，径直走回白鹿村。

白嘉轩从皂荚树上用铁锨铲下几束皂荚刺，把署有史维华县长名字的通告扎到祠堂外的墙壁上，然后敲锣，把通告的内容归纳成最简洁的几句话，从村子里一边敲过，一边喊：「一亩一章，一人一章按章纳税，月内交齐，抗拒不交者，以革命军法处治。」白嘉轩绕村一匝，回到祠堂放下大锣的时候，通告前已经围满了村民。大家议论纷纷，听不清楚，只听得一句粗话：「这反正倒反成个朘子了！这县长倒是个朘子县长……」

祠堂门外的嘈杂声，搅扰了徐先生的安宁。后晌放学以后，孩子们背上竹笼，提上草镰去给牲口割草，徐先生就到河边去散步。杨柳泛出新绿，麦苗铺一层绿毡，河岸上绣织着青草，河川里弥散着幽幽的清新爽朗的气息。他一边踱着步，一边就吟诵出长短句来。待回到祠堂里，就书记到纸上。现在已有一厚摞了，题为《滋水集》。

徐先生到白鹿村来坐馆执教，免除了在家时沉重的田间劳作之苦，过一种平静无扰的清闲生活。他沿着河岸悠悠漫步，眼前总是飞舞着祠堂门外那张盖着县府大印署有县长姓名的通告，耳畔又响起村民们的议论和粗鲁的谩骂，心里竟然怦怦搏响。清廷的皇帝也没有征收过如此名目的赋税，只是缴纳皇粮就完了。「苛政猛于虎！」徐先生不觉说出口来，随之就吟出一首长短句词章。在他的吟诵山川风月的《滋水集》里，这是唯一一首讽喻时政的词作，别具一格。

徐先生保持着早睡早起的良好生活习惯。他刚刚吹灯躺下，就听到叩击祠堂大门铁环的响声。他穿戴整齐之后，又叠了被子才去开门。黑暗里听出是白嘉轩，忙引入室内。

白嘉轩说：「我想起事。」徐先生忙问：「你……起什么事？」白嘉轩说：「给那个死（史）人一点颜色瞧瞧，骚一骚他的脸皮！」徐先生急问：「咋样闹呢？造反？」「我一个笨庄稼汉，一不会耍刀，二不会弄棒，快枪连见也没见过，造啥反哩！」白嘉轩说，「按人按亩收印章税，这明明是把刀架在农人脖子上搜腰哩嘛！这庄稼还能做吗？做不成了！既是做不成庄稼了，把农器耕具交给县府去，交给那个死（史）人去，不做庄稼喽！」徐先生沉默不语。白嘉轩接着说：「你是知书识礼的读书人，你说，这样弄算不算犯上作乱？算不算不忠不孝？」「不算！」徐先生回答，「对明君要尊，对昏君要反；尊明君是忠，反昏君是大忠。」「好哇！徐先生，我还担心你怕惹事哩！」白嘉轩说，「我想请你写一封传帖。」「鸡毛传帖？写！」徐先生竟是凛然慷慨的气度，「你说怎么写？我听老人们说过鸡毛传帖的事，可没见过。」「谁也没见过。我也是听老辈子人说过那年杀贼人就用的鸡毛传帖。」白嘉轩说，「你想着写吧。只要能把百姓煽起来就行咧。怕不能太长。」

徐先生取了一张黄纸，欣然命笔，似乎早已成竹在胸，一气呵成：「苛政猛于虎。灰狼啖肉，白狼吮血……」写罢装进一个厚纸信封，交给白嘉轩。白嘉轩说：「徐先生，这事由我担承，任死任活不连累你。」徐先生说：「什么话！君子取义舍生。既敢为之，亦敢当之。」

白嘉轩未进院门，直接走进对过儿的马号。鹿三悄声问：「写好了？」白嘉轩说：「好了。」白嘉轩掏出三封同样的传帖，往开口里分别插进三根白色的公鸡尾毛，对鹿三说：「你先到神禾村，进村西头头一家，敲响门，从门缝把传帖塞进去，只给主家招呼一声『货到了』就走，甭跟人家照面。记下了没？」鹿三说：「这好记。」白嘉轩接着吩咐：「剩下这两份，你送给贺家坊村的贺老大贺德敖，贺家村街心十字南巷西边第六家。下来你就甭管了。来回路上碰不见

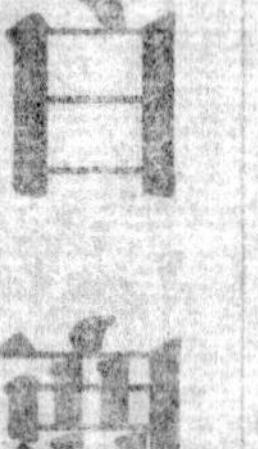

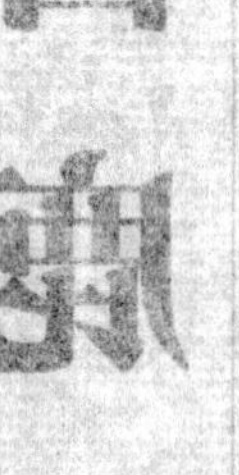

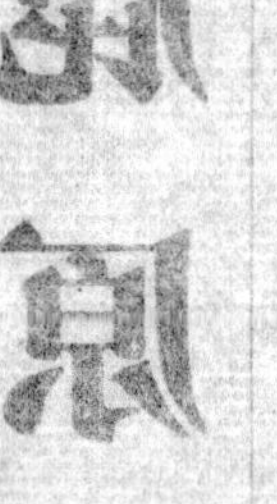

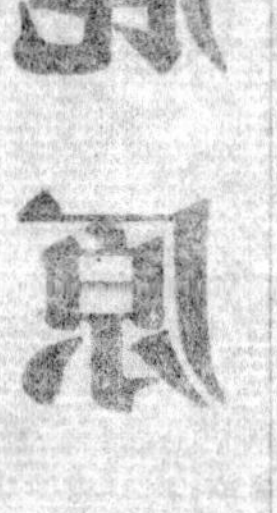

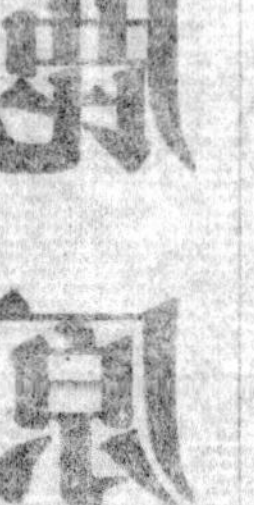

熟人不说，碰见熟人装作不认得低头快走。记下了没？」鹿三说：「贺家坊的贺氏兄弟我闭着眼都能摸到，你放心。」说着把三份传帖接过来，扎进蓝布腰带里，又在腰里缠了三匝，外边再套上一件夹衫，说：「我走了。你睡去。明早见话。」白嘉轩说：「我等你，就在这儿。听着，万一路上碰见熟人躲不过了，就说你给我舅送牛去了。」鹿三倒有点不耐烦：「哎呀嘉轩！你把我当成鼻嘴娃子，连个轻重也掂不出来？」说罢就走出马号去了。白嘉轩突然觉得浑身松软，像被人抽掉了筋骨，躺在鹿三的炕席上。

鹿三早已取掉了苇席下铺垫的麦草，土坯炕面上铺着被汗渍浸润得油光的苇席，散发着一股类似马尿的汗腥味儿。他枕着鹿三的被卷，被卷里也散发着类似马尿的男人的腥膻气息。他又想起老人们常说的鸡毛传帖杀贼人的事。一道插着白色翎毛的传帖在白鹿原的乡村里秘密传递，按着约定的时间，各个村庄的男人一齐涌向几个贼人聚居的村庄，把行将就木的耄耋和襁子裹包着的婴儿全部杀死。房子烧了，牛马剥了煮了，粮食也烧了，贼人占有的土地，经过对调的办法，按村按户分配给邻近的村庄，作为各村祠堂里的官地，租赁出去，收来的租子作为祭祀祖宗的用项开销……

骡马已经卧圈，黄牛静静地扯着脖子倒沫儿，粗大的食管不断有吞下的草料返还上来，倒嚼的声音很响，像万千只脚在乡村土路上奔跑时的踢踏声，更像是夏季里突然卷起的暴风。白嘉轩沉静下来以后，就觉得那踢踏声令人鼓舞，令人神往了。

白嘉轩后来引为终生遗憾的是没有听到万人涌动时的踢踏声。四月初八在期待中到来。初七日夜里，白嘉轩一宿未曾合眼。他把那个白铜水烟壶端到鹿三的马号里，俩人坐着抽了一夜烟。天刚麻明，鹿子霖领着田福贤堵在门口。田福贤说：「嘉轩，赶快敲锣！给大声吆喝，一律不要上县，不要听逆贼煽动。」白嘉轩冷冷地说：「那锣我不敢敲。」田福贤说：

「你是官人又是族长，怎不敢敲？」白嘉轩说：「传帖上写得明明白白，谁不去县府交农具，谁阻挠去交农具，一律砸锅烧房。我不敢。我怕砸了锅烧了房。」田福贤说：「谁敢！真的有谁烧了你的房，我让谁给你赔！」白嘉轩蔑视地说：「你吹啥哩！传帖连县长都敢反敢弄，谁把你个总乡约当啥！」田福贤的脸臊红了。鹿子霖也觉得被轻视了不大自在。白嘉轩说：「锣和锣槌在祠堂放着，要敲你们去敲，我今日个不敲。」这当儿村里传来三声惊天动地的铳响，邻近村子也连续响起铳子的轰鸣。白鹿村一片开门关门门板磕碰的噼啪声，杂乱无章的脚步声在清晨寂静的村巷里回响，一个个扛着犁杖，夹着杈耙扫帚的男人，在蛋青色的晨光里跃进，匆匆朝村子北边的道路奔去。白嘉轩站在门外的场地上说：「决堤洪水，怎么掩挡？谁这会敲锣阻挡……非把他捶成肉坨儿不可！」田福贤煞白着脸：「硬挡挡不住，咱们好言相劝或许可以？走吧！」白嘉轩推诿不过，跟着鹿子霖和田福贤在村巷转着。村里已经变成女人的世界，没有一个成年男人了。没有男人的村巷就显出一种空虚和脆弱。白嘉轩心急如焚，那些被传帖煽动起来的农人肯定已经汇集到三官庙了，而煽动他们的头儿却拔不出脚来，贺家兄弟一怒之下还不带领众人来把他砸成肉坨！白嘉轩情急之下就拉下脸说：「二位忙你们的公务，我失陪了。」说罢就走。田福贤跑上前来堵住说：「嘉轩，实话实说吧！有人向县府告密，说你是起事的头儿。我给史县长拍了胸膛，说你绝对不会弄这号作乱的事。既然挡不住也劝不下，让他们去吧！你可万万去不得。」鹿子霖则笑嘻嘻地说：「我根本不信嘉轩哥会跟那些人在一块闹事。走走走！嘉轩哥，到你屋里坐下，让嫂子给咱沏一壶茶。」

白嘉轩再也找不出借口，就硬着头皮回到屋里，心里只希望贺氏兄弟领头进县城交农器了。但他尚不知，贺氏兄弟跟他一样，此刻也被田福贤安排的几位官员和绅士缠住而不得出门。这原是史县长的精心安排。

时势和机运却促成了鹿三人生历程中的一次壮举。他扛着一架没有安装铁铧的犁杖，走出白鹿村就拥入从各个村子涌出的

庄稼人当中，同认识的和不认识的都打起招呼。人往往就这样，一个人的时候是一种样子，好多人汇聚到一起又完全变成另一种样子。邻近三官庙，从四面八方通三官庙的大道小路上，人群汇成一股股黑压压的洪流。三官庙小小的庭院早已挤得水泄不通，门外的场地上也拥挤着人群，齐腰高的麦子被踏倒在地，踩踏成烂泥的青苗散发着一股清幽幽的香气。鹿三刚停住脚就听到了一个可怖的流言，说起事的人被吓破了胆不敢出头了。又说起事的人收受了史县长的赏金被收买了！最可怕的是说不愿意收受贿赂的两个头儿被史县长抓走了，现在正捆绑在城墙上示众。谁也无法证实，因而也无法辨别其虚实，但举事的头目没有出面却是既成的事实。随之最粗野的不堪入耳的咒骂不再对着收印章税的史县长，而是集中到鸡毛传帖的起事人头上，但至今谁也搞不清究竟是哪个村的张三李四王麻子煽起了这场事件。于是，纷乱而愤怒的庄稼汉们哄哄嚷叫着要去惩治起事的人。人群开始骚乱，朝来时的大道小路上倒流。鹿三心里急得像火烧，却终究束手无策。

这时候，从三官庙的院墙里突然传出了欢呼声：「起事的人出头露面了！」消息像风一样卷过去，倒流的人又从大道小路上折回来。鹿三看见人群从三官庙的大门里流水一样涌泄出来，农具被踩断的咔嚓声，夹杂着被踩倒的人的惨叫，围墙上不断有人翻跳下来。一伙人架着一个光头秃脑的和尚从庙门里卷到场地中间。和尚踩着两个人的肩膀，左手扶着举到空中的一把木叉，右手在空中大幅度挥舞着那只插着白色翎毛的传帖：「苛政猛于虎！灰狼啖肉，白狼吮血……」和尚有一副好嗓门儿，朗诵起传帖，嗓音洪亮，抑扬顿挫，感情炽烈：「贪官不道，天怒人怨，黎民百姓无计无路，罢种罢收……」众人鸦雀无声。鹿三忽然羡慕起和尚来了。和尚诵完传帖说：「我一人孤掌难鸣。各位父老再举荐三个头儿，带领众人进城交农具去！有哪位好汉自告奋勇站出来更好……」鹿三听了大叫一声：「白鹿村鹿三算一个。」话音未落，他立即被身旁的人抬了起来。鹿三站在陌生人的肩膀上，高高地俯视着乌压压的一片黑脑袋，忽然觉得自己不是鹿三而是白嘉轩了。

直到死亡，鹿三都没有想透，怎么会产生那样奇怪那样荒唐的感觉。众人又推举出两个人来，和尚随之宣布包括自己在内的四个头目为东西南北四路领头儿。和尚吼道：「东原的人进东门，西原的人进西门，南原的人进南门，北原的人进北门。史县长不收回成令，誓不回原。」嗷嗷嗷的吼声混合着咒骂，人流像洪水一样滚向县城，土路上扬起滚滚黄尘，大道两旁的麦子被踩踏得像牛嚼过的残渣。

鹿三赶到城墙下，城门已经关死，吼声震天。几十个人抱着一根木头撞击大门，门板被撞碎，却发现里头已经用砖封死了。鹿三喊着拆墙扒砖。人拥人挤，效率极低，有人把扒下的砖头掷进城墙里去，有的砖头掉下来砸破了自己人的脑袋。这时候，城墙上响起锣声，一个人敲着锣喊：「县长向大家见礼！」一伙随员簇拥着史县长出现在城墙上，县长跪下了，作揖叩头。打锣的人大声宣布：「史县长令，收盖印章税的通令作废。请父老兄弟回乡。」砖头飞上城墙，县长的随员们要杂技似的凌空逮住砖块，保护着县长。史县长又带着随员们跟着敲锣的人顺城墙走了。鹿三倒不知该怎么办了，憋在胸间的怒气尚未完全爆发释放出来却已宣告完结。没有经过多少周折而顺利地达到目的取得胜利，反倒使人觉得意犹未尽不大过瘾。围在城墙下的人立即把矛头回转过来，纷纷吼喊着现在该当实践传帖上的戒律，立即惩治那些没有前来交农具的人，骂他们不冒风险而分享斗争的胜利果实比死（史）人更可憎。鹿三顺从了众人的意向，回原路上所过的村庄，凡是没有参与交农的人家都受到严厉的惩罚，锅碗被砸成碎片，房子被揭瓦捣烂（本应烧掉，只是怕殃及邻舍而没有点火）。有两家乡性恶劣的财东绅士也遭到同样的惩治。鹿三回到白鹿村，白嘉轩在街门口迎接他，深深地向他鞠了一躬：「三哥！你是人！」

四月十三日，白鹿镇上贴出两张布告，一张是罢免史维华滋水县长的命令，同时任命一位叫何德治的人接任。布告是由省府张总督亲自签署的。白鹿镇逢集，围观的人津津乐道，走了一个死（史）人，换了一个活（何）人；死的到死也没维持（维华）得下，活的治得住（德治）治不住还难说。白鹿原人幽默的天性得到了一次绝好的表演机会。并贴的另一张布告的内容就不大妙了，那是逮捕拘押闹事主犯的告示，其中包括鹿三在内的领头进城的四个人，还有写传帖的徐先生，煽动起事的贺氏兄弟。围观的人看罢第二张告示的观感是，摔了一场平跤。

白嘉轩比起事以前更难受。一个最沉重的忧虑果然被传言证实了：他的起事人的身份早已不是秘密，而他幸免于坐牢的原因是他花钱买通了县府；说他一看事情不妙就把责任推到那七个人身上，还说他的姐夫朱先生的大脸面在县里楦着，等等。白嘉轩从早到晚阴沉着脸，明知枣芽发了却不去播种棉花。他走了一趟贺家，又走了一趟徐先生家，他对他们的苦楚的家人并不表示特别的热情，只是冷冷地重复着同一句话：「我马上到县府去投案，我一定把他们换回来。」他对哭哭啼啼的鹿三的女人说：「三嫂，你甭急，我要是救不下三哥就不来见你。」

白嘉轩第二天一早就起身奔县府。县府里的一位年轻的白面书生对他说：「交农事件已经平息。余下的事由法院处理，你有事去法院说。」白嘉轩放下褡裢，掏出一条细麻绳说：「我是交农的起事人。你们搞错了人。你们把我捆了让我去坐监。」白面书生先是一愣，随之就耐心地解释：「交农事件没有错。」白嘉轩吃了一惊，又觉得抓住了对方的漏洞：「没错为啥抓人？」白面书生笑着向他解释：「而今反正了，革命了，你知道吧？而今是革命政府提倡民主自由平等，允许人民集会结社游行示威，已经不是专制独裁的封建统治了。交农事件是合乎宪法的示威游行，不犯法的。那七个人只是要对烧房子砸锅碗负责任。你明白了吗？快把麻绳装到褡裢去。你要还不明白，你去法院说吧！」白嘉轩不是不明白，而是愈

加糊涂。他又去找了法院，又掏出麻绳来要法院的人绑他去坐监狱。法院的人说了与白面书生意思相同的话，宣传了一番新政府的民主精神，只是口吻严厉得多：「你开什么玩笑！快把你的麻绳收拾起来。谁犯了法抓谁，谁不犯法想坐监也进不来。快走快走！再不走就是无理取闹，破坏革命机关秩序。」白嘉轩收拾了麻绳，背起褡裢出了法院，就朝县城西边走来，决定去找姐夫朱先生想办法。

第二天微明，白嘉轩又背着褡裢走下白鹿原，胸口的内衫口袋里装着姐夫朱先生写给张总督的一封短信。总督府门前比县府严密得多，荷枪实弹的卫兵睁眼不认人。白嘉轩情急之中就掏出姐夫的信来。卫兵们几乎无人不晓朱先生劝退二十万清军的壮举，于是放他进去。一位中年人接了信说：「张总督不在。信我给你亲交。你回吧。」白嘉轩说：「我要等见张总督。」中年人说：「你等不住。总督不在城里。你有事给我说。」白嘉轩把抓人的事说了，并带着威胁的口吻说：「要是不放人，我就碰死到大门上。」中年人笑说：「碰死你十个也不顶啥，该放的放，不该放的还得押着。你快走，我还忙着。」白嘉轩急了：「不是我姐夫劝退方巡抚，你多半都成了乱葬坟里的野鬼！你们现在官儿坐稳了，用不着人了是不是？」中年人笑了，并不反感他的措辞，反倒诚恳地说：「旁人的事权且忘了，朱先生的事怎么能忘？你回吧。要是七天里不见动静，你再来。」白嘉轩当晚就宿在皮匠二姐夫家里。

第二天傍黑回到家，看见鹿三徐先生贺家兄弟以及两个面熟却叫不上名字的人正坐在上房明间的桌子旁。六个人一见他，都齐刷刷跪下了。白嘉轩惊喜万分，一一扶起他们，才知张总督专门派人急告滋水县何德治县长放人。白嘉轩问：「和尚呢？」六个人全都默然，说不出口现在就押着和尚独一个。白嘉轩不在意地说：「甭急甭怕。和尚下来再搭救，一个人也不能给他押着。咱们算是患难之交，今日难得相会，喝几盅为众位压惊。」说罢吩咐仙草炒菜，又回过头对鹿三说：

「三哥，你先回去给三嫂报一声安，她都急死了。」鹿三笑说：「她知道我回来了。嘉轩，我这几天在号子里，你猜做梦梦见啥？夜夜梦见的是咱的牛马。我提着泔水去饮牛，醒来时才看见是号子里的尿桶……」

搭救和尚出狱费尽了周折。法院院长直言不讳地述说为难：「烧了人家房，砸了人家锅，总得有一个人背罪吧？」白嘉轩说：「办法你总比我多！」他不惜破费，拘定一个主意，用钱买也得把和尚买出来。徐先生把他的俸银捐赠出来。贺家兄弟也送来了银元。三官庙的老和尚胸膛上挂着「救吾弟子」的纸牌，到原上的各个村庄去化缘，把零碎小钱兑成大钱银元，交给嘉轩。白嘉轩把响着的银元送到法院院长的太太手里，院长果然想出了释放和尚的办法。和尚释放了。白嘉轩小有不悦的是，和尚获释后，既没有向搭救他出狱的他表示谢意，也没有向为他化缘集资的老和尚辞谢。他没有再回到原上的三官庙，去向不知。和尚成了一个谜。这时候，有人说和尚原先在西府犯了奸，才逃到白鹿原上来的，进三官庙不过是为了逃躲官府的追缉罢了；又有人说他原是一个无父无母的孤儿……在白嘉轩看来，这些已经无需追究，更无需核实，因为搭救他们出狱的总体目的已经达到，至于他还当不当和尚，却是微不足道的了。

第八章

「交农」事件经人们百次千次不厌其烦地议论过，终于淡漠下来了。有关白狼的嘈传中止了，却随着又传开了天狗的叫声。传说白狼原先在哪儿出现过，天狗的叫声就在哪儿响起。听到过天狗叫声的人还噘起嘴模仿着：「溜溜溜——溜溜溜。」细细的尖尖的叫声与庄户人养的柴狗汪汪汪的叫声大相径庭，一般人即使听到「溜溜溜」的叫声，也不会与狗的叫声联系起来。而狗们是能听懂的，每当它们听到「溜溜溜」的叫声，就像听到号角，得到命令一样疯狂地咬起来，整个村子，甚至相邻的几个村子的狗都一齐咬起来，白狼就不敢进宅跳圈了。

白鹿原又恢复了素有的生活秩序。牛拉着箍着一圈生铁的大木轮子牛车嘎吱嘎吱碾过辙印深陷的土路，迈着不慌不急的步子，在田地和村庄之间悠然往还，冬天和春天载着沉重的粪肥从场院送到田里，夏天和秋天又把收下的麦捆或谷穗从田地里运回场院。白嘉轩也很快把精力转移到家事和族事的整饬中来。

在闹「交农」事件的前后一年多时间里，《乡约》的条文松弛了，村里竟出现了赌窝，窝主就是庄场的白兴儿。抽吸鸦片的人也多了，其中两个烟鬼已经吸得倾家荡产，女人引着孩子到处去乞讨。他敲响了大锣，所有男人都集中到祠堂里来，从来也没有资格进入祠堂的白兴儿和那一伙子赌徒也被专意叫来。那两个烟鬼丧魂落魄的丑态已无法掩饰，张着口

胡忠实 著
胡惠宪 等

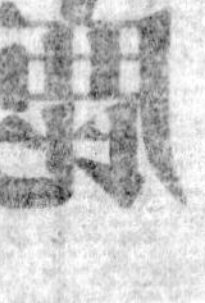

流着涎水，溜肩歪胯站在人背后。白嘉轩点燃了蜡烛，插上了紫香，让徐先生念了一些《乡约》的条文和戒律。白嘉轩说：「赌钱掷骰子的人毛病害在手上，抽大烟的人毛病害在嘴上；手上有毛病的咱们来给他治手，嘴上有毛病的咱们就给他治嘴。」白嘉轩先叫了白兴儿的名字。白兴儿「扑通」一声跪到祠堂供桌前：「我不赌了，我再不赌了！我再赌钱掷骰子就斫掉我的手腕子！」白嘉轩说：「起来起来！跟我来——」白嘉轩把白兴儿叫到祠堂院子的槐树下，「背过身子举起手！」白兴儿背靠着槐树举起双手，人们清清楚楚看见了白兴儿那手指间的鸭蹼一样的皮，白兴儿平时总是把手藏在衣襟下边羞于露丑。白嘉轩又连着点出七个人的名字，有白姓的也有鹿姓的，有年轻的也有中老年的，一律背靠槐树举起了双手。白嘉轩着人用一条麻绳把那八双手捆绑在槐树上，然后又着人用干枣刺刷子抽打，八个人的粗的细的嗓门就一齐哭叫起来。白嘉轩喝道：「说！各人都说出自个赢了多少输了多少。」白兴儿和那七个人都哭溜着声如实报了数。白嘉轩默默算计一番，赢的和输的数目大致吻合，可以证明他们尚未说谎，就说：「输了钱的留下，赢了钱的回去取钱。」白兴儿和另两个赢主儿被解下手，然后跑回家取了钱又跑来，按族长的眼色把银元掏出来放到桌子上。白嘉轩说：「谁输了多少就取多少。」那五个输家被解下来，做梦也没有想到会有失财复得的事，颤巍巍地从桌子上码数了银元，顾不得被刺刷打得血淋淋的手疼，便趴在地上叩头：「嘉轩爷（叔哥）我再也不……」白嘉轩却冷着脸呵斥道：「起来起来！你们八个人这下记住了没？记住了？谁敢信啊！把锅抬过来——」几个人把一只大铁锅抬来了，锅里是刚刚架着硬柴烧滚的开水。白嘉轩说：「谁说记下了就把手塞进去，我才信。」几个输家咬咬牙就把手插进滚水里，当即被烫得跳着脚甩着手在院子里打转转。白兴儿和两个赢家也把手插进滚水锅里，直烫得叫爸叫爷叫妈不迭。白嘉轩说：「我说一句，你们再记不下再赌的话，下回就不是滚水而是煎油！」

陈忠实 著
上卷

接着两个烟鬼被叫到众人面前，早已吓得哆嗦不止了。白嘉轩用十分委婉的口气问：「你俩的屋里人和娃娃呢？」俩人吭哧半晌，耷拉着脑袋嗫嗫嚅嚅地说，「回娘家去了！」「要……要饭去了！」白嘉轩皱着眉头，痛苦不堪地说：「一个引着娃娃回娘家去了，一个引着娃娃沿街乞讨去了。你俩想想，一个出嫁的女人引着娃娃回娘家混饭吃是啥味气？一个年轻女人引着娃娃日里蹭人家门框夜里睡庙台子是啥味气？」白嘉轩说到这儿已经动心伤情，眼角润湿，声音哽咽了。众人鸦雀无声，有软心肠的人也开始抽泣抹泪。白嘉轩说：「我已经着人把你俩的女人和娃娃找回来了。你们来——」众人吃惊地看见，两个年龄相差不多的女人拖着儿女从徐先生的居室里出来了，羞愧地站在众人面前。那个讨饭的女人衣服破烂，面容憔悴，好多人架不住这种刺激就吼喊起来：「捶死这俩烟鬼！」白嘉轩说：「女人娃娃逢着这号男人这号老子就有遭不尽的罪。我想这两个女人丢的不光是自个的脸，也丢尽白鹿一村人的脸！我提议把祠堂官地的存粮给她俩一家周济几斗……大家悦意不悦意？」悦意的人先表示了悦意，随之就数落起烟鬼的无德；不悦意的人先斥责烟鬼的败家子行径，随之就表示根本不该予以同情，但究竟是人数不多。两个烟鬼羞愧难当，无地自容，跪趴在众人面前抬不起头，喊说：「族长，你用枣刺刷子抽我这号不要脸的东西！我再要是抽大烟，你就把我下油锅！」烟鬼们无以数计的丢脸丧德的传闻使他根本不相信这些誓言，他还没听说过有哪一个烟鬼不是强迫而是自觉戒掉了这恶习的。他立时变了脸：「我刚才说了，你俩的毛病害在嘴上，得治嘴。我给你俩买下一服良药，专治大烟瘾。端来——」什么良药尚未端进门来，一股令人窒息的恶臭已经传进祠堂院庭，众人哗然，是屎啊！后来，两个烟鬼果然戒了大烟，也在白鹿村留下了久传不衰的笑柄。

一个连阴雨天的后响，雨住天开，云缝里泄下一抹羞怯的阳光，洒在湿漉漉的屋瓦上，令人心胸舒畅了些。白嘉轩把木头

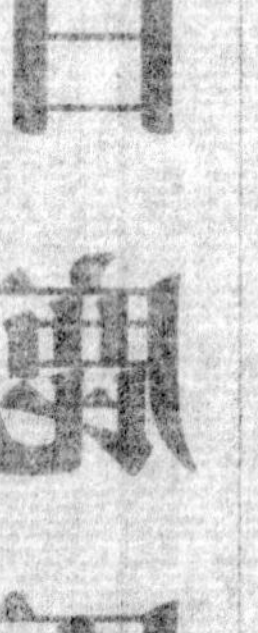

泥屐绑上脚就出了街门。街巷里的泥浆埋没了泥屐的木腿，他小心地走过去，背着手，走到镇上的中医堂门口就脱下了泥屐。冷先生一见面就慨叹：「唉！今日才见了日头！人都快发霉了！」白嘉轩说：「今年的棉花算是白种了。」坐下之后，冷先生说：「我正想去找你哩！雨下得人出不了门。有一件事要求你哩！」白嘉轩说：「只要我能办，那还有啥说的。」冷先生稍作沉思，就直言相告：「子霖想给兆鹏订亲，托人打探咱的实底儿，想订咱的大女子。你看这事办得办不得？」白嘉轩毫不含糊地说：「这有啥说的？只要八字合。」冷先生说：「八字暗里先掐了一下，倒是合。你若是觉得可办，我就得请你出马，这媒得由你来撮合。」白嘉轩礼让道：「村里有专事说媒联姻的媒婆媒汉，我可没弄过这号事。」冷先生执意道：「媒婆媒汉的溜溜嘴，我嫌烦。我就相中你合适。」白嘉轩推辞说：「为你老兄说媒联姻，兄弟机会难得哩！可这是两边的事，子霖那边好说不好说呢？」冷先生说：「实话给你说吧，让你当媒人，我还没敢想劳驾你，是子霖的意思哩！」白嘉轩再也不好意思托辞推卸，就充当了一次媒汉的角色。在秋收秋播的大忙季节到来之前的消闲时日里，这桩婚事按照通行的婚俗礼仪订成了。

秋收秋播完毕到地冻上粪前的暖融融的十月小阳春里，早播的靠茬麦子眼看着忽忽往上蹿，庄稼人便用黄牛和青骡套上光场的小石碌碡进行碾压。麦无二旺，冬旺春不旺。川原上下，在绿葱葱的麦田里，黄牛悠悠，青骡匆匆，间传着庄稼汉悠扬的「乱弹」腔儿。白嘉轩独自一人吆喝着青骡在大路南边的麦田里转圈，石碌碡底下不断发出麦苗被压折的「吱喳」声。鹿子霖从大路上折过身踩着麦苗走过来。十月行步不问路，麦子任人踩踏牲畜啃。鹿子霖站在地头。白嘉轩一圈转过来，喝住牲畜，就和鹿子霖在地头蹲下来。鹿子霖说话爽快：「嘉轩哥！我给你还礼报恩来了。」白嘉轩不失庄重地说：「我哪有礼有恩啊！」鹿子霖热情洋溢地说：「你给咱兆鹏说下一门好亲。滴水之恩，当以涌泉相报。何况这是终身大

事！」白嘉轩仍然不在意地笑笑。鹿子霖接着说：「冷大哥还有个二闺女，有意许给孝文。我向冷大哥自荐想从中撮合，八字也都掐了，没麻达。就看你老哥的意思了……」白嘉轩蹲在那里就哑了口。事情来得太突然。他说：「这事今日头一回说破，我得先给老人说了……过三五日，我给你见个回话。」

由鹿子霖作媒，把冷先生和白嘉轩联结成亲家的事也办得同样顺利。当一场凶猛的西北风带来厚可盈尺的大雪，立即结束了给冬小麦造成春天返青错觉的小阳春天气，地冻天寒，凛冽的清晨里，牛拉着粪车或牛驮着冻干的粪袋，喷着白雾往来于场院和麦田之间。冷先生的二闺女订亲给白家了，不过不是大儿子孝文，而是二儿子孝武。冷先生的大闺女订给鹿子霖的大儿子鹿兆鹏，白嘉轩觉得自己的大儿子订冷先生的二闺女有点那个，于是就提出了二儿子孝武。他回给鹿子霖的原话是：「我想给孝文订娶个大点的闺女。咱屋里急着用人（不便出口的一层意思是早抱孙子）。冷大哥的二闺女小了点儿。要是八字合，订给孝武。」鹿子霖急于联扯这门亲事，并不过多思考白嘉轩另外的意思，就说给冷先生。冷先生同意了。

冷先生十分满意两个女儿终身大事的安顿。他不是瞅中白鹿两家的财产，白鹿原上就家当来说，无论白家，无论鹿家，都算不上大富大财东；他喜欢他们的儿子，也崇敬他们的家道德行，都是正正经经的庄稼人；更重要的是出于他在白鹿镇行医久远之计，无论鹿家，无论白家，要是得罪任何一家，他都难得在这个镇子上立足；他也许不光凭他的冷峻的眼光看得出，而是凭他冷峻的神经感觉到了，「交农」事件之后白鹿两家不好愈合的裂痕。他像调配药方一样，冷峻地设计而且实施了自己的调和方案，不管白嘉轩或鹿子霖心里真恨假爱也不要紧，哪怕维持一种表面的和谐亲密也是好的。当两宗亲事完成以后，冷先生在一个冬夜，订了菜，温了酒，请来了两个亲家，以少有的热情和感慨说：「不结亲是两家，结了亲是一家。我这人话短言缺又不会拐弯，日后咱们无论谁和谁有啥成见，都当面说清，不许窝在肚里，我是挂面调盐——

有言（盐）在先。我们仁人，我长几岁，权且充个大（音读斫）货，说几句老话：我看白鹿村缺不了嘉轩弟，也缺不得子霖弟。你俩人捏合好一好百好。我是钦服你们两家人的品行，可不是图地多房宽牛高马大。白鹿原上只有一个『仁义』村庄，甭忘了是县令亲自写的栽的碑……」于是，由「交农」事件造成的白嘉轩和鹿子霖之间的芥蒂，不说化解，总之是被他们自觉自愿地深深地掩藏起来了。其实俩人都需要维持这种局面。

交上腊月，县长何德治骑着马上了白鹿原，专程来拜谒白嘉轩，自然由白鹿仓总乡约田福贤和第一保障所乡约鹿子霖引路作陪。田福贤对何县长说：「你坐在仓里喝茶，我让子霖把他叫来。」何县长说：「不用。我登门拜访。马拴在仓里喂着。」

县长的到来，使白嘉轩既感到突然，又深为感动，赶忙挪椅子抹桌子敬茶递烟。何县长站在祭祀白家祖宗的桌子前打躬作揖，然后坐下。这个举动使白嘉轩改变了对这个穿一身猴里猴气制服的县长的初步印象。县长戴一顶藏青色礼帽，方脸，天庭饱满，短而直的鼻梁儿，不厚不薄恰到好处的嘴唇，和蔼而又自信。白嘉轩瞅着县长心里不无遗憾，要是穿上七品官服就会更气魄，更像个县令了，可惜他却穿着一身猴里猴气的制服。何县长说：「白先生，我想聘请你出任本县参议会的议员。」白嘉轩头一回听到这个新名词，一时弄不清含义，又不好意思问，因而也不便表示同意或拒绝，但他几乎肯定猜断那是一个官衔，就说：「嘉轩愿学为好人。自种自耕而食，自纺自织而衣，不愿也不会做官。」何县长笑了说：「我正是闻听你是个好人，所以才请你做参议员。」随之点燃一支白色的烟卷，解释说：「卑职决心在滋水县推进民主政治，彻底根除封建弊政。组建本县第一届参议会，就是让民众参与县政，监督政府，传达民众意见。参议参议，顾名思义就

是……」白嘉轩还是听不明白，什么民主，什么封建，什么政治，什么民众，什么意见，这些新名词堆砌起来，他愈加含糊。何县长似乎意识到这一点，语言就注意了通俗化，而且与习惯用语相对照相注释：「一句话，就是要民众（就是黎民百姓）管理国家大事（就是朝政），不是县长说了算，而要民众，就是百姓说了算。」白嘉轩听懂了，也就不当一回事了：「百姓乱口纷纷，咋个说了算？听张三的听李四的，还是听王麻子的？张三说种稠些好，李四说种稀点儿好，王麻子说稠了稀了随便种，你说听谁的，按谁说的下种子？古人说，家有千口，主事一人嘛！」何县长很感兴趣地说：「谁说的有道理就按谁说的办。主事的家长要是个不懂种庄稼的外行，或者就是个不务正业的二流子，你还能让他主千口之家的事吗？封建弊政的关键就在这里，登基一个开明皇帝能兴几年，传给一个昏君就失丢江山，百姓跟着遭殃。反正以后的革命政府推进民主政治的核心正在于此，上至总统总督，下至鄙人在内，民众相信你就选举你，不相信你就罢免你……」白嘉轩起先惊奇地听着，随之就又不当一回事了：「我的天！越说越远，越没个边儿了！」何县长仍然认真地说：「白先生不相信这不要紧，将来的事实会证明我的话。我只说参议员不是当官，是代表民众说话。比方说，前任史县长收印章税的事，如果议员们通不过，就不会发出通告，自然也就不会引发『交农』事件。」白嘉轩听到这件实际的事例，似乎听出了眉目，不由得点点头：「这倒是一句实话。」何县长说：「白先生在原上深孚众望，通达开明，品德高洁，出任参议员属众望所归，请你不必谦让。顺便告知你，你的姐夫朱先生已经应允了。」白嘉轩觉得立马答应了还不是时候，就笑着说：「何县长，你叫我当参议员是替百姓说话是不是？好，我先替百姓说一句话，看你听得下听不下——」何县长豁朗大度地说：「十句百句你尽管说。」白嘉轩就说：「把白鹿仓里那一杆子出进都抱着烧火棍子的人撤走！」

白鹿仓里自「交农」事件后，悄悄来了七八个扛枪的人，他们穿着黑制服，腰里扎着皮带，白裹腿白帽圈儿，像死了人穿

的丧服孝布。这些人每逢白鹿镇集日，就扛着酷似烧火棍子式的枪在人群里晃荡，趾高气扬，横鼻子瞪眼，吓得交易自家粮食布匹的农人躲躲闪闪。白嘉轩瞅着这一杆子人在集镇上晃荡，就像指头里扎着芒刺或是眼里钻进了沙粒儿一样别扭。田福贤一直坐在一边听县长讲民主政治，没料到白嘉轩头一条就「参议」到自己头上，有点不悦，却不紧张。民团的组建是何县长的指令，枪是县里发的，田福贤不过物色来七八个团丁。何县长笑笑问：「为啥？这些人胡作非为坑害百姓？」白嘉轩说：「倒是还没见坑害谁。白鹿原上自古还没扎过兵营。清家也没在镇上驻扎过一兵一卒。那几个人背着枪在镇上晃荡，庄稼汉们看见了由不得紧张害怕。没有战事，要这些人做啥？」何县长爽然笑起来：「白先生，看不顺眼的事看多了就习惯了，这些团丁是为加强地方治安，保护民众正常生产的。」白嘉轩心想，庄稼人自古也没叫谁保卫过倒安宁。何县长凑近他压低了声音说：「你们不知，白狼闹得厉害，不能不防！」白嘉轩吃惊地说：「白狼？白狼早给天狗咬跑了。」何县长说：「白狼是个人，是一帮子匪盗的头领，闹得河南民不聊生。据传，白狼打算西来闯进潼关……这个白狼比嘈传的白狼恶过百倍！那个白狼不过吮咂猪血，这个白狼却烧杀奸淫无恶不作，有上万号人马，全是些白狼……你说，咱们该防不该防？」白嘉轩哑了口，他不晓得上千上万的白狼正在叩击关中的大门，这样严峻的事，使他不再非议不大顺眼的白鹿仓的团丁了。他答应了何县长的聘请，腊月中旬就参加了本县第一届参议会。

白嘉轩回到白鹿村，仍然穿着长袍马褂，只是辫子没有了。他进门就听见一阵杀猪似的嚎叫，令人撕心裂肺毛骨悚然，这是女儿白灵缠足时发出的惨叫。他紧走几步走进厦屋门就夺下仙草手里的布条，从白灵脚上轻轻地解下来，然后塞进炕洞里去了。仙草惊疑地瞅着他说：「一双丑大脚，嫁给要饭的也不要！」白嘉轩肯定地说：「将来嫁不出去的怕是小脚儿哩！」仙草不信，又从炕洞里挑出缠脚布来。白灵吓得扑进爸爸怀里。白嘉轩搂住女儿的头说：「谁再敢缠灵灵的脚，我

陈忠实 著
上卷

就把谁的手砍掉！」仙草看着丈夫摘下帽子，突然睁大眼睛惊叫说：「老天爷！你的辫子呢？看看成了什么样子！」白嘉轩却说：「下来就剪到女人头上了。你能想来剪了头发的女人会是什么样子？我这回在县里可开了眼界了！」

正月里，皮匠领着妻女回乡下来拜年。嘉轩打他们一进门就闻到一股皮硝味儿，二姐碧霞已经剪了头发，仙草证实了丈夫说的女人也得剪掉发纂儿的话。二姐夫居然也穿上了一身制服，头上留着公鸡冠子似的直戳戳的硬发。白嘉轩原以为制服是革命政府发给各级官员的官服，想不到整天揉搓臭烘烘的牛皮猪皮的皮匠也堂而皇之地穿上了制服，于是这制服就在他眼里一钱不值了。他心里想，你个做皮鞋的穿制服做啥？你穿上制服照样还是个皮匠，身上还是一股皮硝味儿。二姐更不入辙，人已经发胖了，却把衣服的腰身做得那么窄，胸脯上的奶子圆滚滚地鼓撑得老高，说话时不停地拨浪着剪到肩头的短发，言语间又不断冒出一些新名词，白嘉轩最反感这种烧包儿的言谈举止。

皮匠姐夫和新潮二姐虽然引着两个女儿回城了，但给这个家庭造下的影响却依然存在，孝文孝武受到上新式学堂的表妹的影响，也提出要进城念书，而且借口说：「兆鹏兆海早都进城念新书去了。书院里的生员不断减少。」白嘉轩说：「人家去城里让人家去。书院只要不关门，你就跟你姑父好好念书。」孝文孝武再不敢强求，背着被卷又去白鹿书院了。女儿白灵又大胆地提出：「爸，我也要念书！」并拿两位表姐作榜样，而且提出要进城去念新书。白嘉轩为难了，他对稀欠的宝贝女儿的要求难以拒绝，因为他不忍心看她伤心哭闹。灵灵长得太叫人心疼了，细嫩的皮肤，聪明稚气的两只忽闪水灵的大眼，胖乎乎的手腕，有多招人喜爱。白嘉轩常常忍不住咬那手腕，咬得女儿哎哟直叫，揪他的头发，打他的脸。他把疼哭了的女儿架上脖子在院子里颠着跑着，又逗得灵灵笑起来。仙草嗔怨说：「你把事儿弄颠倒了，女子该当严管，你可是尽性儿惯她。」白嘉轩怎能不知道娃子女子都应该严加管教的道理，只是他无论如何对灵灵冷不下脸来。仙草禁斥道：

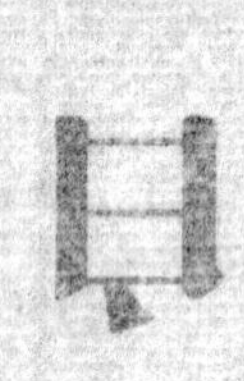

「念书呀？上天呀？快坐到屋里纺线去！」白嘉轩还是哄乖了灵灵，答应她到本村徐先生的学堂去念书，并说：「你太小，进城去大人不放心，等你长大了再说。」

白嘉轩领着灵灵走进学堂的时候，村里人一街两行围住看稀罕。灵灵大模大样跟着父亲，能引起那么多男女看自己，使她觉得很得意。

徐先生把白嘉轩前一天送来的方桌安排在自己的书案跟前，以便监视，也免男孩子骚扰。虽然一切都安排得极为周到，却忽视了一个最不应该忽视的问题，白灵的拉屎尿尿问题。徐先生因人施教，凡是不受课的学生可以自由去上祠堂西墙外边的茅房，因为全是男孩子就没有分隔男女。白灵尿憋急了，又见徐先生不在，就跑到祠堂外，看见几个男孩子在茅房口解裤子，就又跑回来。一个男孩说，祠堂后边有个小茅房，没人去，白灵又跑到祠堂后边，果然有个断砖烂瓦垒的小茅房，早早解开裤带，刚跑进茅房口就急不可待地抹下裤子。不料徐先生正蹲在里头。徐先生「哎呀」一声，就慌忙提起裤子夺路而出。白灵看见了徐先生白亮亮的屁股，看见了威严的徐先生惊慌失措的样子，忍不住嘎嘎嘎笑起来。

这件事有声有色地在村子里传播，说徐先生情急之中把未拉下来的屎橛子带进裤裆里去了。仙草得知这件事后就要中止灵灵上学：「这还了得！这样惯下去不成疯子了？」白嘉轩找来一块小木牌，钻了孔，系了绳儿，一边写个「有」字，在另一边写个「无」字，让女儿进茅房时翻到「有」字的一面，出来时翻出「无」字。白灵觉得好玩，从茅厕出来故意不翻牌儿，自己就躲在祠堂角落里看徐先生怎么办。徐先生出来走到茅房门口看到木牌上的「有」字就折回来。她回到桌前刚坐下，徐先生就走出学堂门，急慌慌走过院子，到了夹道处竟跑起来。

无论这个女子怎么不像个女子，徐先生却惊奇地发现她十分灵聪，几乎是过目不忘，一遍成诵，尤其是那毛笔字写得极好。她照徐先生起下的影格儿只描摹了半年，就临帖字儿写起来了。两年下来，单是白灵的毛笔字就超过了徐先生的水平。徐先生说「嘉轩，这是个才女。快送她到朱先生的书院去。」

这年新年前夕的腊月三十后晌，白嘉轩研了墨，裁了红纸，让孝文孝武白灵三人各写一副对联：「谁写得好就把谁的贴到大门上。」结果自然是白灵独出风头，使两位哥哥羞愧难堪。

红纸对联贴在街门两边的门框上，白嘉轩端着水烟壶远远站着，久久赏玩，粗看似柳，细观像欧，再三品味，非柳非欧，既有欧的骨架，又有柳的柔韧，完全是自成一格的潇洒独到的天性，根本不像一个女子的手笔，字里行间，透出一股豪放不羁的气度。白嘉轩看着品着，不由地心里一悸，忽然想到了慢坡地里父亲坟头下发现的那只形似白鹿的东西。

这年春节，二姐和皮匠二姐夫照例带着两个女儿来拜年，那两个外甥女公开纵容灵灵到城里去上学。二姐和姐夫以及外甥女回城以后，白灵说：「爸吔！我今年该进城念书了。」白嘉轩第一次对白灵冷下脸来说：「你的书已经念够了。城里不去，徐先生那儿也不去了。现在该跟你妈学针线活了。」白灵一下子愣坐在那儿，「哇」的一声哭了：「你说等我长大了就进城念书……」白嘉轩不为情动，仍然冷着脸一字一板地说：「城里现在乱得没个象况，男子娃进城我都不放心，何况你。女子无才便是德。要哭你就扯开哭！」白灵一抹眼睛：「爸！我偏不哭！」她赌气似的坐到纺车下摇动把柄，纺车嗡儿嗡儿响起来。

十天后，白灵突然失踪。白嘉轩找到城里皮匠姐夫家，白灵和两个表姐正挎着书包放学回来。白灵说：「爸！你要是逼我回去，我就死给你看！」说着就抓起皮匠铰皮子用的一把大铁剪子支到脖子上。白嘉轩一句话没说就回到原上来。

白灵到城里上学以后，这个屋里像是减少了一大半人，显得空虚和冷寂，百灵子一样清脆的笑声没有了，跑前奔后呼妈喊爸吆喝奶奶的声音也绝响了。白赵氏已经忍受不住日夜思念的煎熬，向儿子嘉轩提出要进城去看看孙女。仙草却把对女儿的思念转变为怨气。有机会就向嘉轩发泄出来：「惯呀惯呀，这下惯得收拢不住了！」甚至连白灵的干大鹿三也有话说了：「嘉轩，你这个人真是明白一世糊涂一时。」白嘉轩只是在心里惊叹：这么小的娃娃居然敢把剪子搁到脖子上！那一刻，他似乎面对的不是往昔架在脖子上颠跑的灵灵，而是一个与他有生死之仇的敌人。

家里只剩下三儿子牛犊，在徐先生膝下念了好几年书还在念着，这娃子小小年纪就显出一股执拗的性子，对于念书，对于家里的任何变故，都是一副与己无关的冷漠神气。他对妹妹出走的事无动于衷，这使母亲仙草一瞅见他就忍不住发火，她对女儿越轨行为的气恼和对她的思念在牛犊脸上得不到任何呼应，她甚至怀疑阿婆那一撮干艾叶子烧坏了牛犊的某一道要紧的穴窍，落下了一个傻瓜呆子。

白嘉轩也留心观察牛犊的行为举止，发现这娃子对谁都不大亲近，既不任性地要什么，也不拒绝别人要他做什么。每天后晌放学回来就钻进马号里，把鹿三拌好的草料用木锨送到槽里去，扒在槽帮上看牛马吞嚼草料。鹿三牵着牲畜到村北的大涝池去饮水，他也跟着，而且不想拉牛，却要牵马牵骡子。有时他悄悄爬上大车，从鹿三手里夺过鞭子，手腕一甩，鞭子在空中飞旋起来，「啪」的一声脆响，鞭梢儿准确地抽到牲畜的耳朵尖上。当然，他不是生来就带着这一手功夫，他是常常在土场上捉着鞭子甩得叭叭响，抽击吊在房檐下的半截砖头练就的。白嘉轩几次从他手里夺下鞭子，让他回屋里去背书。他不恼也不怯，怏怏地走出马号，可第二天后晌又来了。白嘉轩气恼地说：「生就的庄稼坯子！」

牛犊对牲畜的爱抚使鹿三也对他产生了不可抗拒的亲近感，甚至想，如果不是给白灵而是给牛犊做个干大倒是不错。他讨

厌那个被主人一家都宠惯着的女子，他首先发觉这个女子和这个家庭的不和谐。那女子有时跑进马号来，一扑就趴上鹿三的脊背，喊着「干大干大」。鹿三蹲在地上拣粮食里的土粒和石子儿，一任她爬着，勉强地应着。有一回下雨天，白灵圈在屋里玩得腻了，又跑进马号来，惊奇地叫起来：「干大干大，你看那是啥东西？」鹿三以为蛇呀老鼠呀青蛙跑溜进来，看来看去什么东西也没有，就问：「啥呀在哪儿？」白灵用手一指：「骡子肚子底下吊的那是啥东西？」鹿三不由地「哦」了一声，身上竟奇怪地不自在起来，瞅见骡子后裆里吊着的黑黢黢的丑陋而又无用的东西，随口就想出一句哄骗女子的话：「唔……那是尾巴。」白灵追住问：「骡子咋就长两条尾巴？」鹿三说：「就长两条，要不怎么是骡子。」白灵仍追问不休：「骡子长那么多尾巴做啥？」鹿三已经理屈词穷：「长尾巴……是打虻蝇的。」白灵忽然拍着手叫起来：「哎呀！干大，你看那条尾巴缩到骡子肚子里去了！」鹿三神经紧绷，把白灵哄着扶出门：「骡子怕人看，把尾巴藏起来了。快回屋去，干大要拣粮食上磨子哩！」白灵走了，鹿三长长嘘出一口气，头上已经冒出虚汗来了，不由得自言自语：「要是我的亲生女子，早一巴掌抽上了，叫你胡问乱问！」白灵自行进城的举动，似乎验证了鹿三早就预料着的危险，而不难卜算的更大的危险还在后头。他甚至替白嘉轩着急，直言不讳地说：「城里而今乱得没个样样儿，咋能让个女子去？」

正月十五晚上，鹿三回到自家小院，把买来的猴儿漆蜡点燃，在前门后门窗台水道口院子四角都插上了，屋里院里一片光明。女人把油炸的馃子端出来，一家四口坐在火炕上咔嚓咔嚓咬着嚼着。鹿三似乎心情很好，对儿子黑娃咬文嚼字起来：「子长十五夺父志。黑娃，你今年交上十七岁了……」黑娃打断父亲的话：「我今年出门熬活呀。我早都盼着哩！我给我妈已经说好了。」鹿三扬起头瞪了儿子一眼：「说话太快！记住，无论到哪儿，无论跟谁说话，要想一句说一句，不准抢

话说，没规矩！」

黑娃早已辍学。他在徐先生门下算不得好学生，却也认下不少字，也能拨拉几下算盘珠儿了。辍学后继续给白家割草，早晨和后晌背一大笼青草送回马号。一年前他就向父亲提出不想再提草镰了，要出去给人家拉长工熬活挣钱。鹿三一来想让他再学一学耕作技能，二来也心疼儿子，想让他长得更壮实一些。现在交上十七岁了，完全可以当个人使了，他自己是十五岁就出门给财东当全套长工的。鹿三说：「黑娃，爸说你听着，你到嘉轩叔家去熬活；爸回咱家来，忙时做咱家的活儿，闲时出去打零工；即便找不下零工干，爸还有打土坯的本事……」

「爸，打土坯累死人，你不能再干了。」黑娃说，「你就在白家干你的，我出远门熬活吧。」

鹿三说：「你出远门到哪达？」

黑娃说：「到渭河北边。嘉道叔就在那边熬活。嘉道叔说那边大财东村村都有，不像咱原上尽是小财东。嘉道叔悦意给我寻个主儿家。」

「你看你……不懂规矩，这么大的事先不跟我说，就自拿主意了。犯上！」鹿三训斥说，「渭北人生地不熟。咱们给人熬活不管门楼高低，不管财东大小，要紧的是寻到一个仁义的主儿。」

黑娃说：「嘉道叔在那边人事熟套，打保票能给我寻个好主儿家。」

鹿三不耐烦了：「嘉道嘉道，你尽听嘉道的话！我给你说，像你嘉轩叔这样仁义的主儿家不好寻哩！我是眼见为信。你爷爷就在白家干了一辈子，连失牙摆嘴的事也没有一回。你就到白家去，趁我还没下世，也好经管你。」

黑娃耷下眼皮：「我不想……去白家。」

「咋咧？这话咋说？」鹿三也睁大眼，「白家没亏待我也没亏待你嘛！你割草给你麦子哩嘛！」

黑娃说：「我不是说亏待不亏待谁的事……」

鹿三追着问：「那你为啥不去白家？」

黑娃嘬口不语：「……」

鹿三又耐心地交底说：「白家人老几辈儿，都是仁义居家，人家的长工也不是随便雇的。」

黑娃说：「我没说嘉轩叔不好不仁义。我还记着嘉轩叔给我出钱让我念书。我还记着你不要我念了，嘉轩叔拉着我的手送到学堂……」

「对对对，这就对嘛！」鹿三说，「你既是记着嘉轩叔的义举，那为啥不去？」

黑娃嗫嗫嚅嚅：「我嫌……」

鹿三追着问：「你嫌啥不行？」

黑娃说：「我嫌……嘉轩叔的腰……挺的太硬太直……」

鹿三听了轻松地笑了：「哈呀，我的娃呀！我当是什么大事不得开交！咱熬活挣咱的粮食，只要人家不克扣咱不下看咱就对咧，咱管人家腰弯腰直做啥？」

黑娃恳求说：「爸，你在那儿干得好好的，就再干二年，甭打零工；我出去也顶个全挂长工。咱攒些钱买点地……」说着竟哭了。

母亲帮黑娃说话了：「他大，你就依了娃吧！娃不悦意就甭去了。娃说的也还在理。」

鹿三说：「也好也好！你出去闯荡二年，经见几家财东心里就有数了，不走高山不显平地嘛！到那会你就不会弹嫌……腰直腰硬的屁话了！」

黑娃跟着嘉道叔下了白鹿原，踏进一望无垠广阔恢宏的关中平原，又搭乘木船摆渡过了混浊的渭河……

不足一年，黑娃引着一个罕见的漂亮女人回到白鹿村，鹿三一下子惊呆了。鹿三从第一眼瞧见儿媳妇就疑云四起，把黑娃叫到一边严加审问：「哪儿来的？搭眼一看就知道不是穷家小户女子，怎么会跟你走？三媒六证了吗？说！给老子说清白！」黑娃说得从容不迫：熬活那家主人是个年近七十的糟老头子，有一大一小两个女人。老头子死了，大女人和统领家事的儿子就把小女人视作眼中钉，托长工头儿李某做媒把她嫁给他了。

鹿三半信半疑，将此事请教于白嘉轩，同时提出进祠堂拜祖宗的礼仪之事。白鹿村的新媳妇进祠堂拜列祖列宗是一项极庄严极隆重的仪式。白嘉轩对这件婚事不置可否，只是说：「你跑一步路，去问问嘉道，把事情弄清白。拜祠堂的事等你问了嘉道再说。」鹿三直叹自已是人到事中迷，把嘉道引黑娃出门的事都忽略了。第二天一早，鹿三就下了原去渭北找嘉道。当鹿三再回到白鹿村的时候，已经脸色如灰眼睛充血了，一进门就抽了黑娃一记耳光，自己同时也跌倒在地人事不省。鹿三被救醒后，断然说：「你快快把这个婊子撵走！你要是舍不下她，你就不是我的儿，你就立马滚出去！永生永世都甭进我的门！」黑娃求告无用，黑娃的母亲也哀告丈夫，都不能使鹿三回心转意。黑娃连夜引着媳妇出了门，走进村子东头一孔破塌的窑洞。他随之掏五块银元买下，安下家来。

第九章

黑娃落脚到渭北一个叫将军寨的村子里，给一家郭姓的财东熬活。将军寨坐落在一道叫做将军坡下的河川里，一马平川望不到尽头，全是平展展的水浇地。人说，下了将军坡，土地都姓郭。郭家是个大财东，一家拥有的土地比白鹿村全村的土地还多，骡马拴下三大槽，连驹儿带犊儿十几头。郭家的儿孙全都在外头干事，有的为政，有的从军，有的经商，家里没留住一个经营庄稼的。那么多的土地就租给本村和邻近村庄的佃农去耕种，每年夏秋两季收缴议定的租子。只是佃户租种不完的土地才雇长工耕种，剩下不足百亩土地，其实用不了那么多畜力，那些牲畜一年到头白吃草料，有的一年里几乎连一回使役也轮不上。财东郭老汉特别喜欢骡马，繁殖下小驹子，好的留下养，差的就卖掉了，槽头的高骡子大马全都是经过严格筛选汰劣存优的结果，一个个都像昭陵六骏。郭老汉是清朝的一位武举，会几路拳脚，也能使枪抡棍，常常在傍晚夕阳将尽大地涂金的时刻，骑了马在乡村的官路上奔驰，即使年过花甲，仍然乐此不疲。老举人很豪爽，对长工不抠小节，活儿由你干，饭由你吃，很少听见他盯在长工尻子上嘟嘟囔囔啰啰嗦嗦的声音。

黑娃来时，郭家已有两个长工，一个四十多岁的中年汉子姓李，在郭家已经熬过近十年活儿了，算是长工头儿。另一个是二十几岁姓王的小伙，还未娶妻，平素不大说话，见谁都抿嘴一笑，十分温厚。黑娃年龄最小，又极伶俐，脚快手快，常

被长工头儿指使着去做许多家务杂活儿，扫庭院，掏茅厕，绞水担水，晒土收土，拉牛饮马。时日稍长，郭举人的两个女人也都很喜欢这个诚实勤快的小伙计，很放心地指使他到附近的将军镇上去买菜割肉或者抓药。郭举人本人也喜欢黑娃，有天傍晚又要出去遛马，接过黑娃备好了鞍子的缰绳，突然问：「黑娃，你会不会骑马？」黑娃说：「我骑过猪，没骑过马。」郭举人听了乐得哈哈大笑：「你想不想骑马？」黑娃说：「想！」郭举人说：「你去把那副鞍子给红马备上，你试着骑上遛遛。」黑娃骑上了红马，陪着郭举人在官道上遛着，竟然不觉一丝害怕。郭举人一边勒缰扬鞭，一边喊着指导着黑娃控制马的要诀；两匹马在乡村官路上奔驰。

晚上，三个长工都睡在马号里的大炕上，一溜进被窝就开始说女人。这时候，沉默寡言的长工王相（关中地区的城镇和乡村，对被雇佣的工人、店员、长工称为相公，王相是日常口头称谓。）就活跃起来：「头儿，今黑该说『四香』了。」长工头儿李相洋洋自得地笑起来，装得一本正经地说：「不说了不说了，把鹿相教瞎了咋办？鹿相娃娃还没见过啥哩！」王相却像背书一样说起了李相昨晚或前晚讲过的内容：「李相我说说『四硬』你看对不对？木匠的锛子铁匠的砧，小伙儿的朘子金刚钻。还有『四软』，姑娘的腰棉花包，火晶柿子猪尿脬。对不对？」李相这时就被逗引起来：「『四香』嘛——你听着，头茬子苜蓿二淋子醋，姑娘的舌头腊汁的肉。香不香？都把人能香死！」王相就笑得几乎噎气，又重复诵记起来。黑娃却毫无察觉，甚至莫名其妙：「头茬苜蓿香，二淋子醋也香，腊汁肉我尝过一回，真香死人了。姑娘的舌头有啥味气？唾沫涎水还不恶心死人！」李相就对笑得失了声的王相说：「黑娃是个瓜蛋儿！咱们得给他启蒙。黑娃哎！你将来娶下媳妇了，你咂了媳妇的舌头，你就尝出味儿来了，你就会明白最香的还不是腊汁肉……」长工头李相装了一肚子有关男盗女娼的酸溜溜故事，有的隐秘含蓄，有的赤裸裸毫无遮掩。黑娃有的听不明白，有的就听得浑身潮热。长工头李相煞

有介事地问：「黑娃，你看咱们主儿家六十多快奔七十的人了，啥脸色？红堂堂；啥身板？硬邦邦；说话像敲钟，走路刮大风。你说人家为啥这么结实？你要是猜着了，我把一年的薪俸全给你；你要是猜不着，罚你天天晚上取尿桶，天天早起倒尿桶。」黑娃连着说出了主儿家吃白米细面，山珍海味，鸡鸭猪羊肉，以及遛马又不干重活这些人皆能想到的原因。李相绷着脸儿连续说着不对。王相涵性不足，忍不住开口先揭出谜底来，刚开口自己倒先笑得说不成话：「郭举人吃、吃、吃泡枣儿！」黑娃不以为然地说：「泡枣有什么好？烧酒泡人参才养人哩！」王相诡气地笑着：「泡枣儿比人参酒养人多了。你听李叔说怎么泡枣儿吧——」长工头压低声说郭举人娶下那个二房女人不是为了睡觉要娃，专意儿是给他泡枣的。每天晚上给女人的那个地方塞进去三个干枣儿，浸泡一夜，第二天早上掏出来淘洗干净，送给郭举人空腹吃下。郭举人自打吃起她的泡枣儿，这二年返老还童了。黑娃听了觉得心里很难受，说不出是一种什么感觉，憋得堵得胸脯发胀。王相突然伸过手来抓住了他的下身，嘻嘻笑着向李相报告：「李叔李叔，黑娃的牛牛挺得像根竹笋！」黑娃一下子羞了。

第二天一早，黑娃起来照例扛上长柄扫帚去打扫庭院，看见郭举人的小女人提着一只瓷盆倒尿回来，进了厢房，窗子里传出撩水洗脸的声音。黑娃竟然不敢抬头，当他扫完前院直起身准备走出院子的当儿，忍不住瞧了一眼敞开窗扇的窗户，小女人正在窗前梳理头发，黑油油的头发从肩头拢到胸前，像一条闪光的黑缎。小女人举着木梳从头顶拢梳的时候，宽宽的衣袖就倒捋到肩胛处，露出粉白雪亮的胳膊。黑娃又觉得气堵胸憋，可别把泡着的枣儿掉下来，慌忙转过身就要走掉。那女人在窗户里说话了：「鹿相，扫了地，给那棵玉兰树浇桶水。树旱了。」黑娃撂下扫帚挑起木桶，到过庭的井台上绞了一桶水浇到玉兰花树下，又浇了院庭中间的玫瑰花。他对小女人指派他做活儿感到很荣幸，他还想浇什么树什么花却没有了。他提着空桶别有兴致地欣赏着玉兰树，花儿早已谢了，墨绿色的扁圆的叶子滴着露珠儿；玫瑰花正含苞待放。他又给

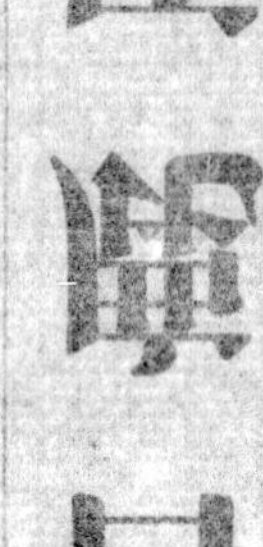

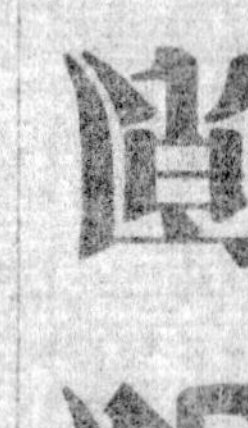

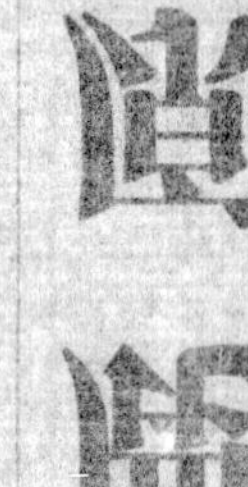

厨房的水瓮里绞了一担水，竟然有点依依不舍地离开了。回到长工们住的马号门口，长工头李相和王相已经扛着犁拉着牲畜要下地种棉花了。李相责问：「黑娃你碎驴日的扫地扫这长工夫？」王相蔫叽叽地说：「大概想讨一颗泡枣儿……」黑娃不由地红了脸，似乎自己真讨过泡枣儿一样，急忙解释说自己扫了院子又绞水浇花耽搁了时辰。李相说：「浇人也用不了这长工夫。」

收罢麦子进入伏天，郭举人就和他的大女人从厅房里屋搬进后院的窑洞去下榻。微明的时候，郭举人在院子里练一会拳脚，然后洗了脸喝了茶再回窑洞去睡个把时辰的套觉，此后就躺着或坐着抽烟喝茶，直到傍晚暑热减退才兴致勃勃地出去遛马。

大女人日夜厮守着老头儿，给他扇凉，给他点烟，给他沏茶，陪他说话儿，伴他睡觉。三顿饭由小女人做好，用紫红色的核桃木漆盘端进窑洞，晚上提尿盆，早上倒尿水，都是小女人的功课，除此小女人就没有什么正当理由进入凉爽的窑洞里去了。大老婆给举人定下严格的法纪，每月逢一（初一、十一、二十一）进小女人的厢房去逍遥一回，事完之后必须回到窑洞（平时在厅房）。郭举人身体好，精力充沛，往往感到不大满足，完事以后就等待着想再来一次，厢房窗外就响起大女人关怀至诚的声音：「你不要命了哇？」

自从郭举人和大女人搬进窑洞避暑以后，前边庭院就显得冷寂了，黑娃去扫院去绞水也觉得自如自在了。他同时发觉，小女人指派他做什么事的声音甜润了，脸上的神色活泛了，前院里的空气也通畅了。三个长工蹲在玉兰树的阴凉下吃饭，小女人坐在对面厨房里的小凳上，听见筷子刮响碗底的声音就走出来，用一只条盘托了碗回去，然后盛满了饭再用条盘端出

陈忠实 著
上卷 一一八

来。这样的规矩是为了避免交接碗筷时男女间手指和手指接触的可能。黑娃和这个小女人的全部有幸和不幸，就是从递饭时破例废掉木盘开始的。

那天早晨，郭举人指派黑娃到十里外的潘家村去捉一对鸽子，那是老交情潘老大送给郭举人的一对棕红色的凤冠头儿，回来错过了饭时。李相和王相已经吃罢饭上地去了，黑娃一个人坐在玉兰树的阴凉下等待小女人端来馍饭。长工吃饭不准进入厨房自拿自舀，这也是郭家的规矩。小女人站在厨房门口说：「鹿相，你稍微等一下下儿，饭凉了我给你热一下再吃。」黑娃有点紧张，只剩下他一个人就有一种莫名的紧张，他装出无所谓的口气说：「不怕不怕，不用热了不用热了！这热的天，吃凉饭才好哩！」小女人却说：「天热倒是热，冷饭还是不敢吃。你甭急，稍等一下下儿……」风箱响起来，房顶的烟囱冒出一股蓝烟。黑娃坐着等着，心却无端地一阵阵跳。小女人端着木盘走到玉兰树下，把一碟辣椒和一碟蒜泥放到青石桌上，一个竹编的浅篮里垒着四五个馍馍也放到石桌上，小女人戴着镂花银镯的光洁白净的手腕就一次又一次伸到黑娃眼前。小女人转身回到厨房又端来了小米稀饭。黑娃看见她省去了条盘，双手托着走来了，连忙站起去接。四只手交接在一只黄色大碗上。黑娃的手指触到了钩在碗底上的小女人的手指。那一瞬间，黑娃的心就猛地跳弹起来，竟然不敢看她的眼睛。她似乎毫不在意，叮嘱说：「鹿相，你款款吃。吃好。出门在外，饭要吃好。」黑娃吃不出饭的滋味，蒜不辣，辣子也不辣了，馍馍嚼着就像是一团泥巴。他的喉咙淤塞，胸腔憋胀，顿然没有一丝食欲了。小女人又走到玉兰树下，把一盘腌渍蒜苔放到石桌上说：「你看你看，我忘了给你搁菜了。」黑娃却站起来：「算咧算咧！我不吃了。」小女人眼里露出惊疑不定的神色：「你只吃了一个馍？米汤也没喝，这是咋咧？」黑娃淡淡地说：「我……我不饿。」小女人殷切地说：「咋能不饿？早起到这会儿啥也没吃呀……」黑娃就诚实地说：「肚里刚才进门时还饿得慌慌哩，不知

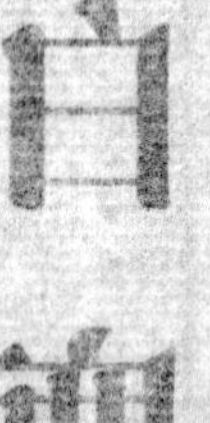

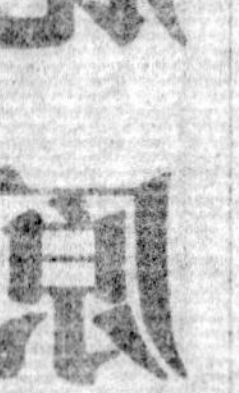

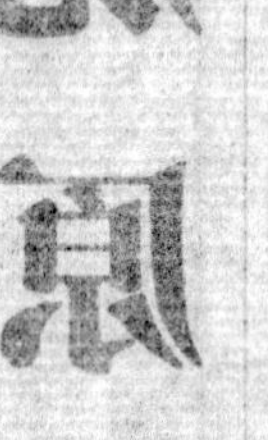

咋弄的这阵又吃不下。」小女人温和地说：「许是路上受了热。天多热！你一会儿饿了再来取馍吃噢！」黑娃盯一眼小女人，僵硬地点点头，转身就要走了。小女人却问：「鹿相，俺家掌柜的说没说你下来做啥？」黑娃说：「掌柜的说来，不叫我到地里去了，叫我照看槽上的牲口，也叫我歇歇腿儿。郭掌柜人好。」小女人就如意地笑笑：「你来回跑了二十多里路，这热的天！歇是该歇的。你给我再绞一担水，我洗衣裳呀！」黑娃就转过身走到井口上：「好好好！绞十担八担也不费啥！」黑娃双手上下控制着辘轳，啪啦啦转着绽开井绳，然后绞动拐把，辘轳吱呀响着，绷紧的井绳一圈一圈缠在辘轳上。黑娃庆幸能有单独和小女人在一起的机会，心里潮起向小女人献殷勤的强烈欲望。他绞起一桶水来，欢悦地问：「二姨把水搁哪儿？」小女人在厢房里说：「就搁在井台上，我一会儿提。」说着，一只手拎着洗衣盆，一只手提着搓板，从竹帘里出来了。下砖头台阶的当儿，小女人脚下一拐，摔倒了，木盆在院庭的砖地上滚得好远。小女人跌坐在台阶下，起了三次才勉强站起来，手扶住墙却移不开脚步，轻声呻吟着。黑娃连忙把第二桶水绞上来，跑到跟前问：「二姨，你咋咧？崴了脚腕子是不是？」「怕是岔住气了。」小女人疼痛不堪地蹙着眉头，「哎哟疼死了！」黑娃站在旁边不知所措，小女人的痛苦使他心疼心焦：「咋办呀？二姨，我去叫掌柜的。」小女人强忍着摇摇头：「你扶我进去躺一会儿就没事了。」黑娃就搀住小女人的胳膊，扶她走上台阶，揭开竹皮帘子，刚跷脚进厢房门坎，小女人又「哎哟」一声，几乎跌倒。黑娃忙搭上另一只手，揽住小女人的腰。小女人借势扒住黑娃的肩膀，双手从后肩和前胸搂住黑娃的脖子。黑娃几乎是肩背着她往炕前挪步。黑娃浑身燥热，心似乎已经跳弹到喉咙口了。他跷进这个厢房的门坎时，就紧张得腿肚发抖。那温热的胸脯贴着他的腰，那柔软的头发反蹭着他的脖颈，他已经浑身痉挛。他扶她坐到炕边上刚松开手，她又「哎哟」一声，几乎从炕边上翻跌下来。他急忙抱住她，她的胸脯紧紧贴着他的胸脯，黑娃觉得简直要焚毁了。他一用劲就把她托起

来，轻轻放到铺着竹篾凉席的炕面上，他感到她搂扒着的手臂依依不舍地松开了。他慌忙抹一把汗，对小女人说：「二姨，你好好歇着，我饮牛去呀！」小女人歪过头说：「我的腰里有个老毛病，不小心就岔住气了，疼死人。你给用拳头捶几下就好了。」黑娃迟疑片刻就又走到炕边，问：「二姨，你说捶哪儿？」小女人用手指着腰肋下说：「就这儿。」黑娃就攥起拳头轻轻在她手指的地方捶击。小女人呻唤一声：「哎哟！太重了！」黑娃就更轻一点叩击。小女人怨怨艾艾地说：「黑娃你真笨！你轻轻揉一揉。」黑娃就松开拳头，用手掌抚摩起来。小女人穿着一件白色细格洋布衫，比家织的粗布衫儿绵软而光滑，温热的肌肤透过薄薄的洋布传感到黑娃粗硬的掌心，胸腔里便涨起汹涌鼓荡的潮水，他想跳上炕去把她压扁挤碎，又想一把揪起她来搂住。但他却压抑着种种念头轻轻问：「你好点了没有二姨？我该饮牛去咧。」小女人说：「好了好得多了。你再揉一下下就全好了。」黑娃就继续揉抚着。他看一眼小女人仰躺着的隆起的胸脯，小女人迷离的眼睛异样地瞅着他说：「黑娃，你日后甭叫我二姨了，你该叫我姐姐……娥儿姐。」黑娃忙说：「那不乱了辈分儿咧？你家郭举人我叫大叔，怎么能跟你叫姐呢？」小女人挖一眼他说：「你真是个瓜蛋儿！有旁人在场，你就还叫二姨；只有你跟我在一搭时，你叫娥儿姐。记下记不下？」黑娃似乎心领神会了一个信号，一个期待着的又是令人惊悸的信号，他的头发似乎倒提起来，手臂抖颤，喉咙憋得说不出话，只好点点头。小女人就悄着声说：「你试着先叫一声姐……」黑娃咬着嘴唇，自觉血已涌上脸膛，颤着声叫道：「姐吔——娥儿姐——」小女人听着一把抓住他的胳膊，从炕上翻坐起来，扑进他的怀里。黑娃双臂紧紧搂抱着小女人，那个美好的肉体在他怀里抖颤不止。他不知道怎么办，一股无法遏止的欲望催着他把她死死地箍抱到怀里，似乎要把她纳进自己的胸膛才能达到某种含混的目标。她的双臂箍住他的脖子，浑身却像一口袋粮食一样往下坠。他就这样紧紧地搂着她，不知道还应该做什么。她突然往上一蹿，咬住他的嘴唇。他就感到她的舌

头进入他的口腔，他咬住那个无与伦比的舌头吮咂着，直到她嗷嗷嗷地呻唤起来才松了口。她痴迷地咧着嘴，示意他把她咬疼了，却又把嘴唇努着迎上来，暗示着他的嘴唇。他在这一瞬间准确无误地解开了那个哑语式的暗示，就把舌头伸进她的嘴里。她的咂吮比他更贪婪更狠劲，直到他忍不住也嗷嗷嗷地呻唤起来，她却仍旧咂住不放，只是稍微放松了口。她同时就倒下去，背倚在炕边上，把他也坠倒了，压在她的身上。这当儿，他的浑身像遭到电击一样，一股奇异的感觉从腹下潮起，迅即传到全身，他几乎承受不住那种美妙无比的感觉的冲击，突然趴在她身上，几乎要融化成水了。那种美妙的感觉太短暂了，像夏天的一阵骤雨，他一身松软一身疲惫一身轻松，喉咙里通畅了，胸腔里也空寂了，燥热退去了。他有点懊悔，站起来说：「二姨——噢——娥儿姐，我该饮牛饮马去了。」小女人跳起来猛地抱住他，又深深地在他的嘴上亲了两口：「好兄弟……」

院庭里很静，正午的阳光从玉兰树浓密的枝叶间隙投射到砖地上，两只盛满水的木桶搁在井台上，洗衣盆扣在墙根下，显得很凌乱。黑娃把木盆拎起来放到井台下的渗坑边上，那是小女人往常洗衣服的地方。看看庭院里没有任何异常的变化，他撩起布衫下襟擦擦脸上的汗，就走出了这个空寂安谧的院子。他一走进牛棚马号，顺手掩插了门板，扑通一声仰躺在大炕上，紧张的肌肉一下子松弛下来，心似乎这会儿才稳定在原来的位置上。他躺了一下就翻起身抹下裤子，这才看见裤裆里湿了一大片。他迅即系好裤子，把湿了的地方打个褶窝到里头，然后就动手去解缰绳，拉上骡马到涝池去饮水。

他牵着马缰绳走在村巷里，从容地回味着那紧张慌乱的时刻，咀嚼着那说不清比不准却十分诱人的舌尖。头茬子苜蓿二淋子醋，姑娘的舌头腊汁的肉。他现在回味长工头李相讲过的那许多酸故事，就由朦胧进入清晰的境界了。当他往返四五趟饮完牲口以后，他觉得沉寂下去的那种诱惑又潮溢起来，那种懑闷的感觉又充斥着胸腔，一种无形的力量又催逼他再回到井台上去。

他忍着，到了午饭时，李相和王相汗流浃背地从地里回来了，根本想不到黑娃已经发生的美妙的秘密，只是带着明显不饰的忌妒说：「黑娃，你狗崽子比郭掌柜的干儿子还牛皮！你跟掌柜的遛马耍鹁鸽……」黑娃嘿嘿嘿笑着不无得意：「这怪谁呢？掌柜的硬叫我陪他遛马，给他捉鹁鸽，我敢不去吗？」三个人就走进院子去吃午饭。黑娃瞧着小女人用木盘端来了盐碟辣碟醋碗和蒜罐儿，就不由得心跳；看见她戴着银镯的手腕，就回味到握着时的那种温柔和细腻；瞧见她颤动着的胸脯，就异常清晰地感到贴着时的痴迷和消融。小女人谁也不看，转身又用木盘托来了三只大碗，碗里盛着冒过碗沿儿的凉皮。这是暑热的天气里最可口的面食了。小女人放下碗就回厨房去了。黑娃嚼着凉凉的面皮，还是察觉到了李相和王相没有察觉出来的变化，小女人走路的步子轻盈了，两只秀溜的小脚麻利地扭着，胸脯上的那两团诱人的奶子就颤悠悠弹着，眼睛像雨后的青山一样明澈，往日里那种死气沓沓的神色已经扫荡净尽。

吃完午饭回到马号，三人就躺下来歇晌。李相贼气地说：「这个二婆娘今日个比往日不一样，大概举人昨黑个把她弄受活了，你看今日个走路都飘手飘脚的！」话说完就拉起鼾声。王相也傻笑一声就齁齁睡着了。黑娃却睡不着。

整个一个后晌，黑娃和李相王相在播种最后一块包谷地。他有点神不守舍，吆犁犁歪了犁沟儿，点种又把不住稀稠。长工头竟破口骂起来：「黑娃，你崽娃子丢了魂了不是？」黑娃不在乎地笑笑。愈接近天黑，他愈变得不可忍耐，直到吃罢晚饭，他也找不到单独和小女人说话的机会。三人吃了晚饭，抹着嘴起身走出院子时，小女人说：「黑娃，你把泔水桶捎过去。」黑娃心里得救似的喜悦，从灶房里提了装满泔水的木桶回到马号，用泔水饮了牛，再把桶送过来，对着正在洗锅刷

碗的小女人说：「娥儿姐，我黑间来。」

黑娃开始实施他后晌种包谷时反复琢磨过的行动方案：「李大叔，我今黑到王庄寻我嘉道叔去呀。让他回家时给我捎一双鞋来。」长工头李相毫不在意地应允了。黑娃到王村找着嘉道叔叔，确实说了让他捎鞋的事。又闲谝了半夜在郭家熬活儿的事，感激嘉道叔叔给他寻下一个好主家，并说郭举人瞧得起自己，让他陪他遛豆放鸽子的快活事，嘉道高兴地叮嘱说：「这就好，这就好。人家待咱好咧，咱也要知好，凡事都多长点眼色，甭叫人家先宠后恼……」黑娃应着，早已心不在焉，看看夜深人静，告别嘉道叔回到将军寨。

按照白天观察好的路线，黑娃爬上墙根的一棵椿树跨上了墙头，轻轻一跳就进入院里了。郭举人和他的大女人在后院窑洞里，前院只住着小女人一个。黑娃望一眼关死的窗户，就撩起竹帘，轻轻推一下门。门关死着，他用指头叩了三下，门闩滑动了一下就开了，黑暗里可以闻见一股奇异的纯属女人身体散发的气味。小女人一丝不挂站在门里，随手又轻轻推上门闩，转过身就吊到黑娃的脖子上，黑娃搂住她的光滑细腻的腰身的时候，几乎晕眩了。他现在急切地寻找她的嘴唇，急切地要重新品尝她的舌头。她却吝啬起来，咬紧的牙齿只露出一丁点舌尖，使他的舌头只能触接而无法咂吮，使他情急起来。她拽着他在黑暗里朝炕边移动。她的手摸着他胸脯上的纽扣一个一个解开了，脱下他的粗布衫子。他的赤裸的胸脯触接到她的胸脯以后，不由地「哎呀」叫了一声，就把她死死地拥抱在胸前，那温热柔美的奶子使他迷醉，浑身又潮起一股无法排解的燥热。她的手已经伸到他的腰际，摸着细腰带的活头儿一拉就松开了，宽腰裤子自动抹到脚面。他从裤筒里抽出双脚的当儿，她已经抓住了他的那个东西。黑娃觉得从每一根头发到脚尖的指甲都鼓胀起来，像充足了气，像要崩破炸裂了。她已经爬上炕，手里仍然攥着他的那个东西他也被拽上炕去。她顺势躺下，拽着他趴到她的身上。黑娃不知该怎么

办了，感觉到她捉着他的那个东西导引到一个陌生的所在，脑子里闪过一道彩虹，一下子进入了渴盼想往已久却又含混陌生的福地，又不知该怎么办了。她松开手就紧紧箍住他的腰，同时把舌头送进他的口腔。这一刻，黑娃膨胀已至极点的身体轰然爆裂，一种爆裂时的无可比拟的欢悦使他顿然觉得消融为水了。她却悻悻地笑说：「兄弟你是个瓜瓜娃！不会。」

黑娃躺在光滑细密的竹皮凉席上，静静地躺在她的旁边。她拉过他的手按在她的奶子上。「男人的牛，女人揉。女人的奶，男人揣。」他记起了李相的歌。他抚揣着她的两只奶子。她的手又搓揉着他的那个东西。她用另一只手撑起身子，用她的奶子在他眼上脸上鼻头上磨蹭，停在他的嘴上。他想张口吮住，又觉得不好意思。她用指头轻轻掰开他的嘴唇，他就明白了她的用意，也就不觉得不好意思了，一张嘴就把半拉子奶头都吞进去了。她噢哟一声呻唤，就趴在他的身上扭动起来呻吟起来，她又把另一只奶子递到他的嘴里让他吮咂，更加欢快地扭动着呻唤着。听到她的哎哎哟哟的呻唤，他的那种鼓胀的感觉又蹿起来，一股强大急骤的猛力催着他跃翻起来，一下子把她裹到身下，再不需她导引就闯进了那个已不陌生毫不含混的福地，静静地等待那个爆裂时刻的来临。她说：「兄弟你还是个瓜瓜娃！」说着就推托着他的臀部，又压下去，往复两下，黑娃就领悟了。她说：「兄弟你不瓜，会了。」黑娃疯狂地冲撞起来，双手抓着两只乳房。她搂着他的腰，扭着叫着，迎接他的冲撞。猛然间那种爆烈再次发生……他又安静清爽地躺在竹编凉席上，缓过气之后，他抓过自己的衣裤，准备告辞。她一把扯过扔到炕头，扑进他的怀里，把他掀倒在炕上，趴在他的身上，亲他的脸，咬他的脖颈，把他的舌头裹进嘴里咂得出声，用她的脸颊在他胸脯上大腿上蹭磨，她的嘴唇像蚯蚓翻耕土层一样吻遍他的身体，吻过他的肚脐就猛然直下……黑娃噢哟一声呻唤，浑身着了魔似的抽搐起来，扭动起来，止不住就叫起来：「娥儿姐！娥儿……」她爬上他的身，自己运动起来，直到他又一次感到爆裂和消融。她静静地偎在他的怀里，贴着他的耳朵说：「兄弟，我明

日或是后日死了，也不记惦啥啥了！」

此后黑娃就陷入无法摆脱的痛苦之中。他白天和李相王相一块去翻耕麦茬地，晚上同在马号里的大炕上睡觉，难得与小女人再次重温美梦，不能再二再三撒谎去找嘉道叔呀！早晨他去扫院绞水的当儿，郭举人踢腿舞臂在院庭里晨练功夫，无法与小女人接近。唯一可钻的空子，就是晚饭后他拎了泔水饮罢牛马送还空桶的时候，在厨房里和小女人急急慌慌摸捏一下就做贼似的匆匆离去。

烦闷焦躁中，机会总是有的。麦茬地全部翻耕一遍，让三伏的毒日头曝晒，曝晒透了，如落透雨，再翻耕一遍，耙耱一遍，土地就像发酵的面团一样绵软，只等秋分开犁播种麦子了。包谷苗子陆续冒出地皮，间苗锄草施肥还得半个月以后。财东家就给长工们暂付了半年的薪俸或实物麦子，给他们三五天假期，让长工把钱或麦子送回家去安顿一下，会一会亲人，再来复工，此后一直到收罢秋种罢麦子甚至到腊月二十三祭灶君才算完结。然后讲定下年还雇不雇或干不干，主家愿雇长工愿干的就在过罢正月十五小年以后来，一年又开始了。郭举人在他们耕完最后一块麦茬地那天晚上来到马号，摇着扇子爽朗地说：「前一阵子又收又种还要犁地，诸位都辛苦了。明日个李相王相就可以起身，今年你俩一搭走，回去把老的小的安顿好再来。目下地里没啥紧活儿，鹿相只要抚弄好牲口就行了。等你二位来了，鹿相再回家。鹿相屋里有指靠，迟回去几天没啥。」黑娃巴不得如此安排。李相和王相当晚灌好麦子，一夜竟然高兴得难以成眠，鸡叫三遍就推着木轮小车装着粮食上路了。黑娃欢跃鼓舞，也无法入睡，俟到天色微明就去扫除绞水。吃早饭的时候，他大胆抓住小女人的手，跳起来亲了一口，小女人吓得脸都黄了：「你疯了？」黑娃坐下来说：「等着。今黑好机会。」他回到马号就喂马，连着喂过两槽草料，把牛马和骡子牵出来拴到树荫下，用扫帚刷掉牲畜身上的土屑粪疤，回头又给圈里垫了干土，把水缸装

满，吃罢午饭就躺下睡着了。后晌更加漫长，他索性背起大笼和草镰去割苜蓿。

郭举人很赞赏他的勤快和主动性儿，也蹲下来往铡刀下揣苜蓿。黑娃压着铡刀把儿，瞅着眼皮底下郭举人银白头发的大脑袋，心里忽然懊悔起来：郭举人待他不错，早看得出他很喜欢他，让他陪他遛马，替他背上鸽子笼儿到这里那里去放鸽鸽，很放心地让他一个人侍喂骡马，他却偷偷地把人家的小女人睡了！他的漫荡着欢愉的胸腔开始冷寂，滋浮起一缕愧悔羞耻的灰败气氛……

随着深夜的到来，黑娃在马号里第一次独自一人过夜，浑身又潮起那种催逼他翻墙跳院的欲望了。他脱光了衣服，用葫芦瓢儿从头顶往身上浇水，冲洗得清清爽爽，就走出了马号的门。

走同样的路，翻同一道围墙，爬同一棵椿树，轻捷似猫儿一样钻进虚掩着门的厢房。朦胧的月光下，炕上躺着玉雕冰琢似的肉体。两颗同样焦渴的嘴互相濡沫，两双都急欲捕捉对方的胳膊交缠在一起。黑娃已不再慌乱，也不陌生，小女人再不说「兄弟你瓜瓜娃」的话，痴迷地陶醉在黑娃越来越熟练的爱抚之中。他们现在跨越了羞怯慌乱和无知的障碍进入从容不迫的自由境界，接受对方的种种爱抚也把种种爱抚给予对方，愉悦地纵容对方做更进一步更大胆些的行动，第一次得到了同步销魂的最佳状态。他们已经从肉体感官越来越强烈的刺激需要进入感情抒发的需要，情切切意绵绵的呢喃自然流涌。

「兄弟呀，姐疼你都要疼死了！」「娥儿姐呀，兄弟想你都快想疯了！」「兄弟呀，姐真想把你那个牛儿割下来揣下怀里，啥时间想亲了就亲。」「姐呀，兄弟真想把你这俩奶奶咬下来吃到肚里去，让我日日夜夜都香着饱着。」他们一次又一次走向峰顶，一次又一次从峰顶销魂般下落，没有满足，直到鸡啼三遍才难舍难离地分手。

继来的一夜更加完满。他们从情意缠绵的胶着状态走进了轻松欢快的又一个新的境界，开始有兴致谈笑逗趣互相开心。黑

娃把在马号里听到的长工头李相讲的酸故事复述给小女人，小女人乐得笑得几乎岔气，爱抚地拧着掐着捶着黑娃，嘴里嗔骂着：「黑娃你跟那些瞎熊长工学成瞎熊了！」黑娃得意地笑着问：「姐呀，听说你给郭掌柜泡枣儿是不是真事？」小女人顺手抽了他一个嘴巴，抽得很重不像玩的。黑娃哑了口，后悔自己忘乎所以说错了话。小女人随之就坐起来，把那个尿盆拿到黑娃跟前。黑娃欠起身一瞅，黄蜡蜡的尿里头飘着三颗枣儿，已经浸泡得肥大起来。小女人憎恨地说，提到泡枣的事她就像挨了一锥子。大女人每天晚上来看着监视着她把三只干枣塞进下身才走掉，她后来就想出了报复的办法，把干枣儿再掏出来扔到尿盆里去。「他吃的是用我的尿泡下的枣儿！」小女人说着，又上了气，「等会儿我把你流下的㞞给他抹到枣儿上面，让他个老不死的吃去！」一提到郭举人，黑娃就有点怯。小女人气过之后就哭了：「兄弟呀，姐在这屋里连只狗都不如！我看咱俩偷空跑了，跑到远远的地方，哪怕讨吃要喝我都不嫌，只要有你兄弟日夜跟我在一搭……」黑娃压根没有想过往后的事，支吾说：「姐呀，你甭急……我还没想过跑……咱明黑间再说。」小女人说：「兄弟你甭害怕，我也是瞎说。我能跟你相好这几回，死了也值当了。」

黑娃有点沉重地回到马号，开始思谋怎么办？翻墙跳院偷偷摸摸的相会总不是长远之计呀！这时候，马号的门板敲响了，黑娃忙问：「谁？」一个沉稳平实的声音答：「我。」黑娃听出郭举人的声音就有点慌，瞬即侥幸地想：他要是发现了什么蛛丝马迹肯定到当场捉奸，不会等他回到马号的。他装出睡意惺忪的样子拉开门闩。郭举人走进来说：「点上灯。」黑娃怕自己脸色不好不想点灯，郭举人坚持要点灯，他就拼打火石点着了油灯。郭举人背抄着双手，站在对面说：「你刚才做啥去了？」黑娃慌了：「我肚子坏了上茅房……」郭举人冷冷地说：「茅房不在那边，再说也不用翻墙。」一切侥幸都被粉碎，事情完全败露了，黑娃眼前一黑，几乎跌坐下去：「掌柜的，你说咋样处治——」郭举人一摆头说：「要是想处

治你，刚才我就当场把你捉住了，不会让你跑回马号来。处治你还不跟蹭死一只臭虫一样容易？这事嘛，我不全怪你，只怪她肉臭甭怪旁人用十八两秤戳。她一个烂女人死了也就死了，你爸养你这么大可不容易。门面抹了黑，怕是你娃娃一辈子也难寻个女人了。」黑娃这时完全崩溃了，抬不起头也说不出话。郭举人说：「这样吧！我把你前半年的工钱给你，你另到别处找个主家去。记住，日后再甭做这号丢脸丧德的事了。」说着从腰里摸出几块银元搁到炕边。黑娃忙说：「你不处治我就够了我的，钱我不敢拿。掌柜的你真是个好人，我……」黑娃腿一软就跪下了。郭举人不以为然地说：「这事全当没有发生过。再不提了都不说了。你把钱拿上走吧。现在就走。」黑娃不敢拿钱又不敢不拿，把钱拿了装进口袋，背起来时的褡裢，向郭举人深深鞠了躬就走出马号的门去。

黑娃走到村巷的转弯处不由得回头瞧瞧，马号的窗户仍然亮着灯火，郭举人今晚得亲自侍守牲畜了。他心里很难过，恨不得抽自己两个耳光：做下这种对不起主人的事，自己还算人吗？他出了村子就踏上往南去的路，忽然想到回去怎么给父亲交待？旋即又转折到往西的路上去了，走得愈远愈好，随便找一家缺人的主户熬活就行了。走到一条小河边，黑娃蹲下来脱鞋，听到后边有脚步声，回头一看，两个黑影朝他跑过来，边跑边喊着：「鹿相，等等有话说。」黑娃拎着鞋等着。星光下，黑娃辨出来人是郭举人的两个亲门侄儿，跑得气喘吁吁，一前一后把黑娃夹在中间。一个说：「你怎么松松泛泛就走呀？」黑娃说：「掌柜的叫我走的。」另一个插嘴说：「叫你走是叫你走远点，甭臭了一个村子！」黑娃什么已不再想，只觉得走投无路了。一个骂：「你个驴日下的六畜！」另一个骂：「今黑把你狗日的皮剥下来绷鼓！」骂着就拉开了架势。黑娃被打了一拳，背后又挨了一脚。他忍着躲着，终于瞅中机会，照一个的脸上迎面砸了一拳，手感告诉他击中了对方的鼻子，那个人趔趔趄趄退了几步被河滩上的石头绊倒了。他一扬腿就踢到另一个的裆里，那人哎哟一声蹲到沙滩上

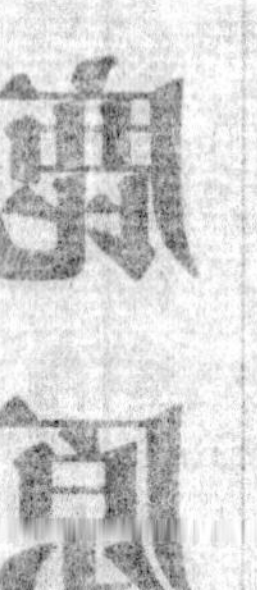

了。在他们重新扑上来之前，黑娃转身扑进水里，一蹿就顺水漂走了。

黑娃爬上岸时，辨不清到了什么地方，肚子饿得咕咕叫，循着甜瓜的气味摸到沙滩岸上的一个瓜园里，摸了几个半生不熟的甜瓜，又顺着河岸上的小路往前走。他嚼着有一股草汁味儿的尚未熟透的甜瓜，皮儿瓤儿籽儿全都咽下去了。郭举人暗地里派两个侄儿来拾掇他，掐死勒死或者用石头砸死扔到水里就消除一切痕迹了。黑娃现在再不觉得对不住郭举人了，这两个蠢笨家伙的行动反倒使黑娃解除了负疚感，只是在心里叫苦：娥儿姐不知要受啥罪哩？

他漫无目的地朝西走去，天明了仍不停步，走得愈远肯定愈安全。午饭时分，估摸已经走出百余里了，黑娃就在一个不大的村子里停下来，打听谁家需要雇长工，短工也可以。有人好心告诉他，前边一个叫黄家围墙的村子，有个叫黄老五的财东，刚刚辞退了一个长工正需要雇人，不过那主儿有点啬皮，年长人罢咧，年轻人怕受不下。黑娃已是饥不择食慌不择路，只要他是个人我就能受下。

在黄家围墙黄老五家干了半个月活儿，黑娃就看出黄老五啬皮果然名不虚传。黄老五天不明就呼喊他下地，三伏天竟然不歇晌，而且理由充足：「难得这么硬的日头，锄下草一个也活不了，得抓住这好日头晒草。」如果不是大雨浇得人睁不开眼，黄老五仍然有说词儿：「哈呀真好！下这种濛丝儿雨才凉快了，干活才不热了。」黑娃不在乎，再说黄老五本人也不歇晌也不避雨陪着他一样干。黄老五吃饭也是一天三顿陪着他，除了晌午吃一顿稀汤面全部都是杂粮，包谷黑豆稻黍豌豆变换着蒸馍。包谷馍倒罢了，黑豆面儿无论蒸的馍馍或是烙下锅盔，都改不了猫屎一样黑的颜色，也去不掉那股苦焦味儿；豌豆面馍馍茬口硬，咬一丁点就嚼得满口沙子似的硬粒儿，吃下以后就生屁。黑娃和黄老五上地去的路上屁声此伏彼起，黄老五自己也笑了：「黑娃你闻一闻这屁不臭。豌豆生下的屁不臭。麦子面生的屁臭得恶心人！」黑娃不久也就明白，黄老五其实也是个粗笨庄稼汉，凭着勤苦节俭一亩半亩购置土地成了个小财东，根本无法与郭举人相比。但最使他难以忍受的不是干活的劳累和吃食的粗劣，而是一种无法忍受的舔碗的习惯。在黄家吃头一顿饭时，黑娃就看见了黄老五舔碗的动作，一阵恶心，差点把吃下的饭吐出来。以后再吃饭时，他就加快速度，赶在黄老五吃毕舔碗之前放下筷子抹嘴走掉，以免听见他的长舌头舔出的吧唧吧唧的声响。这天午饭后，黄老五用筷子指点着凳子说：「鹿相你坐下，甭急忙走，我有话说。」黑娃重新坐下来。黄老五说：「把碗舔了。」黑娃瞅着自己刚刚吃完了糁子面儿的大碗，残留着稀稀拉拉的黄色的包谷糁子，几只苍蝇在碗里嗡嗡着，说：「我不会舔。我自小也没舔过碗。」黄老五说：「自小没舔过，现在学着舔也不迟。一粒一粥当思来之不易。你不舔我教你舔。」说罢就扬起碗作示范。他伸出又长又肥的舌头，沿着碗的内沿，吧唧一声舔过去，那碗里就像抹布擦过了一样干净。一下接一下舔过去，双手转动着大粗瓷碗，发出一连串狗舔食时一样吧唧吧唧的响声，舔了碗边又扬起头舔碗底儿。黄老五把舔得干净的碗亮给他看：「这多好！一点也不糟践粮食。」黑娃说：「我在俺屋也没舔过碗。俺家比你家穷也没人舔碗。」黄老五说：「所以你才出门给人扛活儿！要是从你爷手里就舔碗，到你手里刚好三辈人，家里按六口人说，百十年碗底上洗掉多少粮食？要是把洗掉的粮食积攒下来，你娃娃就不出门熬活反是要雇人给你熬活喽！」黑娃的胃肠早已随着黄老五的舌头伸出缩进搅动起来，一阵阵恶心，话也说不出来。黄老五说：「鹿相你这娃娃事事都好，干活泼势又不弹嫌吃食，只有不会舔碗这一样毛病。你知道不知道？顿顿饭毕你先走了，我都替你把碗舔了。你只要从今往后学着舔碗，我就雇你干三年五年，工钱还可以往上添。」黑娃说：「哪怕不要工钱，我都不舔碗。」说罢就转过身走了，走到过道转过身，黄老五抱着他的碗舔得正欢。黑娃看见别人舔自己的碗更加难以容忍，「哇」的一声吐了。随后居然成了一种毛病，他一看见黄老五的嘴唇就想呕吐，整得他干脆拿上两个馍馍躲到牛

白霞泉

胡志良　著

二〇二

陈忠实 著
上卷
一三一

圈里单独吃了。他终于忍受不住，咬咬牙舍弃了一月的工钱，吃罢早饭借着单独上地的工夫逃走了。

他强烈地思念小女人。一月来她的日子怎么过？他沿着一条官道扯开步子再往东走，当夜静更深时分，黑娃已经站在那棵熟悉的椿树底下了。他爬上树，翻过墙，跳进院子，摸到西厢房门口，竹帘子卷在门楣上方，门上吊着一只黄铜长锁。黑娃不敢久停，沿着原路又出了院子，转身来到隔壁的马号。黑娃翻上土围墙，看见长工头李相和王相睡在马号院子里。他跳下去，摇醒了李相，吓得李相嘴里呜呜哇哇话不成串。黑娃悄声问：「李大叔，小女人呢？」李相说：「回娘家去了。」黑娃再问：「知道不知道约摸啥时候回来？」李相已完全清醒，恢复了活泼的天性：「你龟孙把人家日了，郭举人早把她休了，还回来个毬！」黑娃急问：「好叔哩！小女人娘家在啥村子？」李相说：「你还撵到人家娘家门上去日呀？」黑娃求告说：「好叔哩！啥时候呀你还尽说笑，快给我说一声。」李相说：「往北走，三十里，有个田家什字——」黑娃作个揖，亲昵地摸了一把还在酣梦中的王相，就拉开门闩出了马号院子。

第二天早饭时，黑娃踟蹰在田家什字的村巷里，打听谁家雇人熬活。人说，田秀才近日病倒，正需雇人管理棉田。黑娃找到田秀才家门口，正遇见秀才娘子。娘子看他一眼说：「你等一会儿，我去问问掌柜的。」娘子出来的时候就有了主意，说了工价，就引黑娃到屋里吃饭。端饭出来的果然就是那个令他牵肠挂肚的小女人，他的娥儿姐。她端着木盘走出厨房看见他的那一瞬间，脸色骤变，几乎失手丢了木盘。黑娃瞅了一眼就偏低了头，装作陌生人顺势在院子里的小木凳上坐下来。她瘦了！瘦得叫人心疼！

黑娃照例住进牛圈。田秀才家原有一个打长年的长工，姓孙，人很实受厚诚，黑娃很快就和孙相混熟了。他告诉黑娃，田秀才是个书呆子，村里人叫他「啃书虫儿」。考中秀才以后，举人屡考不得中，一直考到清家不再考了才没奈何不考了。田秀才仍然早诵午习，念书写字，只在农活紧密的季节才搭手作务庄稼。目下正是棉花生长顶费手的时节，田秀才却病倒在炕上，干不了活儿也啃不动书了。孙相悄声说：「秀才的女子跟个长工私通，给人家休了！秀才是念书人——要脸顾面子的人呀！一下就气得病倒炕上咧！」黑娃装出惊讶地「噢」了一声。孙相说：「田秀才托亲告友，要尽快尽早把这个丢脸丧德的女子打发出门，像用锨铲除拉在院庭里的一泡狗屎一样急切。可是，像样的人家谁也不要这个声名狼藉的女人，穷家小户又怕娇惯下的女子难以侍弄；人家宁可订娶一个名正言顺的寡妇，也不要一个不守贞节的财东女子！」黑娃听罢说：「孙叔，你去给田掌柜说，这女人我要哩！」孙相大惊道：「你年轻轻的小伙娃儿，要这号女人做啥？」黑娃撒谎说：「我爸穷得很，给我订不起媳妇呀！」孙相凛然说：「娃娃，拉光身汉也不要这号二茬子女人，哪怕办寡妇，实在不行哪怕到城里逛窑子，也不能收拾这号烂货！」黑娃说：「我思量过了。我家离这儿百把二百里，这女人名声再不好也吹不到俺村里，只要我日后把她看严点就行了。」孙相看黑娃执意要娶，话儿也不无道理，就答应了：「我去给田掌柜说句话不费啥事。我估摸田秀才一听准成，肯定连聘礼全都不要的。」

田秀才的态度正如长工孙相所料，当即拍板定夺，病气当下就减去大半。田秀才随即召见黑娃，不仅不要彩礼，反倒贴给他两摞子银元，让他回家买点地置点房好好过日月；只是有一条戒律，再不许女儿上门；待日后确实生儿育女过好了日子，到那时再说。黑娃全都答应了。第二天鸡啼时分，黑娃引着那位娥儿姐离开了田家什字，出村不远，俩人就抱在一起痛哭起来……

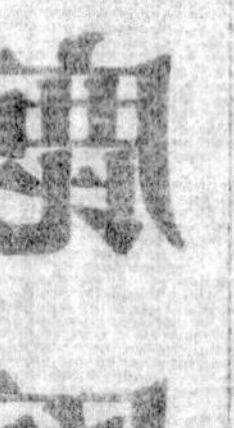

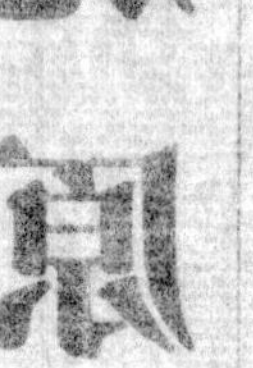

第十章

孝文和孝武一人背一捆铺盖卷儿回到白鹿村。因为学生严重流失，纷纷投入城里新兴的学校去念书，朱先生创立的白鹿书院正式宣告关闭。滋水县也筹建起第一所新式学校——初级师范学校，朱先生勉强受聘出任教务长。看着两个接受过良好教育的儿子归来，白嘉轩好生喜欢，有这样两个槐树苗儿一样壮健的后人顶门立柱，白家几辈受尽了单传凄苦的祖先可以告慰于九泉之下了。当晚，白嘉轩手执蜡烛，把两个儿子领到门楼下，秉烛照亮了镌刻在门楼上的四个大字「耕读传家」，又引着他们回到院庭，再次重温刻在两根明柱上的对联：耕织传家久，经书济世长。白嘉轩问儿子：「记下了？」两个儿子一齐回答：「记下了。」白嘉轩又问：「明白不明白？」两个儿子答：「明白。」白嘉轩坐在厅房的桌子旁说：「明白了就好。明日早起把旧衣裳换上，跟着你三伯到地里务庄稼去。」两个孩子都顺从地答应了。白嘉轩告诫说：「从今日起，再不要说人家到哪儿念书干什么事的话了。各家有各家的活法。咱家有咱家的活法儿。咱只管按咱的活法儿做咱要做的事，不要看也不要说这家怎个样那家咋个样的话。」

白嘉轩随后进山去了一趟，和岳父商谈了让二儿子孝武来共同经营中药材收购铺店的事。白家的后人已经成人，由岳父代管的局面应该尽快结束。孝武随后受命进山去了。大儿子孝文留在家里。白嘉轩经过长期观察和无数次对比认定，由孝文

将来统领家事和继任族长是合法而且合适的。两个孩子都是神态端庄，对一切人都彬彬有礼，不苟言笑，绝无放荡不羁的举止言语，明显地有别于一般乡村青年自由随便的样子。但孝文比孝武更机敏，外表上更持重，处事更显练达。

白嘉轩把二儿子孝武打发进山以后，就带着礼物走进了媒人的院子。他郑重提出过年时给孝文完婚的意图，让媒人去和女方的父母交涉。女方比孝文大三岁，已经交上十九，父母早已着急，只是羞于面子不便催白家快娶。因为是头一桩婚事，白嘉轩办得很认真，也很体面，特意杀了一头猪做席面。婚后半个多月，饱尝口福的乡党还在回味无穷地谈说宴席的丰盛。白嘉轩以族长的名义主持了儿子和儿媳进祠堂叩拜祖宗的仪式。这种仪式要求白鹿两姓凡是已婚男女都来参加。新婚夫妇一方面叩拜已逝的列位先辈，另一方面还要叩拜活着的叔伯爷兄和婆婶嫂子们，并请他们接纳新的家族成员。

鹿三参加过无数次这种庄严隆重的仪式，万万料想不到他的黑娃引回来一个小婊子，入不得祠堂拜不得祖宗，也见不得父老乡亲的面。他曾经讥笑过鹿子霖。鹿子霖给大儿子兆鹏也是过年时完的婚。早先三媒六证订下冷先生的大女儿，兆鹏突然不愿意了，赖在城里不回家。鹿子霖赶到城里，一记耳光抽得兆鹏鼻口流血，苦丧着脸算是屈从了。新婚头一夜，兆鹏拒食合欢馄饨，更不进新房睡觉，鹿子霖又一记耳光沾了一手血，把兆鹏打到新房里去了。第三天进祠堂拜祖宗，兆鹏又不愿意去，还是鹿子霖的耳光把他扇到祠堂里去了。完成了婚娶的一系列礼仪之后，鹿子霖说：「你现在愿滚到哪儿就滚到哪儿去！你想死到哪儿就死到哪儿去！你娃子记住：你屋里有个媳妇！」鹿兆鹏一句话没说就进城去了。鹿三对照了白鹿两家给儿子办婚事的过场，深深感叹白嘉轩教子治家不愧为楷模，而鹿子霖的后人成了什么式子！归根到底一句话：「勺勺客毕竟祖德太浅太薄嘛！」现在黑娃根本没有资格引着媳妇进入祠堂，鹿三再也不好意思讥笑人家鹿子霖了，这件事仿佛一块无法化释的积食堆积在他的心口上。

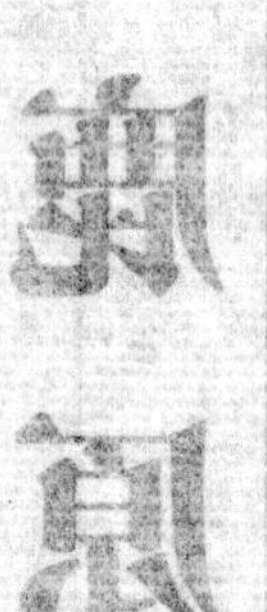

白嘉轩对鹿三的心病表示了最真诚的关切。他走进马号对鹿三说：「三哥，你一大到晚光哀叹不行。得想法儿解决。」鹿三气馁地说：「我说他不听。我一镢头把那货砸死还得偿命。」白嘉轩信心十足：「你去把他叫来，我跟他说。我不信他辨不来饭香屁臭。」鹿三对白嘉轩亲自出面的举动很感动，立即跑到村子东头那孔破窑洞前的坪场上，大声吼喊黑娃。黑娃跟着父亲来到白嘉轩家的马号里。白嘉轩开门见山地问：「黑娃，没让你跟那个女人进祠堂拜祖，你恨我不恨？」黑娃诚实地回答：「我知道族规。这不怪你。」白嘉轩朗然说：「好！黑娃不糊涂。叔再问你一句，你丢开丢不开那个女人？」黑娃没有料到白嘉轩会把话说得这样不留空隙，盯一眼就低了头。白嘉轩不急于要他回答，继续冷静地说：「这个女人你不能要。这女人不是居家过日子的女人。你拾掇下这号女人你要招祸。我看了一眼就看出她不是你黑娃能养得住的人。趁早丢开，免得后悔。人说前悔容易后悔难。」鹿三已经按捺不住：「你嘉轩叔说的全是实话好话！搭眼一瞅那货就不是家屋里养的东西。」黑娃为难地说：「我一丢开她，她肯定没活路了。」鹿三大声咂着嘴：「啧啧啧！这号烂货女人死了倒干净！不看看你死命催在尻子上，还管那货。」白嘉轩依然不急不躁，保持着长者的威仪：「你不要操心丢开她寻不下媳妇。你只管丢开她。你的媳妇我包了，连订带娶全由叔给你包了。」黑娃吃惊地盯着白嘉轩，已经没有不丢开她的任何托词和借口了。他突然蹲下去，圪蹴在马号的脚地上。

二十年前，白嘉轩的父亲白秉德出面掏钱为鹿三连订带娶一手承办了婚事，这件义举善行至今还被人们传诵着。黑娃的母亲也不隐讳这件事，自打黑娃能听懂话就不厌其烦地重复着：「黑娃你得记住，白家是善心人！」

想起了这些，鹿三就臊红了脸：「嘉轩你甭给他说那么多好话。哪怕拉光身汉也不能要那货！立马把那货撵出门，下边的事下来再说。」白嘉轩动情地说：「看在咱们两三辈人交好的情义上，叔真是不忍眼睁睁看着你把一个灾星招进门。我不

逼你，你再想想。」黑娃站起来点点头，表示他要认真地想了，赶忙拔腿走出马号。

黑娃离去后，白嘉轩以哲人的口气说：「毕了毕了。我断定黑娃丢不开那个女人。要是能丢开，他当下就说丢开。没有法子。圣人能看一丈远的世事；咱们凡人只能看一步远，看一步走一步吧；像黑娃这号混沌弟子，一步远也看不透，眼皮底下的沟坎也看不见。你急也不顶用。让他瞎碰瞎撞几回，也许能碰撞得灵醒过来，急是没用的。」

白嘉轩真是不幸而言中。鹿三还侥幸着黑娃「想想」之后丢开那货哩，第二天晌午回家去，让女人再劝劝黑娃，不料从女人口里得知，黑娃扛着青石夯挂着木模，天不明就起身到外村给人打土坯去了。唉！

鉴于黑娃的严峻教训，白嘉轩愈加严厉地注视儿子孝文的行为规范。孝文是好样的，穿着旧衣服每天三晌跟鹿三到地里去学务庄稼，一身土一脸汗从不见叫苦叫累。只是这孩子脸色有点憔悴，断定不是农活太重的原因。白嘉轩晚上郑重地对仙草说：「看来这崽娃子贪色。你得给那媳妇亮亮耳。」仙草撇撇嘴角，斜瞅丈夫一眼。娶了儿媳，仙草初享做阿婆的人生滋味，在家庭里的地位自然就发生了变化，可以稍为轻松地与丈夫对话了：「管人家小两口那些事做啥？年轻时候都一样。你那会儿还不急得猴子摘桃一样。」白嘉轩仍很当真地说：「我那会多大！孝文这会才多大？刚交十六，正长身体哩！甭贪色贪得嫩撅了！」仙草笑着依顺了，而且想得更加周密：「这话我也不好开口。我给咱妈说一下，让她给她的孙子媳妇亮亮耳，话轻话重都不要紧。」白嘉轩一下猜中了仙草的用心：「你怕儿媳恼恨你是不是？让咱妈去说这号讨人嫌惹人恼的话？不过也没啥，会想事的人是知道为她好的。」

孝文结婚之前几乎没有接触过妈妈和奶奶以外的任何女人，结婚之后自然对女人一无所知，新婚之夜依然保持着晚读的良

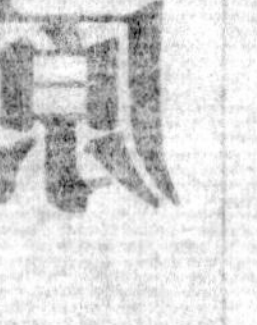

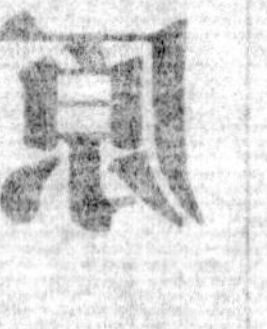

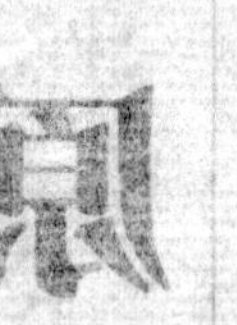

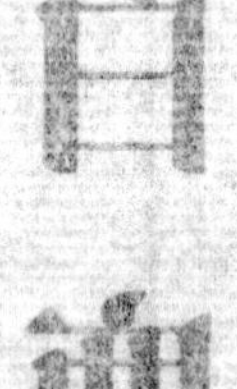

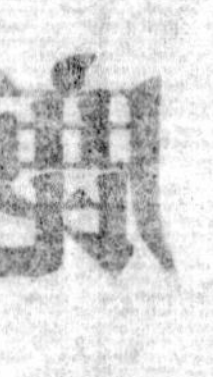

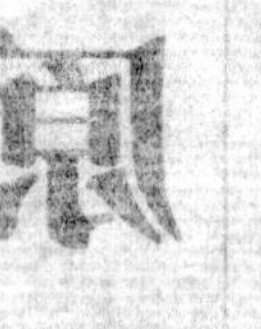

好习惯，气匀心静地端坐在桌前看书。一对烫金的大红蜡烛欢跃跳弹着火焰，新媳妇在炕上铺褥暖被，他感到局促不适。新媳妇暖好被褥，把一对绣着鸳鸯荷花的陪嫁枕头并排摆好，盘腿坐在炕上说：「你歇下吧，今日个劳了一天了。」孝文说：「你先睡。我看看书。」新媳妇忙溜下炕：「你喝茶不？我给你烧水。」孝文说：「不喝不喝。你睡去。」新媳妇就悄然睡下了。孝文读书累了也随之躺下了，他的光腿在被窝里撞着了她的光腿，就往一边躲了躲，很快睡着了。连着两夜都是这样。

第四天夜里，孝文夜半醒来尿尿，听到耳畔啜泣声。他忙问她：「你咋了？」她背着身子啜泣得更紧了。「你哪儿不滋润？有病了？」她的啜泣变成压抑着的呜咽。孝文有点不耐烦了：「你不吭声，半夜三更哭啥哩？丧模鬼气的！」她转过身来忍住了抽泣：「你是不是要休我？」孝文大为惊讶：「你因啥说这种没根没底儿的话？我刚刚娶你回来才三四天，干吗要休你？既然要休你，又何必娶你？」她沉静一阵之后说：「你娶我做啥呀？」孝文说：「这你都不懂？纺线织布缝衣做饭要娃嘛！」她问：「你想叫我给你要娃不？」孝文说：「咋不想？咱妈都急着抱孙子哩！」她的疑虑完全散释，语句开始缠绵羞涩起来：「你不给我娃娃……我拿啥给你往出要……」孝文愣愣地说：「娃娃咋能是我给你的？我能给你还不如我自己要。」她噗哧一声笑了：「你见过哪个没男人的女人要下娃了？」孝文哑了。她羞羞怯怯地说：「女人要下的娃都是男人给的。」孝文有所醒悟，随口轻松地说：「那你怎么不早说？你快说我怎么给你？你说了我立马就给你。」她咯咯咯笑着搂住了他的脖子，把肥实的奶子紧紧贴住他的身，她抓住他的一只手导向她的胸脯，随之示意他抚摩起来。孝文不由地「哎呀」一声呻唤，自觉血涌到脸上烧臊起来，浑身迅猛地鼓胀起来，巨大的羞耻感和洪水般涌起的骚动在胸腔里猛烈冲撞，对骚动的渴望和对羞耻的恐惧使他颤抖不止。他喘着气说：「甭这样……这不好！」她也微微喘息着说：「就

这样就这样好着哩！」他慌乱地挺着，被她按到她奶子上的手僵硬地停在那儿，不忍心抽回也鼓不起勇气搓摸。她的那只手从他的胸脯轻轻地滑向他的腹部，手心似乎更加温热更加细柔；那只手在肚脐上稍作留顿，然后就继续下滑，直到把他的那个永远羞于见人的东西攥到掌心。孝文觉得支撑躯体和灵魂的大柱轰然倒掉，墙摧瓦倾，天旋地转，他已陷入灭顶之灾就死死抱住了那个救命的躯体。他已经不满足于她的搂抱而相信自己的双臂更加有力，他把那个温热的肉体拥入自己尚不宽厚的胸脯，扭动着身子用薄薄的胸肌蹭磨对方温柔而富弹性的奶子，他的双手痉挛着抚摩她的胳膊她的脊背她的肩头她的大腿她的脖颈她的肥实丰腴的尻蛋儿，十指和掌心所到之处皆是不尽的欢乐。他的手最后伸向她的腹下，就留驻在那儿，不由地惊叹起来：「妈呀！你的这儿是这个样子！」他感到她在他的抚摩下不安地扭动着，一阵紧过一阵喘着气。当他的手伸到那个地方的一瞬，她猛乍颤抖一下就把他箍住了，把她的嘴贴到他的嘴上，她的舌头递进他的嘴唇。他一经察觉到它的美好就变得极度贪婪。孝文觉得又探入一个更加美妙的境地而几乎迷醉。她的双手有力地拖拽他的腰，他立即意领神会她的意图，忙翻起身又躺下去。他急切地要寻找什么却找不到朦胧而又明晰的归宿，她的美妙无比的手指如期如愿，毅然把他导向他迫不急待要进入的理想的地域。他的腹下突然旋起一股风暴，席卷了四肢席卷了胸脯席卷了天灵盖顶，发出一阵灼伤的强光，几乎焚毁了。

孝文在盲目的慌乱和撕扯不完的羞怯中初尝了那种神奇的滋味，大为震惊，男人和女人之间原来是这么一回事哇！这种秘密一经戳破，孝文觉得正是在焚毁的那一刻长成大人了。他静静地躺着，没有多大工夫，那种初尝的诱惑又骚动起来，他再不需她的导引暗示而自行出击了。他不一而足，反复享受，一次比一次更从容，一次比一次的结果更美好。他终于安静下来对她说：「这样好这么嫽的事，你前三天为啥不早说哩？」她已缠绵得难以开口，只是呢喃着贴紧他的身子……第二

天晚上吃罢夜饭，孝文向婆（奶奶）问了安就回到自己的厢房，脱鞋上炕。新媳妇说：「你今黑不念书了？」他听出她揶揄的话味也不管了，抱住她的脖子贴着她的耳朵说：「我想日你。快！」

白赵氏接受了儿媳仙草传达的儿子嘉轩要指教孙子媳妇的话竟然有点按捺不住。三个孙子一个孙女都从她的牵引下挣脱了手，从她的火炕上像出窝的鸟儿一样飞走了，只有三娃子牛犊还在靠墙的被筒里睡觉。家里的事情由嘉轩撑持她很放心，因为耳朵半聋听不清晰，因此就不去过问。每天晚上嘉轩仍然坚持睡前陪她坐一阵尽其孝道。她从早到晚坐在纺车前纺棉花，再把那一个个线穗儿拐到工字形的线拐上去，交给仙草去浆线织布。她很明白地限制自己不再过问家事，只是单纯地摇车纺线。她自己不觉察而仙草却早已感觉出来，她不说话是不说话，一说话就又直又硬，完全不像过去那么慈和婉约了。她听了仙草的话，就觉得接到了最重要的使命，当下从纺车下站起来走到孙子媳妇的窗外：「马驹家的到后头来，婆给你说话。」孝文媳妇也在摇纺车，随之就跟着婆的脚后跟走进上房里屋。婆坐在太师椅上，孝文媳妇怯怯地站在当面。白赵氏说：「你比马驹大。你十九他才十六。你身子披挂雄实，马驹还是个树秧。你要处处抬协他。你听下了没？」孝文媳妇满口答：「婆，我知道。我过门前俺妈也教导我，说要抬协他。他比我小我知道。」白赵氏说：「那你给婆说，你到屋几个月了，你咋样抬协他来？」孝文媳妇说：「我天天早起叮咛他，做活要可自家的力气，做不动的活甭硬做，小心伤了筋骨。」白赵氏问：「你还咋样抬协他？」孝文媳妇说：「我天天黑间劝他少念会儿书少熬点儿眼，白天上地黑间熬眼身子就亏下咧！」白赵氏仍不动声色问：「还有啥呢？」孝文媳妇说：「我常问他想吃啥饭，再给婆说了，就做他可口的饭。」白赵氏再问：「还怎么抬协他来？」孝文媳妇再说不出也想不到更多的抬协的事例，一低头又有了心计：「婆呀，

你说该咋样抬协你的孙子？俺小辈人不懂啥，你老多指教才好哩！」白赵氏反问：「我说了你能做到？」孝文媳妇笑脸相迎：「婆说的话我不敢不做。」白赵氏再问：「我说了你不恼？」孝文媳妇说：「我咋敢恼婆说的话？我再不懂规矩也不敢不听婆的话。」白赵氏点点头：「那我就说——」孝文媳妇诚恳地说：「婆你有啥尽管说。」白赵氏压低声一字一板说：「你黑间甭跟马驹稀得那么欢！」孝文媳妇听到时猛乍愣了一下，随之就解开了被婆强调了重音的稀，是被婆脱掉牙齿漏风泄气的嘴把那个最不堪入耳的字说转音了。她惊愕地瞪大了眼睛，唰地一下红赤了脸，羞得抬不起头来了。「话丑理端。」白赵氏不急不躁地说，「马驹十六还嫩着哩！你要是夜夜没遍没数儿地引逗他跟你稀——把他身子亏空了，嫩撅了，你就得守一辈子活寡！」孝文媳妇的头低垂得更下了：「婆……没有的事……」「看看马驹的脸色成了啥样子？还说没有！」白赵氏紧逼不放，「婆跟你实话直说，那个事跟吃饭喝汤一样，吃饱了喝够了不想吃也不想喝了，过不了一晌克化了又饿了也渴了，又急着吃急着喝了。总也没个完。」孝文媳妇咬着嘴唇硬着头皮站着恭听。白赵氏说：「我给你说，十天稀一回。记下记不下？」孝文媳妇咯咯讷讷：「记下了。」

当天夜里睡下，她一次又一次推开孝文的手。孝文先不悦意，接着就恼了，问她咋回事，她就学说了白赵氏白天的训示。孝文说：「婆怎么连这事也管？」她说：「她是婆嘛！」接着又给孝文劝说：「婆的话说得粗鲁可是心好着哩，怕伤你的身子骨儿，你小。」孝文气躁躁地说：「既然我小，忙着给我娶你做啥？给我娶媳妇就是叫我日嘛！不叫日就不要娶。我想怎么日就怎么日，想啥时候日就啥时候日！」孝文一边气呼呼说着一边就做了起来，像是和婆赌气似的。

第二天，婆又把她唤进上房里屋。她这回有了充分准备。婆一见她就说她骗了自己。她就向婆艰难地述说孝文不听劝阻，自己也没办法：「婆呀……被窝里……又不能打墙呀……」白赵氏嘬嘬脱光了牙齿的嘴：「我来试着打这堵墙，看看打成

打不成！」她不知婆将怎样给她的被窝里筑起一道隔墙。

当晚，孝文和她又进入那种欢愉销魂的时刻，窗外响起婆的僵硬的声音：「孝文，甭忘了你是个念书人噢！」随之就听见婆的小脚噔噔噔响到上房里去了。孝文突然从她身上跌滚下来，浑身憋出黏糊糊的汗液，背过身睡去了。她心里很难受，对婆憎恨在心里了。

白赵氏仍然不放心，连续十天里改变了天黑睡觉的习惯，吹了灯坐在被筒里打盹，一当发觉孙子孝文窗户纸上的灯光熄灭以后，她就溜下炕来走到庭院里，坐在孝文窗外的木马架上说：「马驹俺娃好好睡，婆给你挡狼。」这是孝文小时跟婆睡觉时的催眠曲。直到窗里传出孝文匀称的鼾声，白赵氏才回到自己的火炕上脱衣睡下。有一天早饭时，白赵氏接过孙媳侍候来的饭菜，把刚转身准备出门的孙媳叫住，很得意地问：「你说，婆给你被窝里把墙打成了没？」孙媳妇满脸绯红，低下头求饶似的喃喃说：「啊呀婆哩早都不……咧！」

尽管如此，孝文的脸色仍然发暗发灰，眼睛周围有一个晕圈儿，明显不过地呈现着纵欲过度的样子。白赵氏终于明白给被窝里打墙的做法完全失败，就变得恼羞成怒了。她再次把孙子媳妇传唤到上房里屋：「小冤家，你把婆给哄了！」孙子媳妇忙说：「没有没有！」白赵氏说：「马驹的脸色在那儿明摆着哩。」孙子媳妇低下头无言以辩。实际上孝文并没有因为婆的干涉而有半点收敛，几乎一夜也没空过，更谈不上遵守婆规定的「十天稀一回」的法令了。她本人也很吃惊，新婚三天连碰她也不碰的书呆子，一旦尝着了男女交媾的滋味就一下子上了瘾似的永无满足了。她现在也为孝文的身体担忧，真的这样下去，孝文嫩撅了，她就要守活寡了。她在被窝里规劝孝文：「细水长流好。你今黑忍一忍。等你长大了要怎样就怎样……」孝文却当作耳边风又做起自己想做的事。她对婆诚恳地说：「婆呀！打死我我也不敢哄你……我劝不

下你孙子……」白赵氏说：「你跟他不要睡一头，两头睡下。」孙子媳妇说：「试过了……不行。他在那头还能……」白赵氏说：「你该给他另暖一条被筒，分开睡。」孙子媳妇说：「那办法我也试了……他把被子扔到脚地，又钻进我的被筒……」白赵氏眼一瞪，喝斥着：「嗬呀，说一千道一万全成我孙子的不是咧？你个碎屄就没一点错咧？你看你那俩奶！胀的像个猪尿脬！你看你那尻蛋子，肥得像酵面发喽！看你这样子就知道是爱挨毬的身坏子！」孙子媳妇连羞辱带委屈，低头哭了。白赵氏冷着脸狠着声说：「马驹的事我回头说。你先把你管住。你要是再管不住，我就拿针把你的碎屄给缝了！」

白赵氏训斥孝文媳妇的时间选择在后晌，屋里的男人都下地去了，只有仙草抱着蒲篮在院子里做针线活儿，不用回避。仙草看见儿媳妇低着头从她面前贼溜似的走回厢房，倒可怜起儿媳妇来了，阿婆白赵氏明显袒护孝文而一味怪罪媳妇，不说不公平吧总是解决不了症结。她把听到的阿婆的话全部说给嘉轩。白嘉轩听着那些不堪入耳的粗秽的话脸红了又白了，说：「妈越老说话越不会拐弯了。」

白嘉轩当晚把孝文唤进自己的住屋，当着仙草的面训示儿子：「孝文，你说我花那么多钱财供你念书，图啥？」孝文说：「叫我明白事理懂得规矩学为好人。」白嘉轩说：「你倒是记着。做到做不到？」孝文坦诚地说：「我哪儿举止失措，礼义不规，爸你随时指教。」白嘉轩微微上火动气：「还用我指教！你婆苦心巴力为你身体着想，你听下听不下？」孝文倏然红了脸，低下头去了。白嘉轩干脆地说：「你要是连炕上那一点豪狠都使不出来、我就敢断定你一辈子成不了一件大事。你得明白，你在这院子里是——长子！」

孝文回到厢房，自甘就范钻进媳妇为他设置的那条被筒，悄然睡下。一月后，孝文脸上的气色果然好了，脸颊红润了，天

庭也洁亮了，灰暗的气色完全褪尽。白赵氏不知道儿子训孙子的事，还以为是自己威胁孙子媳妇的结果，借着孙子媳妇送饭的时候，口气宽松地说：「俺娃你放心，婆不用针缝了……」

当白嘉轩闻知鹿子霖家有一本更难念的经的时光，孝文贪色的事就算不上一档子事了。

鹿子霖在一年多的时间里都打不起精神，儿子兆鹏婚后勉强在家住了三四天就进城去了，整整一年都没有回白鹿原上来，暑假和寒假也没有回来。鹿子霖不给他送钱送物，也阻挡女人给儿子捎东西，企图迫使兆鹏在没吃没穿的绝望中回到家里来。然而，当又一个新年佳节到来之际，兆鹏仍然躲在城里。鹿子霖的闷气无以诉说无处发泄，脾气也变得暴躁起来，严重地影响了他到保障所里办理公务的心思，除非一些非亲自经手亲自出面交办不可的事，其余一切大小事务都一概推给桑书手去办了。这桩家庭隐患被全家成员自觉地包裹着不向外人泄漏，唯恐冷先生知道了真情。鹿子霖曾不止一回退一步想，如果兆鹏娶的不是冷先生的头生女而是别个任何人的女子，兆鹏实在不愿意了就休了算了，但对冷先生的女儿无论如何也不能这么做。冷先生是穷人和富人的共同的救星，高尚的医德赢得了极高的威望。结亲为好反成仇，其结果，遭受众人耻笑唾骂的必定是鹿子霖自己。一年来鹿子霖害着沉重的心病，外表上却显得愈加和气愈加宽容，显着十分谦和十分客气的样子与人说话，有时还自如轻松地和同辈人打诨调笑，把心里隐伏着的危机掩饰起来了。他隔三差五地到冷先生的中医堂去，说一些他在各个村子里执行公务时听到的传闻或笑话，逗得亲家那张冷峻的脸绷不住就畅笑起来。他说给冷先生神禾村一个脏婆娘的真实故事：「狗娃妈，娃屙下，找不着褯子拿勺刮。刮不净，手巾擦。褯子撂哪达咧？咋着寻也寻不见。揭开锅盖舀饭时，一舀就捞起一串子烂褯子。你说脏不脏？脏！可那一家全都长得黑瓷圪塔样。人说不干不净吃了没

病……」冷先生先是听着笑，接着发潮呕吐，吐了又忍不住笑。鹿子霖也赔着笑，笑毕就欣喜地说：「亲家兄，你猜你的宝贝女婿现时弄啥哩？嘿！一边上学一边给一家报馆干事，人家挣的钱还用不完。我前日为所里的事进城顺便去看了一下，给人家钱人家还不要，还给我盘缠哩！就是忙得受不了。」这样，关于兆鹏不回乡的种种可能的猜测全都合理地掩饰起来了。女儿偶尔来到中医堂，冷先生就冷着脸训诫说：「男儿志在四方。你在屋好好侍奉公婆，早起早眠。」女儿一脸忧郁，却什么也不说，问候了父亲又接受了父亲的训示就回到鹿家院子。

兆鹏媳妇对兆鹏以及公婆的隐痛毫无察觉。她被严严实实地包裹着。她不知道鹿兆鹏和她完婚是阿公三记耳光抽扇的结果，头一耳光是在城里抽的，她那时还没过门自然不知道；第二个耳光是阿公在刘谋儿的牛圈里抽的，兆鹏新婚之夜躲到那里要和长工刘谋儿伙一条被子睡觉，鹿子霖一声不吭就给了一巴掌，那时候她正处于新婚之夜的羞怯和慌乱中，对后来走进洞房的兆鹏的脸色无所猜疑；只有第三巴掌她看见了，阿公在祖宗牌位前抽的，兆鹏在拜了自家祖宗之后拒绝到祠堂里去接受族长白嘉轩主持的庄严仪式，阿公毫不客气地就抡开了胳膊。那是因为兆鹏说拜祭祠堂的仪式纯属「封建礼仪」，并没有丝毫的迹象显示出他与她有什么不和。婚后一年，她再也没有见过他的面，她起初不觉得有什么，可现在却十分渴望他回到厢房里来。他和她新婚之夜仅有的一回那种事，并没有留下欢乐，也没有留下痛苦，他刚进入她的身体就发疟疾似的颤抖起来，吓了她一跳，以为他有羊痫风，甚至觉得很好笑。现在她已从无知到有知，从朦胧到明晰地思想着他的颤抖，渴望自己也一起和他颤抖。那是一个梦。梦里她和他一起厮搂着羊痫风似的颤抖，奇妙的颤抖的滋味从梦中消失以后就再也难以入眠，直到天不亮起来先给爷爷后给阿公阿婆去倒尿盆。她平时走进里屋看见阿公阿婆伙一条被子打对儿睡在两头无所反应，端了他们夜里排泄的黄蜡蜡的一盆尿就转身走了。这天早晨，当她照例去端尿盆时，看见闭着眼的

阿公和阿婆，突然想到了那种颤抖，阿公和阿婆昨夜大概刚刚颤抖过了。她开始失眠，整夜睡不着，对于那种颤抖再不觉得好笑而变成一种焦灼的渴望。

她到场院的麦秸垛下去扯柴火，看见黑娃的野女人小娥提着竹条笼儿上集回来，竹条笼里装着一捆葱和一捆韭菜，小娥一双秀溜的小脚轻快地点着地，细腰扭着手臂甩着圆嘟嘟的尻蛋子摆着。她原先看见觉得恶心，现在竟然忌妒起那个婊子来了，她大概和黑娃在那孔破窑里夜夜都在发羊痫风似的颤抖。当她挎着装满麦草的大笼回到自家洁净清爽的院庭，就为刚才的邪念懊悔不迭，自己是什么人的媳妇而小娥又是什么样的烂女人，怎能眼红她！她相信丈夫是干大事的人，更相信他是忙得抽不出时间回乡，将来衣锦还乡才更荣耀。可是过年兆鹏未归，就引起了她的失望也引起了疑心，再忙也不会连过年都不回家呀。她在极度的失望和令人恐惧的猜测中度过新年佳节，强装笑颜接待亲戚。

鹿子霖看出了儿媳的笑颜是装出来的，他走了一趟西安回到屋里就向所有人自豪地宣布：「嘿呀！兆鹏到上海去了。」整个家庭里立即腾起欢乐的气氛。鹿子霖故意大声问回家来的二儿子兆海：「上海的路怎么走？听说还要坐火车？」兆海很详细地告诉父亲，先骑马出潼关，再坐船过黄河，再……

她的失望和猜疑一扫而空，情绪顿然焕发起来，当晚又梦见和兆鹏发羊痫风似的颤抖起来。颤抖过后，她惊奇地发现那个从她身上扬起的脸不是兆鹏而是兆海。第二天看见兆海从她手里接饭碗时就不由脸红心跳。随后她又梦见和黑娃在一搭颤抖，那是她清扫院庭到门外倒脏土时，看见黑娃于微明中扛着木模和青石夯走过村巷……更糟的是昨夜竟然梦见和阿公鹿子霖在一搭颤抖，阿公在她身上扬起脸时一下子羞了，仓皇跑了。种种怪梦整得她心虚气弱，不敢扬起脸看任何成年男人的眼睛，而那些乱七八糟的梦境却越来越频繁地出现。

春天，白鹿镇头一所新制学校落成，是由白鹿仓总乡约田福贤出面主持筹建的。县府出资，田福贤在本仓所辖的几十个村庄摊派民工，节约了开支，把原计划只能修建十间校舍的钱充分利用，增加到十三间，又无偿派工用黄土打起高高的围墙。田福贤把建校中用款用工的大小账项用黄纸公布于白鹿镇第一保障所门外的墙壁上，得到了地方乡绅和普通乡民的极大信任，尊为重要善举。为了不受市声和附近村民的骚扰，校址选择在白鹿镇南边几个村子之间的空间地带。

青稞和大麦黄熟时节，全部校舍完全竣工，一个校长领着三四个先生迫不及待地住进潮湿的房子，开始着手招收学生和开学的准备工作。校长是鹿子霖的儿子鹿兆鹏。一切有脸面的头面人物和普普通通的百姓都向鹿子霖表示最虔诚的祝贺和恭维。「鹿家出下一位校长了！」鹿子霖起初听到这个确凿消息时兴奋难抑，痛痛快快和亲家冷先生喝了一顿。除了可以预料的令人瞩目的新学校校长的巨大荣耀之外，他的心病也终于到了解除的时候了，兆鹏既然愿意回到白鹿原上来当校长，那就再无任何借口不回家了，学校离家最远也不过三里路嘛！但是，兆鹏刚一回来就把父亲潮起的欣慰之情粉碎了。

他是头天回来的，到家就向爷爷爸爸妈妈媳妇以及长工刘谋儿请安问候，显得十分客气和亲热。他穿一身新式制服，头上留着新式头发，眉高眼大，眼睛深邃，睫毛又黑又长，把鹿家血统的特征发挥到尽好的极致。一家人都激动得失掉了控制，有点紧张地注视着兆鹏的举动。他像和家人一样彬彬有礼地与媳妇打了招呼，进了厢房。媳妇完全手足无措地坐在炕边上，怯怯地瞅着做梦都在颤抖的丈夫，却说不出话也抬不起头来。兆鹏坐了一会儿就出去到马号里问候刘谋儿去了，在那儿倒呆得很长。全家人都紧张地等待着天黑。日落时，兆鹏对爷爷对爸爸对妈妈说着同一句话：「我得回学校去，晚上开会。」爷爷爸爸妈妈也都重复着同一句话：「你开毕会回来。」结果是没有回来。连续一月，兆鹏住在潮湿的房子里，一直没有回来住过一夜。

这个家庭隐患再也包裹不住了，村里也由悄悄传说变成公开议论。鹿子霖觉得没脸再从中医堂门口走过。他到学校去找过儿子不下十回，强按着想撕碎那张校长模样的怒火劝导，劝导不下乞求，乞求不下就哭，反复着一句话：「你哪怕做做样子也该回去住两天，掩一掩众人的口声……」面对校长，鹿子霖再也无力举起手来抽出第四个耳光。

这一天，中医堂的伙计把绕道儿走着的鹿子霖叫住：「叔吔！俺伯叫你去一下有话说。」鹿子霖顿时头皮就麻了。冷先生仍然是那副冷面孔，声音却很平实，开口就不拐弯：「兄弟，你甭费心了。你给兆鹏说一句，让他写一张休书，算咧。那没啥！」鹿子霖按捺不住：「哥呀，你说哪儿的冷话！事情到这一步我也不瞒不盖。休书的事你再不要说第二回，说一回就够兄弟受一辈子了。你放心，他兆鹏甭说当校长，就是当了县长省长，想休了屋里人连门儿都没得！要是我今日说的话不顶事，我拿他的休书当蒙脸纸盖。」冷先生却仍然不动声色：「兄弟，不必。旁人觉得被休了就羞得活不成人了，我觉得没啥。咱们过去咋样往后还咋样。」鹿子霖情绪已无法控制：「不说了好冷大哥，你甭说了。我有办法，不是没办法。你先甭急。」

鹿子霖回家后就走进父亲鹿泰恒的单独住屋：「爸，现在这事包不住了也拖不下去了。我到学校再寻一回兆鹏，他再不给咱们饰脸，我就准备……」他没有说出他准备干什么。鹿泰恒能猜出他准备怎么办，很可能是揣一把剃头刀，按到脖颈上威胁，大概再没有比这更绝更厉害的办法了。鹿泰恒说：「你准备的办法搁到下一步再说，今晚我去叫一回，看看鹿校长赏脸不赏脸。」鹿子霖再三劝说，咋也不能让老父亲出面。鹿泰恒说：「该出面就得出面，咱们祖荫出了校——长——了！」

鹿泰恒拄着一根拐杖，平时只有出远门才动这根磨得紫黑光亮的拐杖。老汉走进学校院子大声吆喝：「鹿校长哎——鹿校长！」兆鹏闻声走到院子里，笑着说：「爷呀，你胡喊乱喊啥哩！你怎么也叫校长？」鹿泰恒故意放大音量说：「哈呀我的天爷爷你是校长嘛！爷是平头百姓庄稼汉嘛！是官都得尊嘛！」鹿兆鹏窘红着脸扶住爷往自己房子走。鹿泰恒继续说：「你那衙门公馆，我这号平头百姓敢进吗？」几个教师站在台阶上直笑。兆鹏红着脸拽着爷爷走进了房子：「爷呀你有话就说呀！甭……」鹿泰恒说：「能想到的话，你爸早都给你说了，不顶放个屁嘛！既是不顶屁用，我就免了不放屁了。我说不下你……我就求你——」说着，鹿泰恒从直背椅上就溜下去，扑通一声跪倒在砖地上了。兆鹏大惊失色赶忙拽爷爷：「爷呀快起来，有话你尽管说，我不敢不听爷的话。」鹿泰恒说：「我求你跟我回去，再没二话。」兆鹏说：「你起来坐下慢慢说。」鹿泰恒老汉跪着不动：「你愿意跟我回去我就起来。你不答应不吐核儿的话，我就跪到院子中间去。」鹿兆鹏悲哀地叹一口气：「爷呀你起来。我跟你回去。」

鹿泰恒拄着拐杖走出了学校。鹿兆鹏跟着走。进入白鹿镇，鹿泰恒突然吆喝起来：「行人回避！肃静！鹿校长鹿大人鹿兆鹏驾到——」鹿兆鹏不知所措地奔前两步抓住爷爷的手杖：「爷呀你让我明日怎么见人？」鹿泰恒说：「你当了官了，爷爷给你鸣锣开道呀！鹿校长过来了！鹿校长过来了！」鹿兆鹏不知怎么糊里糊涂跟着爷爷走过白鹿镇又走进白鹿村的村巷。走进自家门楼，鹿泰恒仍然大声吆喝：「咱们的校长回来咧！子霖哇，我把你当官的儿子求拜回来了，欢迎啊！」鹿子霖和女人走到院子里，新媳妇也走出厢房来。兆鹏尴尬不堪地站在众人面前。鹿泰恒站在院庭中间，猛然转回身抡起拐杖，只一下就把鹿兆鹏打得跌翻在地上，半天爬不起来。鹿泰恒这才用他素有的冷峻口气说：「真个还由了你了？」

第十一章

一队士兵开进白鹿原，驻进田福贤总乡约的白鹿仓里。他们大约有三十几号人，一人背一枝黑不溜秋的长枪，黑鞋黑裤黑制帽，小腿上打着白色裹缠布，显得精神抖擞威武严肃。人们很快给他们取下一个形象的绰号：白腿乌鸦。这队士兵突然开进白鹿仓的大门，哗啦一声散开，把那一排房子包围起来。一个人喊道：「出来出来，统统举起手出来！」屋里立即传出桌椅板凳掀翻了的嘈杂声响，夹杂着男人们惊慌失措的叫声。田福贤正和他的属下搓麻将。一下子都钻到床板底下或缩到墙角旮旯里不知所措。一阵枪声在房顶上掠过，一声蛮声蛮气的河南口音又喊：「再不出来就朝屋里开枪啦！」田福贤从墙角站起来，硬充好汉抖一抖肩膀就拉开门走出去，其他属下和那几个民团团丁也走出屋子。他们都高举着双手，只有田福贤很不在乎地垂着一只手另一只手叉着腰。一个士兵喊道：「把手举起来！」田福贤不失绅士风度地回话：「我是这儿的总乡约，有话进屋说，举手弄啥哩？」一个戴大檐儿帽子的军官走过来，手里握着一把短盒子枪：「你是总乡约？报上名字？」田福贤说了自己的名字又问：「老总是哪一部分的？」军官说：「镇嵩军。本人姓杨，杨排长。」随之那三十几个士兵从房前屋后全都集中过来，把田福贤的团丁的枪缴了。杨排长说：「本人受刘军长命令进驻白鹿仓。自即日起，一切服从刘军长命令。田总乡约，你愿意继续当总乡约我们欢迎，不愿意干你回家给老婆去抱娃，我们另找一个人就是了。」田福贤既不折气为他们卖命又不甘心就此下台。杨排长说：「你们的县长已经降服本部，愿意为刘军长效力。」田福贤随之说：「杨排长屋里坐，坐下好说话。」

白嘉轩和鹿三以及孝文正在锄头遍棉花，鹿子霖急匆匆跑到地头叫他回村里去敲锣，把村民召集到祠堂外的大场上，杨排长领着士兵征粮来了。白嘉轩说：「我不敲。」说罢转身重新回到自己锄草的棉苗垄行里，蹲下身用小铁锄锄起草来了。鹿子霖急了就跑进棉花地，蹲在白嘉轩旁边求告：「嘉轩哥你不敢硬碰，那一杆子兵都背着快枪。我也是给人家枪架在脖子上逼来的。」白嘉轩仍然手不停锄：「我知道你是被逼的，田福贤也是被逼着干的。可百姓只纳皇粮，自古这样。旁的粮不纳。这个锣我不敲。」

鹿子霖回村子里去了。田福贤接着跑来了，大声憨气地说：「嘉轩你咋瓜咧？好汉不吃眼前亏！这杆子河南蛋儿全是些饿狼二毬，杀人连眼都不眨。你是个明白人咋能硬顶硬碰自己吃亏？」白嘉轩说：「亏心事不能做，没道理的锣不能敲。」就这话。」正说着，鹿子霖领着杨排长和三四个士兵走到棉花地里来了。杨排长问：「你是白鹿村的官人？叫白嘉轩是不是？」白嘉轩手里提着小锄，点点头。杨排长说：「回去敲锣，召集人到祠堂门口。」白嘉轩说：「村民的粮食我不管，这锣我不能敲。你们谁要敲谁去取锣。」白嘉轩从腰里摸出一个黄铜钩圈的钥匙，递给杨排长。杨排长用乌黑的枪管把白嘉轩的手拨开说：「马上回村给我敲锣。你再敢说半个不字，老子就打断你的腿，叫你爬着给我敲。」说着就拉开枪栓，推上子弹：「你是不是想尝尝洋花生的味儿了？」鹿三劝嘉轩。儿子孝文也劝。鹿子霖也劝。田福贤赔着笑脸劝杨排长息怒。鹿子霖鹿三和孝文推着拉着白嘉轩回村里去了。杨排长和他的士兵跟着。

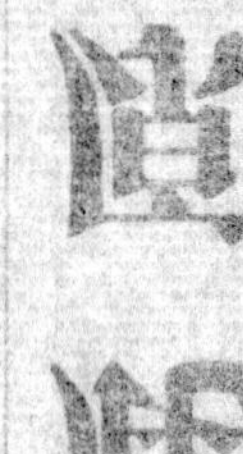

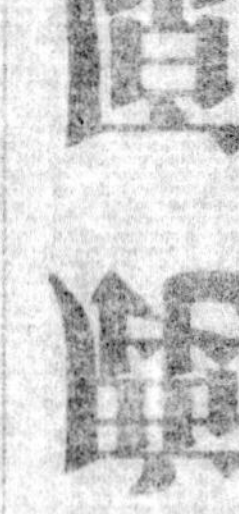

白嘉轩敲了锣。白鹿村的男女老幼都被吆喝到祠堂门外的大场上。杨排长讲了话，征粮的规矩是一亩一斗，不论水地旱地更不按「天时地利人和」六个等级摊派，那样太麻烦。说罢就让村民观赏射击表演。士兵们把从村巷和农户院子里捉来的二三十只公鸡和母鸡倒吊在树杈上，那三十来个士兵站成一排，一片推拉枪栓的声音令人不寒而栗。杨排长首先举起缀着红绸带儿的盒子枪，「啪」的一声响过，就接连响起爆豆似的密集的枪声。士兵们的乌黑的枪管口儿冒着蓝烟，槐树下腾起一片红色的血雨肉雹，扬起漫空五彩缤纷的鸡毛。没有死下的鸡嘎嘎嘎垂死哀鸣，鲜血从鸡的硬喙上滴流下来，曲曲拐拐在地上漫流，几十条蚯蚓似的血流汇集组合，槐树下变成了血红的土地，散发出强烈的热血的腥气。祠堂门外的场地上鸦雀无声，女人们大都低垂着头，男人们木雕似的瞪着眼黑着脸，孩子压抑着的啜泣十分刺耳。杨排长把盒子枪插到腰里的皮带上，一绺红绸在裆前舞摆。他插枪的动作极为潇洒：「各位父老兄弟，现在回家准备粮食，三天内交齐。」

这种别开生面的征粮仪式和射击表演，从白鹿村开头，逐村进行。三十几名士兵按三个班分头进入不同的村庄，射杀一批吊起来的公鸡母鸡白鸡黑鸡芦花鸡杏黄鸡肉红鸡帽儿鸡，腾起一片血雨肉雹，扬起一片五彩缤纷的鸡毛，留下一摊血红的土地，然后宣布：一亩一斗，三天交齐。从各个村子通向白鹿镇的官道小路上，牛拉的硬木轮车和独轮手推车全都载着装满粮食的口袋壅塞了道路，各个村子送粮的人在白鹿镇汇集，排着队往镇子西边的白鹿仓里挪动。清朝那位有名的诗文皇帝设置的赈济灾民的义仓，在他死后不久就成了一个空仓，现在却空前富裕起来了。瓦顶的大仓房里倒满了黄澄澄的麦子，院子里临时用油布铺垫在地上也倒满了麦子，门外还拥着望不见尾的交粮的大车小车。

黑娃背着一条装着一斗麦子的口袋夹在拥挤的交粮车队中间，跟着熟人或陌生人缓缓朝大门口移动。他的眼前驻留着五彩缤纷的鸡毛和槐树下那一摊血肉的土地，鼻腔里总能闻见热血的腥气。他耐不住性子等待，背着粮袋从一架一架独轮车上

跷过去，蹿进大门里去了，把口袋底儿倒提起来，麦子便刷啦一声流到麦堆上，从鹿子霖手里接过一张盖了章子的收条，就从临时挖开的后门里出来了。黑娃回到自己的窑洞，小娥问：「交咧？」黑娃从口袋摸出那块写着「鹿兆谦一斗」而且盖着白鹿仓印章的纸条交给小娥说：「把这条子搁好，人家日后还要查对。」小娥收了条子说：「你这几天甭出门了，我心里咋就慌慌的怕怕！」黑娃点点头说：「算了不出去了。看看再说。」黑娃其实比小娥更担心，那天在祠堂门外看士兵们的射击表演，他没有让小娥出门，用一把铁锁把小娥反锁在窑里。交一斗麦子固然可惜，而小娥好看的模样已经成为一种重负压在他心上。随着这队士兵的到来，关于他们种种劣迹的传闻悄悄地又是迅猛地在白鹿原上蔓延，传得最多的是他们如何如何糟践稍有几分姿色的女人的事。如果那么多的传说有一件能得到证实，那么这些打着白裹缠布穿着黑军服的士兵就无异于四条腿的畜生。

黑娃被父亲撵出门以后就住进了这孔窑洞。窑洞很破，原来的主人在里头储存饲草和柴火，夏天堆积麦糠秋天垒堆谷秆，安着一扇用柳树条子编织的栅栏门，防止猪狗进入拱刨或拉屎尿尿，窑门上方有一个透风的小小天窗。黑娃买下这孔窑洞居然激动了好一阵子，在开阔的白鹿原上，终于有了属于自己的一个窝儿一坨地儿了。黑娃借来一个石夯一架木模，在窑洞旁边的崖坎上挖土打下两摞（每摞五百块）土坯，先在窑里盘了火炕，垒下连接火炕的锅台，随之把残破不堪的窑面墙扒倒重垒了，从白鹿镇买来一扇山民割制的粗糙结实的木门安上，又将一个井字形的窗子也安上，一只铁锅和一块案板也都买来安置到窑洞里。当窑门和窗孔往外冒出炊烟的时候，俩人呛得咳嗽不止泪流满面，却又高兴得搂抱着哭了起来。他们第一次睡到已经烘干的火炕上，又一次激动得哭了。黑娃说：「再瞎再烂总是咱自个的家了。」小娥呜咽着说：

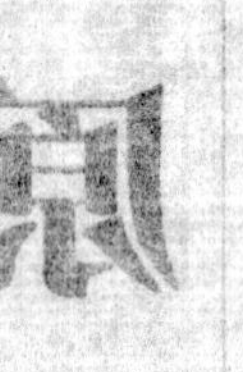

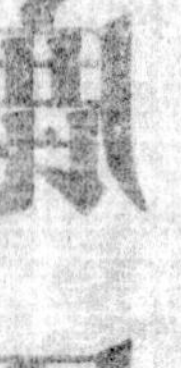

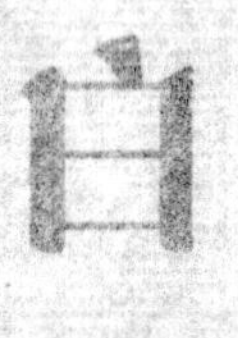

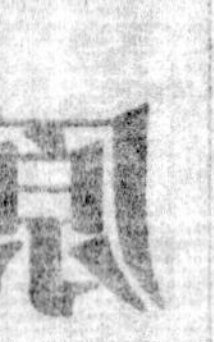

「我不嫌瞎也不嫌烂，只要有你……我吃糠咽菜都情愿。」

黑娃买了一个石锤和一架木模就出门打土坯挣钱去了。在乡村七十二行的谋生手段里，黑娃选择既不要花费很多底本购置装备，也无须投师学习三年五载的打土坯行当是很自然的事。他在给自己打过两摞土坯以后，就无师自通了这项粗笨的手艺，信心十足地扛着石锤挑着木模出村去了，在那些熟悉而又陌生的村庄里转悠，由需要土坯换炕垒墙的主户引他到土壕里去，丢剥了衣裳，在黎明的晨曦里砸出轻重相间节奏明快的夯声。主人管三顿饭，省下些口粮，傍晚接过主人码给他的铜子和麻钱就回到窑洞交给小娥。整个一个漫长的春闲时月，除了阴雨天，黑娃都是早出晚归。临到搭镰割麦，他就提上长柄镰刀赶场割麦去了。先去原坡地带，那里的麦子因为光照直接加上坡地缺水干旱而率先黄熟；当原坡的麦子收割接近尾声，滋水川道里的麦子又搭镰收割了，最后才是白鹿原上的麦子。原上原坡和川道因为气候和土质的差异，麦子的收割期几乎持续一月。整整一个多月的麦收期间，黑娃做麦客赶场割麦差不多可以挣下平常两个多月的工钱。麦客和主家到地头按麦子的长势论价，割完以后用步量地，当面开钱。黑娃起早贪黑，专拣工价高的又厚又密的麦田下手，图得多挣几个麻钱。一年下来，除了供养小娥吃饭和必不可少的开销，他已经积攒下一笔数目可观的铜子和麻钱了。腊月里，他抓住一个村民卖地的机会，一下就置买来九分六厘山坡上的人字号缓坡地。他在窑门外垒了一个猪圈，春节后气候转暖时逮回一只猪娃。又在窑洞旁边的崖根下掏挖了一个小洞作为鸡窝，小娥也开始务弄小鸡了。黑娃在窑洞外的塄坎上栽下了一排树苗，榆树椿树楸树和槐树先后绽出叶子，窑院里鸡叫猪哼生机勃勃了，显示出一股争强好胜的居家过日月的气象。他早晨天不明走出温暖的窑洞，晚上再迟也要回到窑洞里来，夜晚和小娥甜蜜地厮守着，从不到村子里闲转闲串。阴雨天出不了门就在窑里做一些平时顾不上手的家务活儿，即使完全没有什么好做就躺在炕上看小娥纳鞋底儿，麻绳穿过鞋底的嗞嗞声响是令人心地踏实的动人的乐曲。黑娃在自己不易觉察中已经成熟了，他的脸颊开始呈现出父亲鹿三的轮廓，上唇和下巴颏上的茸毛早已变黑，眉骨隆起，眼里透出沉静的豪狠气色。他的双臂变得粗壮如椽，高兴时把小娥托起来抛上窑顶，接住后再抛，吓得小娥失声惊叫。他的胸部的肌肉盘结成两大板块，走起路时就有一股赳赳的气势。他的性欲极强，几乎每天晚上都空不得一次。窑洞独居于村外，小娥毫不戒备地畅快地呻唤着，一同走向那个销魂的巅峰，然后偎贴着进入梦境。

黑娃在窑门外的场院里用镢头耧破地皮，摊平，洒了水，再撒上柴灰，用一只木拨架推着小青石碌碡碾压场面，准备收割自己的麦子。村子里跑来一个小学生说：「叔哎！俺老师叫你到学校去。」黑娃停住手问：「你的哪个老师叫我？」小学生说：「鹿老师。鹿校长。」黑娃又问：「叫我啥时间去哩？」小学生迟顿一下：「啥时间没说。反正叫你去哩！」

俟到天黑以后黑娃才出窑门。黑娃走出窑门就想起鹿兆鹏把一块冰糖塞到他手里的情景。冰糖美妙的甜味儿使他痛哭。他对自己发誓说长大了挣下钱了就买一口袋冰糖。兆鹏第二回塞给他一块水晶饼他扔到草丛里去了。鹿兆鹏现在是令人瞩目的白鹿初级学校的校长，穿一身洋布制服，留着偏分头发，算是白鹿镇上的洋装洋人了。自己是个连长工也熬不成只能打短工挣零碎钱的穷汉娃，连祠堂也拜不成的黑斑头儿。他偶尔在打工归来路过学校旁侧的小路时撞见散步的兆鹏，匆匆打一声招呼就走掉了，一个堂堂的校长与一个扛活的苦工之间已经没有任何联系。直到走进学校的大门，黑娃仍然猜不着兆鹏找他的事由。学校里很静，三四个糊着白纸的窗户亮着灯光。黑娃问了人找着了兆鹏的房子。兆鹏穿着一条短裤正在擦洗身子，说：「啊呀稀客随便坐！」兆鹏出门泼了水回来登上长裤，给黑娃倒下一杯凉茶，俩人就聊起来。

「黑娃你咋搞的？也不来我这儿谝谝闲话？」

「你忙着教书，我忙着打土坯挣钱，咱们都没闲空儿。」

「你这两年日子过的咋样？」

「凑凑合合好着哩。」

「你打短工挣的粮食够吃不够？」

「差不了多少够着哩。」

「你住的那间窑洞浑全不浑全？」

「没啥大麻达倒塌不了。」

「你百事如意哟！」兆鹏揶揄地说，随之刻意地问：「你偷回来个媳妇族长不准你进祠堂拜祖，你心里受活不受活？脸上光彩不光彩？」

「你放屁！」黑娃像遭到火烧水烫似的从椅子上弹起来，脸色骤变，「你当校长闲烦了是不是？想拿穷娃寻开心了是不是？」

「骂得好黑娃。黑娃你骂得好。使劲骂，把你小时候骂过的那些脏话丑话全骂出来，我多年没听太想听你骂人了。」兆鹏笑着催促说，「你怎么只骂一句就不骂咧？」

黑娃鼻腔里哼了一声，转身朝门口走去。兆鹏赶过来抱住他的肩头：「对对对呀，这举动才像黑娃的举动。听不顺耳的话脖子一拧眼一瞪，拔脚转身就走，我记得黑娃你自小就是这号倔豆脾气。」

黑娃气躁躁地问：「你到底要干啥？」

「没事就不能叫你来谝谝吗？你忘了咱们哥儿弟兄的情分了。」兆鹏反倒责怪黑娃，「到我这儿来放得畅畅快快的，甭摆出拘拘束束的熊样儿。问啥都是『好着哩』『差不多』。我跟你怎么说话？」

黑娃释然笑笑：「你是校长嘛！」

兆鹏不介意地说：「我当校长又没当你黑娃的校长，你躲我避我见了我拘束让人难受。」

黑娃解释说：「你不知道哇，我天南海北都敢走，县府衙门也敢进，独独不敢进学堂的门，我看见先生人儿就怯得慌慌。你知道，这是咱们村学堂那个徐先生给我自小种下的症。」

「你真了不起黑娃。」兆鹏转了话题，「我在咱们白鹿村只佩服一个人，你猜是谁？就是你黑娃。」

「我？」黑娃撇撇嘴角自轻自贱地说，「黑斑头一个。」

「你敢自己给自己找媳妇——」兆鹏说，「你比我强啊！」

黑娃警觉地瞪起眼：「你又要笑我了？」

兆鹏从椅子上站起来，慷慨激昂地说：「你——黑娃，是白鹿村头一个冲破封建枷锁实行婚姻自主的人。你不管封建礼教那一套，顶住了宗族族法的压迫，实现了婚姻自由，太了不起太伟大了！」

黑娃却茫然不知所措：「我也辨不来你是说胡话还是耍笑我……」

「这叫自、由、恋、爱。」兆鹏继续慷慨激昂地说，「国民革命的目的就是要革除封建统治，实现民主自由，其中包括婚姻自由。将来要废除三媒六证的包办买卖婚姻，人人都要和你一样，选择自己喜欢的女子做媳妇。甭管族长让不让你进祠堂的事。屁事！不让拜祖宗你跟小娥就活不成人了？活得更好更自在！」

黑娃惊恐地瞪大眼睛听着，再不怀疑兆鹏是不是要笑自己了，问：「你从哪儿趸来这些吓人的说词？」

「整个中国的革命青年都这么说，这么做。乡村里还很封闭，新思想的潮水还没卷过来。」兆鹏真诚而悲哀地说，「我尽管夸赞你，我自个想自由恋爱却自由不了……我都有些眼红你，佩服你。」

「噢呀——」黑娃恍然大悟，被兆鹏的真诚感动了，「你娶下媳妇不回家，就是想自……」

兆鹏说：「我还没屈服，斗争比你复杂……」

黑娃深深地受了感染，对兆鹏的真诚信赖更为感佩：「你叫我来就为说这话吗？早知这样我早就来了。村里人不管穷的富的男的女的老的少的都拿斜眼瞅我，我整天跟谁也没脸说一句话。好呀兆鹏……你日后有啥事只要兄弟能帮得上忙，尽管说好咧。」

兆鹏就直率地说：「我准备烧掉白鹿仓的粮台。你看敢不敢下手？」

黑娃不由地「啊」了一声，从椅子上弹起来，吃惊地盯着兆鹏。如果这话由白鹿村任何一个愣头庄稼人说出来，他也许不至于如此意料不及；堂堂的白鹿仓第一保障所乡约鹿子霖的儿子，白鹿镇县立初级小学的校长鹿兆鹏怎么会想到要烧驻军的粮台？他家的粮食虽然也交了，但绝不会像穷汉家为下锅之米熬煎吧？他做先生当校长挣的是县府发的硬洋与粮台屁不相干，文文雅雅的先生人儿怎么想到要干这种纵火烧粮无疑属于土匪暴动的行径？他的脑子里一时回旋不过来，瞪着吃惊的眼睛死死盯着鹿兆鹏而不知说什么。

兆鹏问：「你知道不知道征粮的这一杆子队伍是啥货吗？」

黑娃说：「听人说，城里今日来一个姓张的头儿，明日又来个姓马的把姓张的赶跑了，后日又来个姓郭的把姓马的撵走了，城墙上的旗儿也是红的换蓝的，蓝的又换黄的，黄的再换成红的。我一满弄不清，庄稼汉谁也闹不清。」

「这是一帮反革命军阀。」兆鹏说，「国民革命军正从广州往北打，节节胜利。北京军阀政府纠合全国的反动派阻止革命军北来，现在围城的刘家镇嵩军就是一股反革命军队。西安守城的李虎杨虎二虎将军，都是国民革命军。」

黑娃听不懂只是「噢噢」地应着。

兆鹏说：「镇嵩军刘军长是个地痞流氓。他早先投机革命混进反正的队伍，后来又投靠奉系军阀。他不是想革命，是想在西安称王。河南连年灾害，饥民如蝇盗匪如麻，这姓刘的回河南招兵说『跟我当兵杀过潼关进西安。西安的锅盔一拃厚面条三尺长。西安的女子个个赛过杨贵妃……』他们是一帮兵匪不分的乌合之众。」

黑娃大致已听明白：「噢！是这么些烂货！」

兆鹏说：「把粮台给狗日烧了，你说敢不敢？」

黑娃倒显出大将风度：「烧了也就给他狗日烧咧。咋不敢。」

兆鹏说：「你要是愿意干，咱俩就放这把火。给白鹿原上的人看一场冲天大火。」

黑娃已经鼓舞起来：「烧那个粮台太容易了。那一杆子兵料就百姓给他们杀鸡的把戏儿镇住了，一个个放心地睡觉哩。一笼麦秸就把它烧光了。」

这当儿，从房子的套间走出一个人来，黑娃看出是韩裁缝，不由一惊。韩裁缝是去年迁到白鹿镇的客户，租下两间门面房，用脚踏机器给人缝衣服挣钱，谁也弄不清他是哪里人。赶集的人像看西洋景儿一样看他双脚踩动机器踏板，发出喳喳喳连续不断的响声，一只锃亮的针上下窜动，把布片缝结在一起。围观的人虽然很多而生意却十分萧条，只有学校教员和

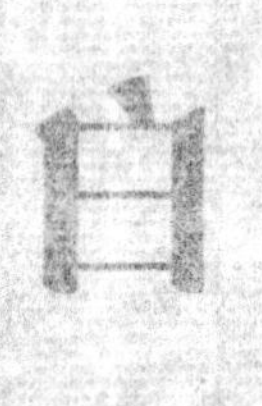

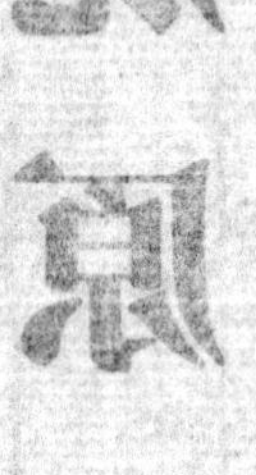

少数学生掏钱请他缝制制服，庄稼汉无论穷人富人都只是看看热闹而已。韩裁缝坦然笑笑说：「放火烧粮台，我也搭一手。」黑娃也就明白了，不需再问。三个人在煤油灯下进行具体实施方案的密谋，从哪儿翻墙进去，先烧哪里后点哪里，无论如何要把井绳给藏起来，点着了火吊不上水来。三个人约定如何用暗号联系，具体分工都经过再三斟酌。黑娃拍拍脑门说：「你这洋油（煤油）灯有一股臭味儿，熏得我头昏脑涨直想吐。」

终于等来了一个刮风的夜晚。三个人从三面的围墙上分头爬上去。大门口有一个卫兵在转悠，院子里有一个卫兵在转悠。黑娃先跳进院子，绕着院里堆积的粮食转到卫兵身后，朝他脑袋上拍了一砖，卫兵就软软地倒下去。他从后腰里取下臭气熏人的煤油桶儿，拧开螺丝盖儿，把煤油泼在那一排房子的门板上，摸出了洋火匣。黑娃自小使用的是火镰火石拼打火星点燃煤纸，没有用过洋火。他在兆鹏屋里试着擦燃过两根黑色的洋火棒儿，比火镰火石方便多了，什么时候能买得起洋火就好了。黑娃按约定的方案划着了洋火，噗的一声冒出一股蓝色火焰，泼上煤油的木板门就腾起了火光。大门口的卫兵一声惊叫，放了一枪。黑娃已绕过房子跳上墙头，瓦顶粮仓和院中用油布苫着的粮堆几乎同时起火。黑娃爬上墙头并不急于逃走，看着那个卫兵在院子里呼喊、放枪，样子很狼狈。房子里的乌鸦兵开始嚷叫呼喊起来，率先冲出火门的兵们哇哇哭叫着在院子打滚灭火。黑娃看着迎风飞舞的火焰已经冲上仓库和那排房子的屋檐，就跳下墙走了。他跑回自己的窑洞，把正在熟睡的小娥拉起来，让她看火的壮观。小娥走出窑门就叫了一声：「妈呀！」西边的天空一片通红。黑娃说：「粮台烧着了。」小娥说：「真有胆大的冷娃哩，敢烧粮台！」黑娃说：「白狼放的火。」小娥问：「白狼在哪达？」黑娃说：「白狼在你尻子后头站着。」小娥惊疑地说：「你是白狼？你胡说……噢呀！怪道来我看你这几天鬼鬼祟祟的……」黑娃就不吭声了。

村庄里骤然骚动起来，传出嘈嘈杂杂说话的声音，男人女人们站在街巷里观赏大火的奇观。火焰像瞬息万变的群山，时而千仞齐发，时而独峰突起；火焰像威严的森林，时而呼啸怒吼，时而缠绵呢喃；火焰像恣意狂舞着的万千猕猴万千精灵。人们幸灾乐祸地看着自己送进白鹿仓里的麦子顷刻变成了壮丽的火焰。黑娃站在窑垴的崖畔上观赏自己的杰作，小娥半倚在他的臂弯里。村里传来士兵们气急败坏的嚷嚷声，拗口聱牙的河南口音听来愈觉别扭，逼赶人们去救火。士兵们忽视了村子外头崖坎下的窑洞，只在村庄里打门叫户厉声吆喝。黑娃跑回窑洞挑起两只木桶，挣脱了小娥的阻拦：「我到跟前去看看热闹。」他从村子中间的大涝池挑了两桶水，夹在担桶和端盆的男人们中间，走过村巷走过白鹿镇街道就无法前进了，大火炙烤得人的脸皮疼痛，滚滚浓烟呛得人睁不开眼睛，于是就把水随地泼掉挑着空桶往回走。那火已经无法扑救。赤臂裸腿的人根本无法靠近火堆一步。被烧着的麦粒弹蹦起来，在空中又烧着了，像新年时节夜晚燃放的焰火。大火烧到天亮，耀丽的光焰使东原上冒起的太阳失去魅力。

随后，白鹿镇最显眼的第一保障所的四方砖砌门柱上，发现了一条标语：放火烧粮台者白狼。字迹呈赭红色，是拿当地出的一种红色黏土泡水以后用笤帚圪塔刷写的，在蓝色的砖上很醒目很显眼。鹿子霖进门时看到门口围着那么多人尚不晓得发生了什么事，及至拨开人群看见赭红色的标语时，脸色就变得蜡打了一样。他没有进门就去找杨排长报告。杨排长腰里挎着盒子枪跑来了，满脸灰乌，两眼又红又粘黏像刚熬化的胶锅，插在腰里的盒子枪上的红绸已经烧得只留下短短一截。杨排长拔出盒子枪照空中放了一枪，咬牙切齿地喊：「滚开滚开，都滚他娘那个臭尻！」围观的人哗的一声作鸟兽散。杨排长立即命令士兵进行搜查，搜查与标语有关的人和器物。检查谁家有红土的遗留物，泡过红土的瓦盆铜盆和瓷盆，以及用来蘸红土浆写字的笤帚圪塔。

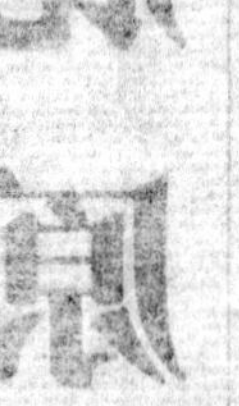

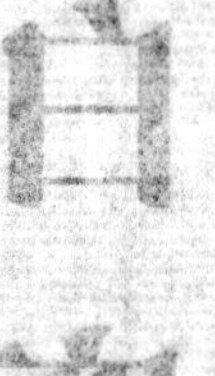

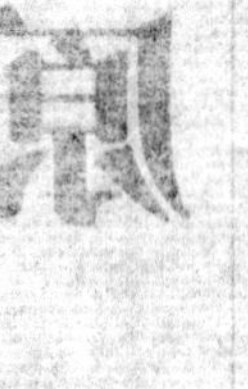

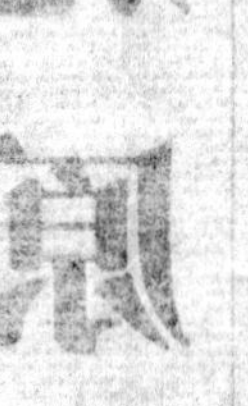

白鹿仓的所有房子和麦子一起化为灰烬，杨排长领着他的士兵驻进白鹿镇初级小学校里，学生们全都吓得不敢来上学了。士兵们从各个村庄农户家里搜来的盆盆罐罐笤帚圪塔堆满了宽大的庭院，却没有一件能提供任何的可靠证据。这个愚蠢的破案方法无论怎样愚蠢，三十几个士兵仍然认真地照办不误，从白鹿村开始搜查一直推进到周围许多村庄里去。三个纵火的「白狼」一个也没有被列为重点怀疑对象，韩裁缝照样把裁衣案子摆在铺子门口的撑帐下，用长长的竹尺和白灰笔画切割线，士兵们连问他的闲心都不曾有过。听到士兵们挨家挨户搜查罪证，黑娃就打发小娥躲到田地里装作挖野菜去了，他担心的不是纵火的罪证而是模样太惹眼的小娥。三个士兵趾高气扬走进窑洞翻腾完了就诈唬说：「我看你这家伙像是放火来！」黑娃嘿嘿一笑：「老总，你们又没撞我的嗓子，我伤老总弄啥？我给老总只交了一斗麦，又不是三石五石……」士兵们从鸡窝旁边拎起那个积着厚厚的一层尿垢的黑色瓦盆，摔碎了。

鹿兆鹏在杨排长头天晚上驻进学校时虽然表示了坚决拒绝，但终了还是接受了既成事实。杨排长对鹿子霖的校长儿子的不友好态度无心计较，却也不曾想到这位俊秀的校长就是纵火的「白狼」。过了两三天，鹿兆鹏晚饭后对焦躁不安的杨排长说：「杨排长，能在纸上驰车奔马，才能在沙场上运筹帷幄——杀两盘？」杨排长很快列出一串纵火者的审查名单。

白嘉轩听到传讯以后肺都要气炸了，他不是害怕牵涉火案，也不是害怕蒙受冤枉，主要是不能忍受这样的侮辱。鹿子霖用极其同情的口吻传讯他时，白嘉轩正在自家上房明厅的大方桌旁吸水烟，「咚」的一声把水烟壶 到桌子上：「这个河南蛋瞎眼了不是？」鹿子霖说：「你去和杨排长解说一下，我也再给他解说解说。你可别硬顶——他可是烧疼了尻子的猴儿，急了就不管谁都抓。」说着，门外走进三个端着枪的士兵：「还有白孝文，也是个会写字的，一块走。」

白家父子走出门了，陪着鹿子霖，跟着三个端枪的士兵。白嘉轩看着白鹿镇上驻足观看的行人，面子上的侮辱已使他煞白

白鹿原
陈忠实 著
上卷

了脸，他愈加挺直了腰杆儿走着。杨排长在他的临时住屋里对白嘉轩父子说：「不要惊慌。请留下手迹就行了。」然后引着他们父子进入一间教室，桌子上放着一盆红黏土泡成的泥浆，盆里放着一只笤帚圪塔。教室的墙壁上已经写满了字，全是「放火烧粮台者白狼」。白嘉轩气冲冲捞起蘸了泥浆的笤帚写下同样一行字，白孝文也写了。白嘉轩写罢气不可捺问：「常言说捉贼捉赃，抓奸抓双。老总你凭啥把我糟践这一程子？」杨排长也没好气地说：「怎么糟践你了？叫你写几个字也算糟践你？」白嘉轩冷笑说：「这算写的什么字？是红事的对联还是丧事的引路幡子？」杨排长突然转过身来，紧盯着白嘉轩：「你说话嘴放干净点儿！甭说你是什么狗屁族长、官人，你敢再说半句不三不四的话，老子就一枪把你撂倒……」鹿子霖立即劝着拉着杨排长收回枪，孝文推着父亲出了教室走到院子，杨排长追到台阶上还在嚷嚷：「你发鸡毛传帖煽动闹事交农，本来就不是个好东西！」白嘉轩被翻起老账更加气恨羞恼。

大火整整烧了三天三夜，白色的粉灰漫天飞扬，家家的屋瓦和院子里都沉下厚厚的一层白色粉末儿。明火熄灭以后，未燃尽的粮堆仍然在夜里透出灼人的红光，整个村庄和田野里都弥漫着一股馍馍被烤焦了的香味儿。一场骤来的暴雨彻底浇灭了余火，洗刷了屋瓦上树叶上和秋苗嫩叶上的灰粉。天晴以后，附近的村民套着牛车推着独轮小车挑着葛条笼去装灰，那些麦子烧过的灰烬和土粪掺搅以后施到田地里是庄稼和棉花的绝好肥料，他们争着装灰的劲头和往这里交麦子一样急迫。

大约过了半月，驻守白鹿仓的杨排长又领着他的士兵来了。杨排长先叫来总乡约田福贤，召集了九个保障所的九个乡约和九十八个大小自然村的官人，在白鹿镇的学校里开会。杨排长走路有点跛，那是团长下令打了二十军棍致成的骨伤。杨排长说：「在白鹿原烧掉的军粮，还得从白鹿原上补起来。烧了再征，叫他再烧，再烧再征。这回是一亩一斗一人一斗。再烧了再加。」有人求告说：「老总，军队要吃粮这道理很明白，自古军人由民人养也都明白，粮嘛烧了自然得再征。只是

麦收后刚刚征过一茬，再连着征怕不好弄。是不是到秋收后再征？这样也好给百姓说……」杨排长一挥手就打断了他的话：「这号话再不要说。后日开始征粮，一律送到这个学校来。明日白鹿镇逢集，枪毙烧粮台的白狼。谁敢抗粮不交，不管是官人民人一律和白狼一样惩治。」

第二天，在白鹿仓围墙外的旷野里，三个被五花大绑着的人被缚在木柱上，蓬头垢面，衣服褴褛，垂头耷脑，实际已经奄奄一息了。人山人海般拥挤着看热闹的乡民。三十几个士兵排成一排，举起了枪，一片推拉枪栓的声音，架势和射鸡（击）表演一模一样。杨排长从腰里拔出盒子枪，枪把上已经换上一条新的火焰般耀眼的红绸，动作不再优雅而更显威武，朝天放了一枪，啪的一声响过，就接连响起密集的枪声。那三个「白狼」没有丝毫反应，没有哭也没有叫，看客们怀疑他们在挨枪子之前是否还活着？枪子击中他们身体的各个部位，拉出一条血流。他们连抖动一下的反应也没有，倒使围观的人觉得尚不如射杀活鸡场面热烈。

几天后，一个可怕的传言在各个村巷里不胫而走，那三个被打死的「白狼」其实是三个要饭的。

第十二章

朱先生已不再教学。生员们互相串通纷纷离开白鹿书院，到城里甚至到外省投考各种名堂的新式学校去了；朱先生镇静地接受那些生员礼仪性的告别，无一例外地送他们到白鹿书院的门口，看着他们背着行李卷儿走下原坡；后来朱先生就催促他们快些离开，及至最后剩下寥寥无几的几个中坚分子时，他索性关闭了书院。彭县长亲自招他出马，出任县立单级师范校长。干了不到半年他就向彭县长提出辞呈。彭县长大惑不解：「我听说你干得很好嘛！他们都很敬重你呀！怎么……」朱先生笑笑说：「我是谁聘的校长哇？！」彭县长连连摇头否认：「那是先生多心了。」随之就询问起辞职的真实原因，是经费不足还是有谁闹事？如果有捣蛋的害群之马，把他干脆解聘了让他另择高枝儿就是了，何必自己伤情动气辞职？朱先生朗然笑着否认了县长的猜疑，自嘲地说：「原因在我不在他人。我自知不过是一只陶钵——」彭县长一时解不开。朱先生解释说：「陶钵嘛只能鉴古，于今人已毫无用处。」彭县长诚恳地纠正说：「先生太自谦了。这样吧，你干脆到县府来任职。」朱先生摇摇头说：「我想做一件适宜我做的事，恳请县长批准。」彭县长畅快地说：「只要先生悦意做的事尽可以去做，如需卑职帮忙尽管说出来。」朱先生就说出经过深思熟虑的打算：「我想重修本县县志。」

朱先生重新回到白鹿书院，组织起来一个九人县志编撰小组自任总撰。另八位编撰人员全是他斟酌再三筛选的才富八斗的

饱学之士，有他旧时的同窗也有他后来的得意门生；他们全是关学派至死不渝的信奉者追求者，是分布在县内各乡灿若晨星却又自甘寂寞的名士贤达，仁人君子：他们在自己的家乡躬耕垄亩以食以帛，农闲时诵读批点自尝其味；他们品行端正与世无争童叟无欺，为邻里乡党排忧解难调解争执化干戈为玉帛，都是所在那一方乡村的人之楷模。朱先生一个一个徒步登门拜望，恳请出庐。他们对于编修县志的事十分合意，却几乎一律都要谦让自己才疏学浅，不堪如此重任，既然朱先生偏爱器重，当然是难得的学习机会，锻炼机会，也是为本县贡献微薄心力的机会。他们和朱先生聚集在白鹿书院，开始了卷帙浩繁的庞大工程。他们披阅历代旧志，质疑问难，订正谬误，删繁补缺，踏访民间，工作细密而又严谨。黄昏时分，他们漫步于原坡河川，赏春景咏冬雪；或纳凉于庭院浓荫之下，谈经论道，相得益彰。他们感激朱先生把自己从日趋混沌纷攘的世事里拉出来，得到了一个最适宜生存的环境和最可意的工作。

伏天一个溽热难熬的傍晚，树叶纹丝不动，湿热的气流从低洼的河川里膨胀起来，充溢到原坡的沟壑间，令人窒息。朱先生和他的同仁们坐在院子里纳凉，书院四周和院庭里高可参天的古柏古槐和银杏树，层层叠叠的枝叶遮挡着灼人的光焰，在酷热喧嚣的伏天独辟一方清爽宜人的乐土福地。彭县长走进院子，慨然道：「这大概是全中国最宜人的一坨地方啰！」朱先生和诸位同仁一齐站起来，礼让彭县长坐下。朱先生说：「彭县长难得闲暇……」彭县长苦笑着摇摇头，自嘲地说：「卑职县长徒具虚名，实实在在只是一名粮秣官儿罢了！」

近日，乌鸦兵的一个团长带着百余名士兵进驻本县指挥一切领导一切，实际上是一切都不领导也不指挥，只是领导指挥为围西安城的二十万人马征集粮草，彭县长以及他的全部官员都围绕着粮秣一件事奔忙。他气忿地说：「这些乌鸦兵肯定是世界上最坏的一杆子兵。他们连一年收几季庄稼都搞不清，只是没遍没数地征粮。粮秣已不是征而是硬逼，现在已经开始

抢了。百姓从怨声载道到闭口缄言，怕挨枪把子啊！」彭县长说着就激奋起来，「我为民国政府一介县长，既然无力回天，只好为虎作伥。想来无颜见诸位仁人贤达，更愧对滋水父老啊！」说时喉哽语塞，热泪涌动。在座的先生们接连发出沉痛悲怆的叹息。朱先生说：「得熬着。」彭县长说：「熬不住了哇！我的国民县府成了乌鸦窝啰！那些白腿子乌鸦从早到晚出出进进吵吵呱呱骂骂咧咧，满嘴粗话浑身匪气，叫人听着硌耳看着碍眼，我出了县府大门就不想再进去。」朱先生还是重复着一句话：「还得熬着。」彭县长苦笑着说：「朱先生，我来跟你编县志行不行？」朱先生笑着说：「我敢要你吗？」彭县长发泄一通，唠嘈一通，倾吐一通，觉得心头松弛了，又轻声问：「朱先生，乡民盛传你能打筮算卦，你给我掐算一下，乌鸦啥时候飞走？」朱先生故作神秘地说：「天机不可泄漏。」众人都笑了。彭县长又向朱先生索要一帧手迹。朱先生慨然应允，取来笔墨纸砚，在院中石桌上铺开宣纸，悬腕运笔，一气呵成四个大字：

好人难活

第二天清早，厨师从县城买菜回来告诉朱先生，县城纷传彭县长昨夜弃职逃走，下落不明。朱先生愣怔一下随之叹惋：「他熬不住了。」

末伏一个雷雨之后的傍晚，暑热驱散，天宇澄碧，朱先生和他的同仁们倾巢而出到原坡上去散心，享受骤雨初霁后的山川气韵，结果一个个粘着满脚黄泥，满腿湿漉漉地回到书院。门房的徐秀才神情紧张地把一封信交给朱先生说：「两个兵送来的。」朱先生接住拆开一看，瞅着众位先生狐疑的脸色说：「唔！狼来了！」随之吩咐徐秀才说：「你到村子里去买两

只狗来，买不下就借。要大狗恶狗。」徐秀才眨巴着眼问：「先生买狗做啥？」朱先生笑说：「狼来了就得狗咬嘛！」随之又吩咐厨师说：「你明日给咱做一样菜，把豆腐跟肉熬成一锅。」厨师说：「肉耐火豆腐不耐火，熬不到一起。」朱先生说：「你就往一锅里熬。」

第二天，朱先生和他的八位编辑先生按部就班在各自的屋子里做事，院子里异常静谧。大家都在期待狗叫。两只蓝色颈羽的小鸟从银杏树枝上跳到房檐上，又飞落到院子里湿漉漉的方砖上，发出一串串金子似的叫声。第一声狗叫惊得两只小鸟箭一般射向空中。两只狗的叫声愈来愈疯狂，混沌狂乱的吠声在书院里的墙壁上碰撞回旋。狗咬了一阵就停息下来，大约来人退走离开了。突然狗又疯狂地咬起来，大约来人又踅磨到门口来了。八位先生全都站在各自的窗下瞅着大门口，又瞅瞅朱先生的书房。狗咬声又停下来。朱先生在两只狗第三次咬响的时候走出书房，疾步走过院子，左手习惯性地撩着长袍的衩口，喝退了狗，把来人领进大门，在院子里朗然宣呼：「刘军长来看望诸位，快出来迎接。」同仁们纷纷走出屋子与一身戎装的刘军长打躬作揖。刘军长说：「打扰打扰。」朱先生说：「哪里哪里。机缘难得。错失今日，怕是再也难得一睹将军风采了。」刘军长爽朗地说：「待我坐定省城，一定常来拜望先生。」朱先生只顾招呼大家在院里石凳上坐下。刘军长问：「听说先生在编县志？县志里头都编些啥呀？」朱先生说：「上自三皇五帝，下至当今时下，凡本县里发生的大事统都容纳。历史沿革，疆域变更，山川地貌，物产特产，清官污吏，乡贤盗匪，节妇烈女，天灾人祸……不避官绅士民，凡善举恶迹，一并载记。」刘军长问：「我军围城肯定也要记入你的县志了？」朱先生说：「你围的是西安府不是围的滋水县，因之无权载入本志；你的士兵在白鹿原射鸡（击）征粮及粮台失火将记入本志；你的团长进驻本县吓跑县长，这在本县史迹中绝无仅有，本志肯定录记。」刘军长哈哈笑起来：「是吗？这个县长也太胆小了。」朱先生也打趣说：

「县长软得像块豆腐。」

刘军长笑毕，说他今日来有三件大事求拜先生。头一件，围城成功进驻省城以后，将邀请朱先生给他做私人老师，教诲圣书习练笔墨，因他出身草莽识不下一箩筐大字。朱先生说：「我得先讲一条，你得脱了这身戎装，把枪扔了，我才敢伴君念书习字。我比彭县长的胆子更小哩！」刘军长满口答应：「一旦拿下西安，我就把枪撂到城河去，兵交给旁人去带。我只做省主席一席文官。」朱先生说：「那么这件事就等你进城以后再说。第二件呢？」刘军长说：「请先生赐赠一幅字画儿。」朱先生说：「我只会写字不会画画儿。人常说『乘兴挥毫』，兴所至而毫生辉。待军长攻城成功，我定当挥毫庆贺。再说第三件吧！」刘军长不好强求，就说出第三件事来：「我一进关中就闻听先生大名，说先生能识天相，能辨风雨阴晦，能知吉凶灾变，能预测后事。请先生给我算一卦，何时围城成功几月进城？」朱先生不假思索一口回绝：「刘军长你进不了城。」

刘军长猛乍愣住，脸色骤变。同仁们也都绷紧了脸瞪瓷了双眼气不敢出。朱先生随之款款地笑了：「我两只柴狗把门，将军尚不得入，何况二虎乎？」当作笑话说罢就哈哈大笑起来。众位先生也都轻轻吁出一口闷气。守城的两位将军的名字里都有一个虎字，人称二虎。军人尤其忌讳这个。刘军长说：「这种不吉利的玩笑，只有先生你才敢说到我当面。」朱先生接住说：「只有军长你来，我才有兴头儿开这玩笑。」

「既是玩笑，且不管它。」刘军长说，「那就请先生正儿八经给我算一卦，何时攻城成功？」朱先生扬起头闭上眼，用右手的大拇指在另外四个指头上灵巧地弹着掐着，口中念念有词：「城里守军二万不足，城外攻方二十万有余，按说是十个娃打一个娃怎么还打不过？城里被围五个月之久，缺粮断水，饿死病死战死的平民士兵摞成垛子，怎么还能坚守得住？噢

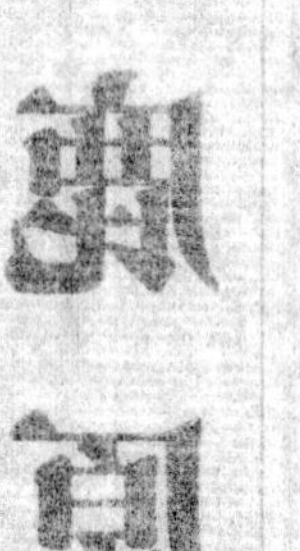

噢噢，账还有另一个算法，城里市民男女老少不下五十万，全都跟二虎的将士扭成一股坚守死守。要把那五十万军人民人全部饿毙……大约得到秋后了。对！刘军长——」朱先生睁开眼说：「秋冬之交是一大时限。见雪即见开交。」刘军长听了忽然从石凳上跳起来：「先生真是神啊！见雪即见开交。正应了我的命！我的字是雪雅。」

朱先生当即招呼他们吃饭，厨师给每人送上一碗豆腐烩肉的菜和两个蒸馍。刘军长吃了一口就咧着嘴皱起眉头：「朱先生你的厨师是不是个生手外八路？」朱先生说：「这是方圆有名的一位高手名厨。」刘军长说：「豆腐怎能跟肉一锅熬？豆腐熬得成了糊涂熬得发苦肉还是半生不熟嚼不烂。哈呀竟是名厨高手？」朱先生说：「豆腐熬肉这类蠢事往往都是名师高手弄下的。」

是年初冬，围城的军队已经换上冬装，经过整整八个月的围困，仍然未能进城。刘军长眼巴巴等待着大雪降至，不料从斜刺里杀来了国民革命军的冯部五十万人马，一交手就打得白腿子乌鸦四散奔逃。刘军长从东郊韩氏冢总指挥部逃走的时候，漆黑的夜空撒落着碎糁子一样的雪粒儿。雪粒儿在汽车顶篷上砸出密集的刷刷啦啦的响声，刘军长忽然想起朱先生为他预卜的「见雪即见开交」的卦辞来，似乎那碗熬成糊涂熬得发苦的豆腐和生硬不烂的肉块也隐喻着今天的结局，喟然慨叹：「这个老妖精！」朱先生后来在县志「历史沿革」卷的最末一编「民国纪事」里记下一行：镇嵩军残部东逃过白鹿原烧毁民房五十七间，枪杀三人，奸淫妇姑十三人，抢掠财物无计。

杨排长和他的士兵从白鹿镇初级小学校撤走时没有给田福贤打招呼。田福贤睁开眼睛时立即感觉到奇异的寂静，他穿上棉袄蹬上棉裤跳下床来，院子里落着一层薄薄的雪花。他双手系着裤带用肩头抵开隔壁教室的门板，不由地「哦」了一声就

停在门坎上。士兵们已不见踪影，靠墙并拢的一排课桌上留着铺垫的稻草帘子。那些帘子是不久前由他从滋水川道产稻区征收起来用牛车拉上白鹿原来的。被褥揭光了。桌底下扔着穿洞的破鞋、朽断的裹腿布条、破旧的烂衫子烂裤头。他转身奔到杨排长住的单间房子，床板上也只留下一张稻草帘子，桌上地上七零八落扔着征集粮草的名单和条据之类。他断定这是永远的逃离而不是暂时的撤退。他一脚踢翻了木炭盆架，炭灰里滚出几粒枣核大小的红红的炭块。他疾步赶到鹿子霖家来。「子霖，晌午到你的保障所议事。」田福贤说，「咱们当狗的日子到今日个为止。」

「咱们当狗的日子到此为止。」田福贤在晌午召集的议事会上重复了这句话，「这杆子乌鸦兵把人折腾够了。」九位乡约再也压抑不住，敞开嗓子嘲骂那一杆子河南蛋全是瞎熊，诅咒他们注定不得好死。

狗的比方虽然刺耳却很准确。杨排长和他的白腿子乌鸦飞来白鹿原的整整八个月时间里，田总乡约以及属下的九位乡约实际都成了供杨排长驱遣的狗，他带着他们认村领路，到一家一户庄稼汉门楼里去催逼粮食草料，田总乡约在杨排长眼下常常流露出狗在凶残暴戾的主人面前的那种委屈和谄媚，他们九个乡约又何尝不是无奈的狗的眼色？田福贤很理解属下的心情，让他们把当狗的委屈酸辛和愤恨宣泄出来。整个白鹿原此刻都在宣泄着愤怒。白腿子乌鸦兵逃跑的消息像风一样迅速刮过大大小小的村寨，愤怒的宣泄随之就汹涌起来，被烧的房子被残害的死者和被奸淫的女人很自然成为人们议论的话题。田福贤郑重地说：「有两件急迫的事要做：一是给遭到逃兵烧杀奸掠的人家予以照顾，二是白鹿仓被烧毁的房子该修建了。」接着讲出了对这两件事的具体构想，乌鸦兵逃走时来不及带走贮存在学校教室里的粮食，正好可以用作这两项大事的开销。「各位乡约回去发个告示，告知乡民到山里去掮木料，丈椽两根付麦一升，丈五椽一根一升，檩条一根三升，独檀一根五升，其余大梁担子柱子按材料论麦，推土和泥搬土坯拉砖抛瓦一应打下手做小工杂活的每日工粮一升，管三顿

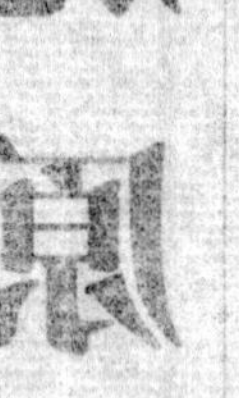

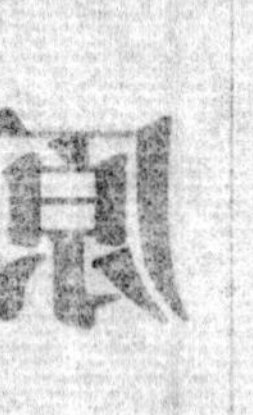

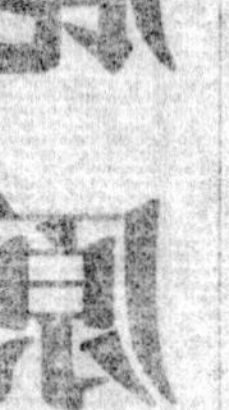

饭。这样亏不亏下苦人？」九位乡约听罢全都惊叹咋唬起来，这样宽厚的工价无异于施舍赈济，怕只怕进山掮木料和前来做小工的人要碰破头了；有人嗔怨总乡约心太善了甚至可能要坏事，全都涌来混饭吃谁管得住？田福贤雍容大度地一挥手说：「只要大家觉得不亏待乡民就成了，旁的事甭担心。」

关于照顾灾难户的事，田福贤是在听到各乡约谈到他们那里发生的事以后才想到的。他昨晚睡在小学校里一无所知，所以一时拿不出具体方案。九位乡约经过一番商议，决定对遭到火劫的三十多户人家视其损失大小给以五至八斗不等量的补偿，而在对那十几个被奸污的妇女的家庭要不要照顾的问题上发生了意见分歧，田福贤最后出来定夺，以不予照顾为好，避免这样的丑事因为照顾而再度张扬。

白鹿原骤然掀起一股短暂的进山掮扛木料的风潮，强壮的男人赤手空拳三五成伙地赶进秦岭深山，掮着用葛藤挽缚着的松椽或檩条走出山来，在被大火烧光的白鹿仓的废墟上卸下木料，接过验收人员用毛笔草画的收条，然后赶到白鹿镇初级小学校去领取麦子。人们扛着粮袋走出学校大门时抑止不住泛到脸上的喜悦之情，心悦诚服田总乡约虽然有一双凶厉的圆轱辘眼睛却怀着一腔菩萨的善心柔肠。九位乡约全都投入到这场庞大的工程里来，各司一职，或验收木料或兑付麦子或领人施工，全都忠于职守，主动积极，而且对乡民和蔼谦恭。

新任的县长已经走马上任，姓梁。县党部的牌子也正儿八经地挂在县府门口，县党部书记姓岳。田福贤经常去县里开会，就将整个工程交由鹿子霖统领。鹿子霖对又要去县府开会的田福贤说：「你走你走，你尽管放心走，误了工程你拿我的脑袋是问。」田福贤才放心地离去。鹿子霖深眼睛里蕴含着微笑，走到正在盘垒地槽基础的乡民跟前：「干一阵就歇一会儿抽袋烟，谁要是饿了就去厨房摸俩馍咥喽！」结果惹得乡民们哈哈笑起来。大家干得更欢了，没有哪个人蹭皮搓脸好意思

不到饭时去要馍吃。鹿子霖又背着双手走进学校储存粮食的教室，站在粮堆前瞅着给掮木料的乡民兑付麦子。粮食装满木斗后，发粮的人用一块木板沿着斗沿刮过去，高出斗沿的麦子被刮落到地上，这是粮食交易中最公正的「平斗」。鹿子霖说：「把刮板撂了。把斗满上。上满！」人们都轻松了许多，鹿子霖便又转身走掉了。

从射鸡（击）表演开始弥漫在白鹿原八个月之久的恐怖气氛很快消除了，田总乡约和他属下的九个乡约宽厚仁德的形象也随之明朗起来。赶在数九地冻之前，白鹿仓废址上的一排新房全部竣工，坍塌的土围墙的豁口也补修浑全，破旧低矮的大门门楼换成砖砌的四方门柱，显现出全新的景象。

白嘉轩在乌鸦兵逃离后的第五天鸡啼时分，就起身出门去看望在城里念书的宝贝女儿灵灵。

西安解围的头一天傍晚，白鹿村一个在城里做厨工的勺勺客回到村里。他一走进白鹿镇就被人们围住，纷纷向他询问被围期间城里的情况儿；他苦不堪言地应对几句就扯身走了，在白鹿村村巷里又遇到同样的围堵和同样的询问；他急慌慌走进家门，在院子撞见老娘就爬跪在地上哭得直不起身来，村民们又赶到院里来打听探望。勺勺客哭喊说：「妈呀！我只说今辈子再见不了你哩！」白嘉轩和母亲白赵氏妻子白吴氏先后三次到这个勺勺客家里来打问灵灵的消息，勺勺客的回答都是一句话：「没有见灵灵。」

接着两天，白鹿村在城里当厨工的、做相工（学徒）的、打零工的、抹袼褙的、拉洋车的，以及少数几个做生意开铺子的人，都先后回到村子来探望父母妻儿，带回并传播着围城期间大量骇人听闻的消息：战死病死饿死的市民和士兵不计其数，尸体运不出城门洞子，横一排竖一排在城墙根下叠摞起来。起初用生石灰掩盖尸首垛子，后来尸首垛子越来越多，石

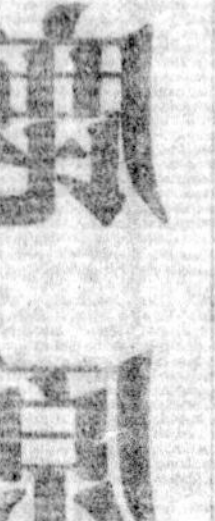

灰用尽就用黄土覆盖，城市里弥漫着越来越浓的恶臭。所有公用或私有的茅厕粪尿都满溢出来，城郊掏粪种菜的农人进不了城，城里人掏出粪尿送不出去就堆在街巷里。从粪堆上养育起来的蛆虫和尸首垛子爬出的蛆虫在街巷里肆无忌惮地会师，再分成小股儿朝一切开着的门户和窗口前进，被窝里锅台上桌椅上和抽屉里都有小拇指大小的蛆虫在蠕动。蛆虫常常在人睡死的时候钻进鼻孔耳孔和张着打鼾的嘴巴，无意中咬得一嘴蛆脓满口腥臭。

白嘉轩问遍了所有从城里回到村里的人，都说没有见过灵灵。那些令人起鸡皮圪塔又令人恶心呕吐的传闻，使四合院里的生机完全窒息，先是妻子白吴氏，后是老娘白赵氏，接着是白嘉轩自己，都在两天里停止了进食，灵灵的干大鹿三的饭量也减了一半，孝文和媳妇虽然还有部分食欲却不好意思去吃了。到解围的第四天，孝文媳妇向婆白赵氏请示早饭做什么？得到的是「做下谁吃？」她就没有再进灶房。

「四」是不吉祥的数字。隐含着「事」。仙草三天不进食，精神却仍然不减，一会儿去纺线，棉线却总是绷断，一会儿又去搓棉花捻子，又把棉网戳破了。白赵氏干脆站在镇子西头的路边无望地等待。可怕的期待延续到又一个天黑，仙草突然叫了一声「灵灵娃呀」，就从炕边栽跌下去，孝文和媳妇闻声奔过来扶救。白赵氏还站在镇子西边的路口等待。白嘉轩从上房明间走进厢房时，孝文抱着母亲大声呼叫，孝文媳妇正从后纂上拔针刺人中。仙草「哇」的一声哭出来，从孝文的怀里挣脱出来扑向白嘉轩，接着被儿子和儿媳安抚着躺下来。白嘉轩说：「照看好你妈。我进城去。」

城里人吃早饭时，白嘉轩踏进皮匠二姐夫的铺面门。二姐以为来了顾客，迎到柜台边才发现是乡下弟弟，就惊呼欢叫起来。白嘉轩顿时一块石头落了地，如果灵灵儿进入尸首垛子，二姐一家肯定不会如此平静地吃早饭，也不会开铺门卖货。他坐到椅子上还是忍不住问：「灵灵呢？」

陈忠实 著
上卷

「抬死人去咧！」二姐说，像是看出了弟弟的惊诧，反而用轻淡的语调说，「大家都在抬。有的人挖坑，有的抬死人。坑在城东北墙根下，大得要装下一万多死人。」白嘉轩啊了一声，证实了回到白鹿村的那些人的话不是胡编冒吹。「我昨个黑间挖了一夜坑，今个黑间还得去挖。」二姐夫说，「灵灵儿前两天也是挖坑，昨儿后晌又改换去抬尸首了。」一边挖一边埋。好些尸首只剩下骨头架子，分不清谁的胳膊谁的腿，一混子装到架子车上拉去埋了。」白嘉轩对这些事已经麻木，只抱怨说：「二姐二姐夫你俩人也真是凉凉性子，咋就想不到叫灵灵回乡下去？她婆她妈都三四天水米不进快急疯了！」

「兄弟你这人原来不糊涂会想事的嘛！你想想灵灵在我这儿能出啥事？万一出点事我还能不给你说？娃没回原上就是娃平安着哩嘛！」皮匠姐夫说，「你咋连这点窍道都翻不开？」二姐说：「开围头一天我就催灵灵回去，娃说学校里不放假，要按虎将军的紧急命令行事，挖万人坑，抬埋死人，清扫满街满巷的脏物。」白嘉轩悲苦地说：「一家人连火都不烧了。」

正说话间，白灵走进门来叫了一声「爸」就站住了，她看见了父亲一双红肿怕人的鼓出的眼睛。白嘉轩一扬手就抽到她的脸上：「为你险忽儿选了三个人的命！」白灵捂着脸分辩说：「爸你打我我不恼。可我托兆海爷爷给你捎回话去了呀？」白嘉轩这时才知道鹿泰恒早已来过城里看望上学的孙子兆海。他这时才认出站在灵灵旁边的青年便是鹿子霖的二儿子兆海。鹿兆海有些羞怯地笑笑，证实说：「话是捎回去了。」

鹿兆海穿着一件藏青色制服，头上戴一顶圆制帽，硬质的帽舌上蒙有一层黑色光亮的面，深陷的眼珠和长长的睫毛显示着鹿家的种系特征。「灵灵跟鹿家的二小子怎么会在一起？」白嘉轩心生疑惑，随之闻见灵灵和鹿兆海身上散发出的怪味儿，那是尸首腐烂的气味，令人闻之就恶心，一下子证实了二姐夫说的「抬死人」的话。他说：「把衣服换了，把手上的

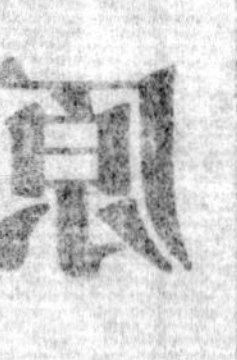

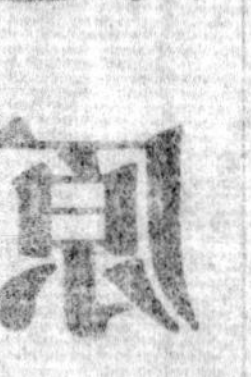

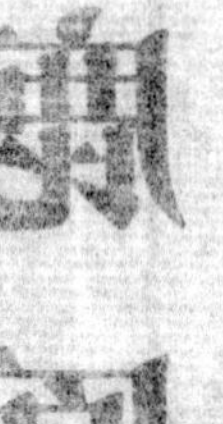

死人气味洗掉，跟我回原上。」白灵说：「尸首还没抬完还在墙根下烂着，我怎么能走？」白嘉轩说：「等你把城里的死人抬完了，回家正好跟上抬你婆和你妈的尸首。」白灵说：「你回去给婆跟妈说我好好的没伤没病，她们就不急了也就放心了。」鹿兆海插嘴说：「叔吔！白灵当着运尸组的组长，她走了就乱套了。缓过一礼拜运完尸首让她回家，我也早想回咱原上，俺们俩一块回去。」白嘉轩并不理睬兆海，生硬地对灵灵说：「好哇灵灵，你敢不听我的话？」白灵说：「爸呀，我不是不听你的话。你看看那么多人战死了饿死了还在城墙根下烂着，我们受他们的保护活了下来再不管他们良心不安呀！我实话实说了吧，一礼拜也回不去，尸首抬完了埋完了，还要举行全城的安灵祭奠仪式，正在挖着的万人坑将命名为『革命公园』，让子孙后代永远记住这些为国民革命献出生命的英灵……」白嘉轩吃力地听着这些稀里糊涂的新名词脑袋都木了。白灵说：「二姑给我取俩馍，我得走了。爸你歇一天脚明儿个回去。」白嘉轩想挡却没有再挡，看着二姐给灵灵和鹿家那个二货拿来了馍馍，俩人就出门去了。二姐说：「娃说的也对着哩！尸首不早点抬了埋了活人谁能受得了？快放寒假了，我跟灵灵还有你的俩外甥女儿一块回原上去，我也想咱妈了。」白嘉轩却直着眼珠追问：「鹿家那个二货跟着灵灵前前后后跑啥哩？」二姐猜着了他的意思，说：「人家是同学，又是革命同志，你那些老脑筋见啥都不顺眼。」白嘉轩说：「二姐你甭跟着瞎叨叨。我挑明了说，你给她说念书就一心一意念书，甭跟鹿家二货拉拉扯扯来来往往。」

白嘉轩草草吃了早饭就告别了二姐和皮匠姐夫，天黑定时踏进了自家的门楼。四合院里已经恢复生气。他昨晚背着褡裢走后不久，鹿泰恒就把灵灵安然无恙的话捎到了。仙草和母亲解除了沉重的负担反而更加思念女儿和孙女，甚至提出俩人结伴去城里看看灵灵瘦了还是胖了。白嘉轩说：「谁也不用去。去了也是白去。咱们为她担惊受怕险忽儿把心熬干，她可是谁也不想，只忙着抬死人埋死人。我远远跑去了，那贼女子连跟我多坐一会儿的工夫都没有。那——是个海兽！」

鹿兆海和白灵在街巷里一边走着一边嚼着馍，装着尸体的架子车擦脚而过，洒下满路的脓血肉汁。他们已经闻不见腥味儿，大口嚼咽香甜的馍馍。鹿兆海说：「白灵，嘉轩伯好像讨厌我？」「那很正常。」白灵说，「他现在更讨厌我，你还看不出来吗？」鹿兆海说：「我一看见嘉轩伯就心怯。我自小好像就害怕大伯。我今日猛不防看见大伯，好像比小时候更心怯了。」白灵说：「怯处有鬼。你肯定是心怀鬼胎。」鹿兆海说：「白灵你听着，如果我壮起胆子跪到大伯脚下叫一声『岳父大人』，你说大伯会怎么样？」白灵撇撇嘴说：「他把你咋也不咋。可他会一把把我的脖子拧断！」鹿兆海说：「那我就会再叫一声：『岳父大人，你放开白灵，把我的脖子拧断吧！』你信不信？我肯定会这样说这样做。」白灵佯装叹口气：「那好，我们都等着拧断脖子吧！现在，革命同志，快去抬尸首。」他们走到城墙根下尸体垛子跟前时，正好吃完了两个馍馍，拍拍手就去搬尸体。

围城不久教会学校就停办了。白灵在街上碰见了鹿兆海，俩人对视了半天终于认出同是一个村子里的乡党。鹿兆海说他所在的中学也停课了，学校里临时办起了国民革命培训班，培训军人市民学生和一切有志于革命的人。白灵跟兆海参观了他们的学校，才觉得自己所在的女子教会学校有点可怜。鹿兆海怂恿她不妨去培训班听听热闹，她就去了。鹿兆海悄声告诉她：「讲课的这位教员是我们原先的国文教员，是国民党员。」又以同样的口吻告诉她说：「这位教员原是我们的英文教员，是个共产党。」白灵问：「你说国民党和共产党哪个……」鹿兆海说：「都差不多。两党合作一致推进国民革命。」白灵从此天天来培训班听讲，有一天对兆海说「我决定转学到你们学校。」鹿兆海说：「我已达到目的。」那天晚上兆海送白灵回家，忽然问：「白灵，你想不想参加一个党？」白灵说：「想。你想不想？或者……你早已参加了？」鹿兆海说：「我也没有。咱们商量一下，参加哪个好？」白灵说：「不。咱俩一人参加一个。」鹿兆海说：「这样好，国共团结

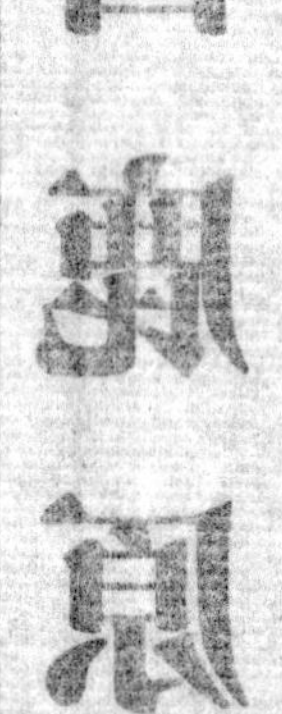

合作，我们俩也……」白灵说：「『国』和『共』要是有一天不团结不合作了呢？我们俩也……」鹿兆海说：「我们继续团结合作，与背信弃义的行为作对！」白灵说：「那好，你先选择一个，剩下的一个就是我的了。」「这样吧——」鹿兆海掏出一枚铜元说，「有龙的一面是『国』，有字的一面是『共』，你猜中哪面算哪个。」白灵觉得很有趣，从鹿兆海手里拿过铜元看了看说：「我来抛，你先猜吧！」鹿兆海点头同意了。白灵又发觉了这个默契游戏中的漏洞：「如果咱俩都猜中了一面呢？」鹿兆海说：「那……命中注定，咱们就参加同一个党。」白灵把铜元郑重地在手心抚了抚再抛到有亮光的地面上，让鹿兆海猜。鹿兆海说：「是字。」白灵说：「我猜是龙。」两人同时蹲下去，借着店铺门里泻出的灯光观察，铜元正好显示出一条龙的图案，两人哈哈笑着跳起来。鹿兆海说：「我是『共』你是『国』。谁先入进去，这枚铜元就归谁保存。」白灵笑说：「现在让我先保存着，好玩的铜元。」他们一起投入到守城的斗争中去，和素不相识的市民搜集石块，就连铺地的青石条，居民宅院门口的石板，垒砌路边的砂石块，也都被挖下来撬起来抬到城墙上去，补堵被围城的军队用枪炮轰塌的城墙豁口。鹿兆海有一次抬石头上了城墙，围城的士兵打起枪来，子弹击中了右胳膊，险忽儿送命。白灵几乎天天都到临时抢救医院去看望他。白灵问：「你害怕不害怕？」鹿兆海说：「不害怕。真的！」白灵说：「你在我跟前吹大气，充好汉！」鹿兆海抚着绷扎的胳膊说：「这一枪把我打急了，我现在告诉你，我决定从军。当然，我还是想把中学念完。我要是害怕怎么会作出这个决定呢？」白灵歉然笑笑说：「我说着玩的，怎么耽当真了？」鹿兆海即将出院的时候，学校的那位英文教员来看望他时正式通知他：「你被接纳为中共党员了。」白灵掏出那枚铜元递给鹿兆海。鹿兆海在手里抚摸了一会儿，又交给白灵说：「你保存着好。」俩人推让的当儿，英文先生转着好奇的眼睛：「定情物？」鹿兆海和白灵都红了脸，却极力否定说：「不是。它更有深意。」铜元最后还是留在白灵的掌心里。鹿兆海康复后就编进

了由学生市民和手工业工人混成的准军事战斗队伍，接受军事训练，随时准备补充到守城的国民革命军的营垒里去，和白灵见面的机会很少了。白灵后来被抽调参加了文艺演出队，到守城的兵营和市民中间宣传鼓动，几次爬上城墙，为趴在掩体下的士兵唱歌。有一次演出给她留下最深刻的记忆，她在被慰问的民兵中看见了鹿兆海。那枚铜元装在她贴身的小口袋里，无论走到什么地方演出，跳起来舞起来的时候，那枚小铜元就轻轻撞击她刚刚隆起的小小的乳房……她和鹿兆海那晚抛掷铜元的游戏，铸成了她和他走向各自人生最辉煌的那一刻。

白鹿仓的办公房如期竣工，统领监造如此庞大而又紧迫的工程显示了鹿子霖卓越的组织才能。田福贤和他的干事们迫不及待地搬进潮湿的新房。白鹿仓为重新挂牌办公举行了隆重的庆祝仪式。白鹿仓辖管的百余个村庄的官人，德高望重的绅士贤达，十几个大村的私塾先生和唯一一所新制学校的几名教员，济世粮店的丁掌柜和白鹿中医堂的冷先生等头面人物都在被邀之列。新任滋水县的梁县长和刚刚组建的国民党滋水县县党部书记岳维山亲临本仓。关中名儒朱先生更是田总乡约特邀的贵宾，重建白鹿仓的盛事将被朱先生载入正在编纂的新本县志。梁县长首先讲话：「白鹿仓的盛典标志着国民革命新秩序的完全建立。」县党部书记岳维山接着讲：「胜利粉碎刘匪乌鸦兵对革命的围攻，白鹿原以及滋水县的国民革命将展开新的一页。」他随之郑重宣布：「本县我党的第一个分部——白鹿区分部宣告诞生。田福贤任白鹿区分部书记。」与会者表示了热烈的祝贺而又显出惊奇，惊奇的是在四个委员中鹿家父子居然占了两位。岳维山不失时机地重点介绍了鹿兆鹏：「鹿兆鹏同志不仅是白鹿区分部委员，还是县党部委员，负责农运工作。鹿兆鹏同志是共、产、党员——」嗡嗡嘤嘤的议论顿时腾起，百余双眼睛一齐射住鹿兆鹏。鹿兆鹏尽量做出坦然自若的神情却总是显得不大自然。鹿子霖迅疾地瞅了

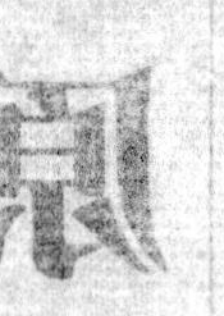

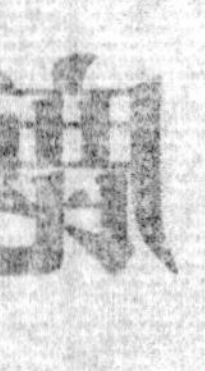

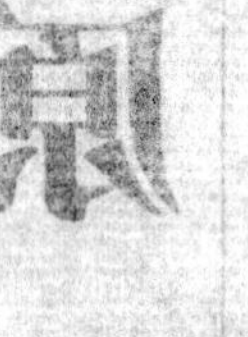

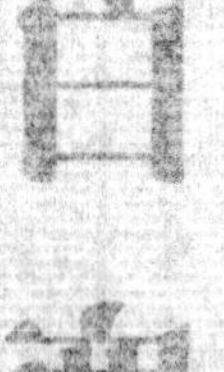

儿子一眼就微偏了头，脸色比儿子还要紧张还要尴尬，因为众人如锥的眼光纷纷移射到他的脸上。近日里，乡村里悄悄流传着共产党是红头发红眼睛的妖匪，共人家房共人家田地共人家骡马牲畜，尤其是共人家婆娘女子的危言，乡民们感到比白狼可怕多了，可是谁也没有见过一个共产党。岳维山礼让鹿兆鹏讲话，会场骤然清静下来。鹿兆鹏憨里憨气地笑着说：「众位乡党，大家都多瞅我一眼，看清我跟你们以及你们的子弟一样，都是黑头发黑眼睛黄皮肤就行了。好了，岳书记你继续讲吧，我就开这一句玩笑。」会场顿时轻松活泼了，夹杂着释然化疑的笑声。岳维山雍容大度地笑笑说：「鹿兆鹏同志又是国民党员。共产党和国民党是同志是兄弟，共同推进国民革命。」说着抓住坐在旁首的鹿兆鹏的手站立起来，两只挽着的手形成一个拳头高高举过头顶停留在空中，显示着团结的真诚，象征着擎天立地的力量。这个生动的画面摄入每一个与会者的眼睛储存于他们的脑底，并为后来完全相反的结局发出历史性的感叹。

会议之后，朱先生顺理成章地跟着白嘉轩去看望老岳母。他向岳母白赵氏问了安就急说：「啊呀妈吔我饿坏了，快给我熬一碗包谷糁子吧！你熬得那么又黏又香的糁子我再没喝过。」白赵氏亲自下到厨房，阻止了儿媳仙草又阻挡了孙媳，亲自添水烧火拂下糁子放进碱面儿，一会儿紧火，一会文火地熬煮起来。朱先生在庆典仪式之后的丰盛的宴席上，只是礼仪性地点了几下筷子就离开了。他不是出于清高而是他的胃肠只能接受清淡的五谷菜蔬却无法承受荤腥海味。白嘉轩满脑子都是疑问，迫不及待地问姐夫：「鹿家父子俩全是委员？鹿家兆鹏又入『国』又入『共』骑双头马？又是白鹿仓又是区分部，田福贤是总乡约又加个区分部书记。又是国民党又是共产党。啊呀呀！我这脑瓜子里全给搅成一锅糨子咧！」朱先生听了格格格朗声笑了：「你种你的庄稼你务你的牛犊儿骡驹儿就对了。你把那些名目那些关系抹清了有啥用场？我都不大抹码得清，你伤那个脑筋做啥？国民党和共产党都开宗明义要给民人办好事，『扶助工农』。你只管放心过你的日子就是

了。」白嘉轩心悦诚服地点点头，却仍然止不住发问：「哥呀，我心里总是毛乱草势的。俗话说，一个槽道拴不下两匹叫驴，一窝蜂里容不得两个蜂王。岳鹿二人挽着举到头顶的拳头分开了咋办？」朱先生听了更不经意地大笑了：「哈呀兄弟！咱妈给我把包谷糁子端来了。我可不管闲事。无论是谁，只要不夺我一碗包谷糁子我就不管他弄啥。」

鹿兆鹏不再是因为校长而是他公开的共产党身份招引得一切人注目。他仍旧住在白鹿镇小学校里，仍然身兼校长职务。学校已经恢复上课。刚开始他还不大习惯利用公开的身份进行活动。韩裁缝的身份没有公开，仍然像个手艺人那样穿着蓝布围裙手脚并用在轧轧响着的缝衣机器上，鹿兆鹏和他的工作关系不仅是秘密的而且是单线的。那是一个绝对忠诚的战友同志。鹿兆鹏充分利用合法的身份加紧工作，只是在处理需得极端保密的事情时才交给韩裁缝。

白鹿仓的庆典宴席结束后，父亲鹿子霖不大好意思地踅磨到他跟前，暗示他回家去一趟，他有话说。鹿兆鹏说：「我知道你想跟我说啥话。缓几天吧，我现在事情太忙。」鹿子霖鼓了鼓嘴就转身走了。

鹿兆鹏现在确实忙，中共陕西省委的全会刚刚开罢，党的决议亟待贯彻，今冬明春要掀起乡村革命的高潮，党的组织发展重点也要从城市知识层转向乡村农民，在农村动摇摧毁封建统治的根基。党在西安已经办起「农民运动讲习所」，每期仨月轮番培训革命骨干。他决定把分配给滋水县的十个名额全部集中到白鹿原上，正好可以从每个保障所选送一个，避免撒胡椒面似的把十个人撒到全县。

这一构想刚刚形成，黑娃黑夜里突然闯进他的校长办公房，一进门就瞪着黑乌乌的眼睛问：「老天爷呀，没看出你是个共产党？！」一下子倒把兆鹏问愣住了。黑娃现在受雇于二原子上一户人家，给人家斩崖挖土打窑洞，知道满原都在摇铃般

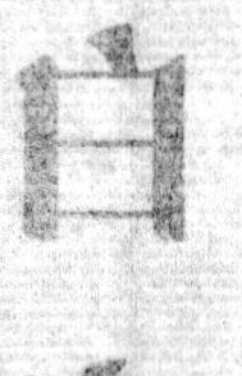

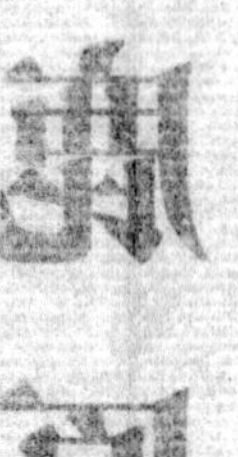

传说着他的朋友是共产党。雇主在吃晚饭时问他：「鹿乡约的共产党后人得是红眼睛红头发的洋种？」「哈呀我说啥洋种不洋种的！他官名叫兆鹏，小名叫拴牢，跟我一个桌子念书，给我吃过冰糖，跟咱一模一样，是黑头发黑眼睛的土种。」黑娃津津有味地复述着，兆鹏听着就在黑娃腰里戳了一拳头，笑得几乎岔气：「好好哇黑娃，你说得真好。我们都是土种，转一个音就是土著。」黑娃又瞪着眼问：「我只知道你是白狼。咱们烧粮台时你说是白狼。白狼就是共产党？那韩裁缝是不是共产党？」鹿兆鹏骤然变色嘘道：「黑娃，你记住一条儿，咱俩以后说话只说咱俩的事，旁人的事甭问也甭打听。」黑娃窝住兴儿不大欢愉了。兆鹏说：「我正想找你哩，你来了正好。」随之把物色他去参加「农讲所」的事说了。黑娃听了不感兴趣：「噢呀，我这回可不想跟你跑了。乌鸦兵跑了，进不进祠堂的事也过去了，我想蒙着头闷住声下几年苦，买二亩地再盖两间厦房，保不准过两年添个娃娃负担更重了。我已经弄下这号不要脸的事，就这么没脸没皮活着算毬了。我将来把娃娃送到你门下好好念书，能成个人人就算争了气了。」鹿兆鹏惊奇之后就以不屑的口气说：「我跟你说话不拐弯，你这些打算全都是空中楼阁痴心妄想，拿咱土种的话说就是没向。你只要想想你爷你爸就明白了。」黑娃还不信服：「俺爸俺爷是不行。可咱村有好多人比如嘉道叔的日子就一年强过一年。」鹿兆鹏说：「这样吧，你先去参加一回。你觉得有意思你回来咱俩继续共事，你觉得没意思你就过你的小日月。你受训这仨月的损失我给你补上。」黑娃听到这话冒火了：「啥话！我就那么爱钱吗？我还顾虑我识不下几个字，又是个猪脑子，人家说啥念啥怕是解不开记不下」鹿兆鹏说：「那不要紧，能解开多少算多少，能记下多少算多少。要是解不开记不下一句，权当逛热闹哩！你大概还没逛过城哩？」黑娃迟迟疑疑算是答应了。鹿兆鹏却说：「黑娃，我估计你这回去了还想再去一回。」

黑娃要去城里参加「农讲所」受训的消息在白鹿镇引起很大反响。白嘉轩得知这个情况后一直保持沉默，只在一天晚上在

祭桌前对孝文说：「他坐在那儿看去像个先生，但一抬脚一伸手就能看清蹄蹄爪爪了。物以类聚人以群分。这就再明白不过了。」孝文说：「咋也想不到堂堂的校长能跟黑娃混搅在一搭。他选送的十个人个个都不干不净有麻达，这共产党究竟……」白嘉轩打断儿子的话：「从今往后，甭跟人说这样话。凡事看在眼里记到心里就行了。」

种种议论集中到田福贤那里。他对鹿兆鹏说：「岳书记再三给我敲过，让我注意国共合作，不要干涉兄弟党内务。我只想问问你，是不是把那十个人再慎重掂量一下？其他人有麻达还将就得过去，黑娃太那个了嘛！让人说，『共产党咋尽挑那些龟五贼六的货？连抢夺人妻的货也要抬举到省城里去？』听听！我担心这样下去对贵党影响不好。」「他们是去城里接受培训，又不是做官。」鹿兆鹏解释说，「他们接受培训提高了觉悟，就会改掉自己的麻达。你忘了国父遗嘱说的『扶助农工』的话吗？扶助扶助是啥意思哩？」田福贤瞪起了眼睛……

黑娃从「农讲所」培训归来，在白鹿原掀起了一场风暴。那些议论黑娃的三纲五常的白嘉轩鹿子霖田福贤以及一切或穷或富的庄稼人，全都对他刮目相看，用土著们习惯的话说：瞪起了眼睛。

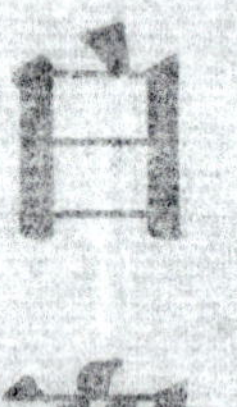

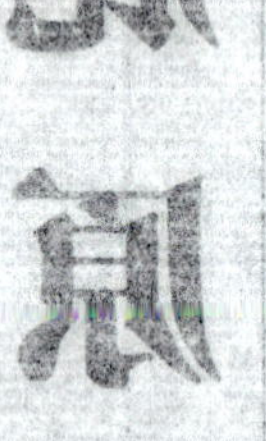

第十三章

白嘉轩双肘搭在轧花机的台板上，一只肘弯里搂揽着棉花，另一只手把一团一团籽棉均匀地撒进宽大的机口里，双脚轮换踩动那块结实的槐木踏板。在哳哳哳的响声里，粗大的辊芯上翻卷着条条缕缕柔似流云的雪白的棉绒，黑色的绣着未剔净花毛的棉籽从机器的腹下流漏出来。踩踏着沉重的机器，白嘉轩的腰杆仍然挺直如椽，结实的臀部随着踏板的起落时儿撅起。孝文走进轧花房，神色慌乱地说：「校长领着先生学生满街上刷写大字。满墙上都是『一切权力归农协』。『农协』是弄啥哩？」白嘉轩继续往机口里扔着棉花团儿，头也不转地说：「这跟咱屁不相干嘛！你该操心自己要办的事。」

白嘉轩驾着牛车从城里拉回来一架轧花机，在堆放垫圈干土的土房里扎垒起一道隔墙，隔出一间机房来安装机器，几经调试，这架透着生铁蓝光的轧花机就响起通畅和谐的哳哳哳的声音。白嘉轩下决心买回这架上海出的机器，主要是为了自家轧花方便，且不说每年轧花要花销一头牛犊的工价，单是把棉花用牛车送去拉回就太劳神了。轧花机买回以后却首先接揽了轧花生意，在没有主顾的间断时日里抽空儿给自家轧。他在轧花房的门口备下一把废旧的铁头木板锨，来人进入机房之前必须刮净鞋底的泥巴，棉花是干净东西。他算计过，只要机器一冬不停，挣下的轧花钱和自家省下的轧花钱，就可以买回半个轧花机，两个冬天过去就会把这架轧花机赚回来了。「这是一个里外账，一里一外两面算。」白嘉轩对孝文说，

「过日子就得这样盘算，才能把日子过得浑全。」他时时处处不失时机地对儿子进行诸如此类的点化教育，以期他尽快具备作为这个四合院未来主人所应有的心计和独立人格。而言传身教不可偏废，白嘉轩挺着腰杆踩踏轧花机就是最好的身教。

轧花机开转以后，他和鹿三孝文三人轮换着踩踏，活儿多的时候加班干到深夜，有时鸡叫三遍以后又爬起来再干。房檐上吊着一排尺把长的冰凌柱儿，白嘉轩脱了棉袄棉裤只穿着白衫单裤仍然热汗蒸腾。过了多日，孝文又一次忍不住大声说：「黑娃把老和尚的头铡咧！」白嘉轩转过脸依然冷冷地对惊慌失措的儿子说：「他又没铡你的头，你慌慌地叫唤啥哩？」孝文抑止不住慌乱：「哎呀这回真个是天下大乱了！」白嘉轩停住脚，哳哳哳的响声停歇下来：「要乱的人巴不得大乱，不乱的人还是不乱。」他说着跳下轧花机的踩板，对儿子说：「上机轧棉花。你一踏起轧花机就不慌不乱了。哪怕世事乱得翻了八个过儿，吃饭穿衣过日子还得靠这个。」他粗大的巴掌重重地拍击到轧花机的台板上，随之从棉花垛上取下棉衣棉裤穿起来……

白嘉轩刚刚平息了四合院里发生的一场小小的内乱。内乱是他的宝贝女儿灵灵制造的。原上人吃腊八粥的那天傍晚，白灵出其不意地回到家里来，这是自围城以来头一次返乡回家，奶奶白赵氏一把把孙女搂到怀里，张口咬住脸蛋子久久不放，涎水从脸腮上流灌进脖颈里去，残缺不全的牙齿在孙女粉白红润的桃花脸上留下几个奇形怪状的窝痕。母亲白吴氏禁不住热泪涌流，疼爱地斥骂着：「没良心的东西把老老少少一家人都给你折磨死了！」白灵从奶奶怀里跳起来，回头又在奶奶脸上亲了一口，掏出手帕又亲昵地给母亲沾去泪水，跳到屋子中间挺身一站：「我不是好好的吗？我长得高了吃得胖了，

第十三章

刘忠来 著

王春

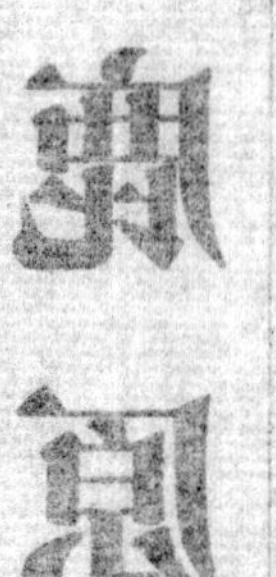

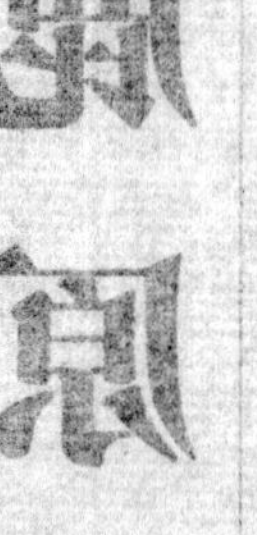

你们尽操那些心做啥！」白嘉轩不失威严地挺坐在太师椅上，瞅见女儿窄巴的衣服绷紧的胸脯上隐伏着的两个乳房的轮廓，心里悸动了一下。白灵毫无察觉父亲的心思，环顾一圈屋里所有的人，得意忘形地宣布了一个消息，立时把屋子里亲昵的气氛扫荡净尽了：「我们把县长轰下台喽！这回大闹滋水县好痛快呀！国共两党的一条密传传下去，凡在省城的滋水籍的人无论男的女的，老的少的，念书的做饭的，当相公的拾破烂的，拉洋车的推菜车的，挑柿担儿的好几百人，全都涌回县城来游行示威，开会演讲，唱歌演剧，把个县府闹得翻了个过儿，把一块『滋水县人民自决委员会』的大牌子挂到县府门口。大家正欢庆斗争胜利的时光，县府里有人密告说县长正给省警署拟报抓人名单。众人炸了营，冲进县府从县长的桌屉里搜出了那个名单。好啊，捉贼捉赃，梁县长是个口是心非的两面派。我们拿着他的赃证去找省主席告状，于大胡子一看那个黑名单就火了，说『谁阻挡国民革命就把他踏倒』。接着一声令下把梁县长撤了……」

白嘉轩磕了磕烟灰就站起身走出去了。白吴氏怯怯的目光送着丈夫的背影消失在门外，回过头禁止女儿说：「灵灵，你在城里要念书就好好念书，甭跟着旁人疯疯癫癫乱跑。记住，在屋里再甭说刚才说的那号话了，你说话也该瞅瞅你爸的脸色。」白灵说：「我瞅见我爸的脸色了，他不悦意他不爱听。我偏说给他听，冲一冲他那封建脑瓜子。」她爽快地说着，忽然醒悟似的叫起来：「噢呀！兆海上军校去了，临走托我给他家里捎话，我差点忘了。」

想起鹿兆海她的心情特别愉快。兆海已经实现了要做革命军人的志愿，围城结束不久就投身到守城的国民革命军里去了。他的热情，他的单纯，他的聪慧，尤其是他的文化素养，很快受到官长的器重，保荐他到河北省的一所军校去学习军事。兆海得到通知以后就把她约到一家照相馆门前：「你明白我约你到这儿来做什么？」白灵脸上泛起一层羞怯的红晕扭头率

先走进去了。临行前，他从照相馆取出俩人的合影赶到白灵二姑家来。她和他相互签名，不约而同地都给对方写下了「国民革命成功」的临别赠言。那是入冬后一个晴朗而寒冷的夜晚，她送他走到二姑家皮货作坊门外的台阶下，他转身离去以后却又转过身来，猛然张开双臂把她搂进怀里。她似乎期待着这个举动却仍然惊慌失措。在那双强健的胳膊一阵紧似一阵的箍抱里，她的惊恐慌乱迅即消散，坦然地把脸颊贴着那个散发着异样气息的胸脯。他松开搂抱的双手捧起她的脸颊。她感觉到他温热的嘴唇贴上她的眼睛随之吸吮起来，她不由地一阵痉挛双腿酥软；那温热的嘴唇贴着她的鼻侧缓缓蠕动，她的心脏随着也一阵紧似一阵地蹦荡起来；那个温热而奇异的嘴唇移动到她的嘴唇上便凝然不动，随之就猛烈地吮吻起来；她的身体难以自控地颤栗不止，突然感到胸腔里发出一声轰响，就像在剧院里看着沉香挥斧劈开华（山神话剧《劈山救母》结尾情节。）的那一声巨响。她在经历了那一声内心轰鸣之后渐渐清醒过来，挣脱他的双臂，从内衣口袋里掏出了那枚雕饰着龙的铜元，塞进兆海的手心：「你带着好，甭忘我。」说罢伸开双臂，紧紧搂住他的肩膀，把火烧火烫的脸颊和他的脸偎贴在一起。他说：「我尝到了你的眼泪，是苦的涩的。」

白灵去了鹿兆海家，鹿子霖叔叔态度活泛，不住地向她打问城里许多革命的事。兆海的爷爷鹿泰恒纯粹是一种应付，言语和眉眼里对她的不屑和冷漠是明摆着的。她能原谅他也就不搁在心上。

她从这个与自己已经构成某种特殊联系的门楼下走出来，绕过自家门楼到白鹿镇小学校找鹿兆鹏去了。这是作为革命者的她和他的第一次相见。她又一次抑止不住激动的情绪向他叙述了大闹滋水县的经过，而且抱怨作为革命的领导人的鹿兆鹏怎么能不参与？鹿兆鹏呵呵笑着默认了她的抱怨，没有向她说明自己实际上是那场斗争的策划组织者之一。她和他谈论三

民主义和共产主义的共同点和不同点，谈论轰轰烈烈的北伐和各地的人民革命热潮。她说：「革命马上就要胜利了。一想到胜利的那一天，我就……」鹿兆鹏也以肯定的语气说：「没有什么人能阻挡北伐军的前进，胜利指日可待。」

这次接触给她留下这样一种印象，鹿兆鹏是一件已经成型的家具而鹿兆海还是一节刚刚砍伐的原木：鹿兆鹏已经是一把锋利的斧头而鹿兆海尚是一圪塔铁坯，他在各方面都称得起是一位令人钦敬的大哥哥。

白灵天黑定时回到家里，父亲和母亲还没有歇息，看来是专意等待她。白嘉轩知道她的行踪仍然问：「你到谁家去了？」白灵说：「我先到子霖叔家后来又到学校找兆鹏哥去了。我明天要走，今晚不去再没时间了。」母亲惊讶地问：「明天就走？你一年没回来，刚回来连一整天也呆不下？」白灵笑着向母亲赔情：「没办法呀！妈。革命形势紧迫，同志们约定明晚开会。等胜利了我回来跟你住整整一个月。」白嘉轩忍着冲到喉咙口的火气冷静地发问：「你现时还念书不念书？」白灵说：「念呀，怎么不念？」白嘉轩问：「你念了书日后做啥呀？」白灵说：「我喜欢教书。革命胜利了我就做个先生，教书。」白嘉轩说：「你现在甭念书咧，回家来行不行？」「不行不行不行！」白灵不假思索一口回绝，「爸，我没有想到你现在会说这种话。」白嘉轩说：「那好，你现在睡觉去。」

第二天早晨，白灵起来时发觉小厦屋的门板从外头反锁上。她还未来得及呼喊，父亲从上房里屋背着双手走下台阶，走过庭院在厦屋门前站住，对着门缝说：「王村你婆家已经托媒人来定下了日子，正月初三。」白灵嘴巴对着门缝吼：「王家要抬就来抬我的尸首！」白嘉轩已走到二门口，转过身说：「就是尸首也要王家抬走。」

白灵很快复原了活泼的天性，在小厦屋里大声演讲大声唱歌，婆呀爸呀妈呀大哥大嫂三娃子牛犊还有干大你们听我讲吧！国民党共产党领导国民革命形势大好！北伐军节节胜利，天下无敌，北洋军阀反动政府保不住驾啦！国民革命的胜利指日可待！打倒列强打倒列强除军阀除军阀，国民革命成功国民革命成功齐欢唱齐欢唱。5·6 54|31|5·6 54|31|25|1—|

25|1—|。妈吔快给我送俩馍来我饿了。

白赵氏踮着小脚站在庭院里斥问：「灵灵你疯了？」白吴氏仙草拿着俩馍馍走到厦屋门前，白嘉轩不失时机地赶到了，从仙草手里夺下馍说：「让她喊让她唱。她还有劲儿。」白灵从门缝里看见了院庭里发生的一切。她的腹腔里猫抓似的难受，接着口腔里开始发黏，终于喊不出也唱不出了，躺在炕上看冬日惨淡的阳光从房檐上悄然消失，冷气和黑暗一起笼罩了厦屋。

黑暗里窗户纸轻轻响了一下，什么东西滚落到肩头上，她一抓到手就毫不迟疑地吞嚼起来，两个半是麦子面半是玉米面的馍馍不经吃就完了，似乎还可以再吃下两个。她觉得胳膊和双腿顿时充满了活力，一骨碌从炕上跳下来，继续她的讲演。

白嘉轩咣一声拉开上房西屋的门闩，站在庭院里吼：「你再喊再唱，我就一镢头砸死你！」白灵对着门缝吼出于胡子的话：「谁阻挡国民革命就把他踏倒！」

直到深夜，白灵时喊时唱的声音才停止下来。天明以后，白嘉轩洗了脸喝了茶抽罢烟，吃了两个烤得焦黄酥脆的馍馍，雄赳赳地走进饲养场的轧花机房，脱了棉袄就跳上去，踩动踏板，那机器的大轮小轮就转动起来。咝咝咝的响声和谐通畅地响起来。他一口气踩得小半捆皮棉，周身发热，正要脱去笨重的棉裤，仙草急急匆匆颠着小脚走进来：「灵灵跑了！」白嘉轩披着棉袄走出轧花房，走过街道再跨进自家门楼，厦屋的门锁已经启开，厦屋的山墙上挖开一个窟窿，白土粉刷的墙壁上用镢头尖刺刻下一行字：谁阻挡国民革命就把他踏倒！白嘉轩问仙草：「这镢头怎么在这里？」仙草说：「我不知道。大概是啥时候忘在柜下边了，那是个无用的废物嘛！」白嘉轩在吃早饭的时候向全家老少威严地宣布：「从今往后，

谁也不准再提说她。全当她死了。」此后多年，白嘉轩冷着脸对一切问及白灵的亲戚或友人都只有一句话：「死了。甭再问了。」直到公元一九五〇年共和国成立后，两位共产党的干部走进院子，把一块「革命烈士」的黄地红字的铜牌钉到他家的门框上，他才哆嗦着花白胡须的嘴巴喃喃地说：「真个死了？！是我把娃咒死了哇！」

白嘉轩丝毫也不怀疑孝文惊慌失措从外边传到轧花机房里来的消息的真实性。每天从川原上下背着棉花包前来轧花的人，也带来了四面八方各个村庄的动静，白嘉轩充分预感到了愈逼愈近的混乱，同时也愈来愈坚定地做好了应对的策略：处乱不乱。他不抢不偷，不嫖不赌，是个实实在在的庄稼人，国民党也好，共产党也好，田福贤也好，鹿兆鹏和鹿黑娃也好，难道连他这样正经庄稼人的命也要革吗？他踩踏着轧花机，汗水淋漓，热气蒸腾，愈加自信愈加心底踏实。

黑娃回到原上的那天晚上，正下着入冬以来的头一场大雪，强劲的西北风搅得棉絮似的雪花恣意旋转，扑打着夜行人的脸颊和眼睛，天空和大地迷茫一片。在踏上通往白鹿镇的岔路时，黑娃心头轰然发热，站在岔路口对另外九个同去同归的伙伴喊：「弟兄们！咱们在原上刮一场风搅雪！」他们十个人相约着走进了白鹿镇小学校的大门。鹿兆鹏正在煤油罩子灯下写着什么，见他们走来，便跳起来与他们一一握手：「同志们，我现在可以称你们为同志了。我掐着指头盼着你们回原哪！」黑娃代表受训的十个人表示决心：「我们结拜成革命十弟兄了。我们十弟兄好比是十个风神雨神刮狂风下大雪，在原上刮起一场风搅雪！」兆鹏说：「好呀风搅雪！你们十弟兄是十架风葫芦是十杆火铳，是十把唢呐喇叭，是十张鼓十面锣，到白鹿原九十八个村子吹起来敲起来，去煽风去点火，掀起轰轰烈烈翻天覆地的乡村革命运动，迎接北伐军胜利北上。国民革命就要成功了！」

黑娃等十弟兄回到他们所在的十个村子发动群众，按照鹿兆鹏的计划积极工作，每个人在各自的村子联络十个积极分子，在白鹿镇小学校举办为期十天的「农习班」。这件工作顺利中也有不顺利，十弟兄里头有两位回家以后就趴下不动了。黑娃大为恼火，找到其中一位开口就损就骂：「你是个熊包，你是个软蛋，你是蜡枪，你是白铁矛子见碰就折了！仨月的受训白学了革命道理，不要钱的肉菜蒸馍白咥了！你不讲义气不守信用，结盟发誓跟喝凉水一样。」无论他怎么损怎么骂，那位弟兄双手掬着膝盖，脑袋夹到裆里蹲在地上一句不吭。黑娃连连吐着唾沫儿走了。他找到另一位弟兄家门口，那位弟兄的父亲蹲在门坎上抽旱烟，拒绝黑娃进门。老汉破裂开花的棉窝窝旁边搁着一把菜刀，对黑娃客客气气地说：「黑娃你听我说，俺单门独户谁也不敢得罪。你要闹腾你尽管闹腾，俺娃绝不挡路，你再甭拉扯俺娃，俺娃闹腾不起喀。」黑娃忍着火气蹲下来对老汉宣传革命道理。老汉听不下几句就拒绝再听：「你说的好着哩对着哩！俺家人老几辈都是猪都是鸡，靠嘴巴拱地用爪子刨土寻吃食儿，旁的事干不来弄不了喀！你要再拉扯俺娃，我就照脖子抹一刀——」老汉噌地站起来，把菜刀抓起来攥在手里。黑娃张了张口没有说话就转过身走了。老汉却一蹦子跑起来追到黑娃面前，伸开左手攥着的拳头，掌心里有两枚银元，解释说：「这是饭钱。俺娃在城里仨月吃人家饭的饭钱。咱不白吃人家的。」黑娃铆劲儿朝那手心的银元吐一口唾沫儿：「给你这老不死的胆小鬼留下买寿衣置枋（枋，棺材。）去！」

更使黑娃恼火的是他自己在白鹿村发动不起来，他把在「农讲所」听下的革命道理一遍又一遍地讲给人家，却引发不起宣传对象的响应。眼看着鹿兆鹏的培训班开班时日已到，他仅仅只发动起来两个人，一个是开配种场的白兴儿，一个是他的女人田小娥。另外七个弟兄的成绩也参差不齐，有的发动下十四五个人，有的七八个，最少的四五个，反而都比黑娃成绩

白飄鼠

上卷

树忠实 著

一八○

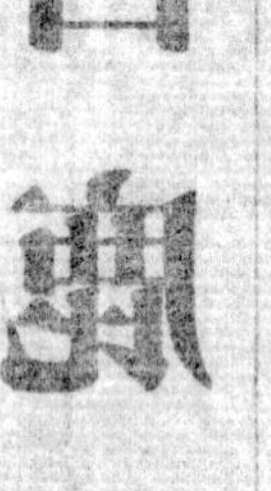

突出。尽管如此，弟兄们仍然尊他为大哥。鹿兆鹏宽慰他说：「黑娃你甭丧气，那不怪你。咱们白鹿村是原上最顽固的封建堡垒，知县亲自给挂过『仁义白鹿村』的金匾。」

第一期「讲习班」如期开班。开班那天请来了贺家坊的锣鼓班子。贺家坊的锣鼓班子敲的是瓷豆儿家伙，也叫硬家伙，雄壮激昂震撼人心，却算不得原上最好的锣鼓班子。在白鹿原最负盛名的锣鼓班子是白鹿村的酥家伙，其声细淑婉转，听来优雅悦耳。传说唐朝一位皇帝游猎至此，听见了锣鼓点儿就驻足倚马如醉如痴，遂之钦定为宫廷锣鼓，每逢皇家祀天祭祖等隆重活动时，都要进京献技。白鹿村锣鼓班子的班头是白嘉轩，敲得一手好鼓，鼓点儿是整个锣鼓的核心是灵魂是指挥，他自然不会领着锣鼓班子前来给黑娃们凑热闹。贺家坊的瓷豆家伙班子踊跃赶来了，领头打着龙旗的是策划过「交农」运动的贺家兄弟的老大。老二已经作古。贺老大一头黑白混杂的头发，一脸白黑相搅的串脸胡须，走到学校门口插下龙旗就对黑娃说：「黑娃你说敲啥？今日个由你点。」黑娃不假思索地说：「敲《风搅雪》。再敲《十样锦儿》。敲了《十样锦儿》再连着敲《风搅雪》。」忙得晕头转向的鹿兆鹏从屋子里小跑着赶到学校门口，双手握住贺老大的手说：「你那会儿用鸡毛传帖闹交农，咱们这回敲锣打鼓闹革命。」贺老大说：「你们比我争（争：厉害之意。）」！

鹿兆鹏特邀贺老大在开班典礼上讲话。贺老大讲了那场「交农」运动之后说：「娃子们你们比我争。我不算啥。我那阵儿不过是反了一个瞎县官，你们这回要把世事翻个过儿，你们比我争。」锣鼓和鞭炮声中，「白鹿区农协会筹备处」的牌子挂在学校门口，白地绿字，绿色是庄稼的象征。黑娃被宣布为筹备处主任。他走上讲台只讲了一句：「风搅雪！咱们穷哥儿们在原上刮一场风搅雪！」

送走黑娃等一帮子农协会筹备处的骨干已经夜深，鹿兆鹏感到很累，伸开双臂连连打着呵欠，正想关门睡觉，不料田福贤推门进来说：「杀两盘。」鹿兆鹏也突生兴致：「好好好！我这一向对下棋兴趣淡了，咱俩玩『狼吃娃』，或者要『媳妇

跳井』行不行？」他们玩起了「狼吃娃」的游戏。除了这两种游戏白鹿原还流行一种更复杂的类似围棋的「纠方」游戏。这三种游戏都是在地上画出方格，选用石子泥团或树枝树叶为子儿，在各个村子风行不衰，一般人在小小年纪就学会入迷了。鹿兆鹏小时候一直读书无法领会这种游戏的乐趣和技法，直到近期在各个村子跑动才学会了。田福贤自当上国民党白鹿区区分部书记以后，常常找区分部委员鹿兆鹏下棋，对乡村的「纠方」「狼吃娃」「媳妇跳井」的游戏更是乐而不疲。田福贤嘴角叼着又长又粗的什邡卷烟得意地说：「兆鹏呀，看看你又输咧！我当狼你当娃，我的三条狼把你的十五个娃吃光吃净一个不剩；你当狼我当娃，我的十五个娃你只吃了俩，剩下十三个娃打死了你三条狼；不管当狼当娃你都赢不了嘛！」鹿兆鹏输急了说：「咱们耍『媳妇跳井』。」田福贤游刃有余地说：「行呀！就耍『媳妇跳井』。要几回你肯定得朝井里跳几回。不是我吹大气，论洋学问你比叔高，论新名词洋码字你比叔说得多念得利；玩起乡下这一套套耍活儿来，你还毛嫩着哩不行哩！」鹿兆鹏在地上用粉笔画好了格子说：「你先甭吓人呀！到底是我这个小媳妇跳井还是你这个老媳妇跳井，走着瞧吧！」一边走着一边聊着。田福贤问：「兆鹏呀，我有件事解不开，你让先生领着学生满村写字，那些话我都能解开，只有一句解不开，『一切权力归农协』是啥意思？」鹿兆鹏说：「那话再明白不过，我不信你解不开。」田福贤说：「真解不开。一切权力都归了农协，那区分部管啥哩？白鹿仓还管不管了？」鹿兆鹏说：「这个问题今日『农习班』开班时都讲了，你干啥去了？我前几天就给你打招呼，作为区分部书记你要到会讲话，你却不来。」田福贤说：「县党部通知我去开会，没来得及给你说一声。」田福贤确实到国民党县党部去了，不过不是得到开会通知而是自己找上去的。他不知该怎么对付鹿兆鹏的「讲习班」开班之邀。就托词去了县上。县党部岳维山书记说：「你连这么简单的事都

应付不了，你还能搞国民革命？」岳书记谈了许多话，归结起来说就是一句，共产党煽动农民造反完全是胡闹；但现在国共合作咱不能明说人家胡闹，作为区分部书记你心里必须认清他们是胡闹。田福贤心里有了底才来找鹿兆鹏要「狼吃娃」和「媳妇跳井」的游戏，其实他早都看到了遍抹在各个村子墙壁上的大字标语，最令他反感的就是「一切权力归农协」这一条。田福贤进一步问：「兆鹏，既然一切权力都要归农协，那我就得向农协移交手续。」鹿兆鹏说：「这个问题农协还没研究。再说农协还在筹备阶段，等正式成立以后再说。你是区分部书记，就应该跟农协站在一起，站在一起就不存在权力移交的问题而只需分工了。」田福贤不置可否，手下走出一步子儿得意地叫起来：「兆鹏呀，你又该跳井啰！跳啊往下跳！」连着耍了三回，鹿兆鹏输了三回，都是被对方逼堵得走投无路而跳进了象征着水井的方格。鹿兆鹏说：「你的耍活儿要得好。你甭得意噢大叔，我总有一天要赢你的，非逼得你这个老媳妇跳井不可！」

黑娃成功地在白鹿原掀起了一场旷世未闻的风搅雪。黑娃鄙夷地摈弃了那两个熊包软蛋，很快又结识了两个生冷不忌，死活不顾的硬家伙，革命十弟兄又捏成拳头了。赶到为期十天的「讲习班」结束，革命十弟兄又扩大为三十六弟兄。当他们端着酒碗起誓结义的时候，便形成一股强大的力量和威慑的气氛。

第一块农民协会的牌子是贺老大在贺家坊村挂出来的，仍然是白地绿字。不出半月，第一批重点发展的十个村子有九个都召开了村级农民协会的建立大会，也挂起了白地绿字的牌子，只有白鹿村冷冷清清不曾动。黑娃气恼地说：「我在原上能刮起风搅雪，可是在白鹿村里连一根鸡毛也扇不起来。」鹿兆鹏显得胸有成竹：「我们最后再来围攻这个封建堡垒。」

革命三十六弟兄在九个村子的农民协会里分别担任重要角色，他们坐在一间教室里，听他们的领袖鹿兆鹏作第一步工作总结和第二步工作计划：「同志们，我们已经打开了局面。同志们，我们第二步肯定比第一步要走得顺利，步子也要迈得大一些，在五十个村子里建立起农协。一旦这五十个村子都挂起我们白地绿字的牌子，我们就建立白鹿原农民协会总部。」革命三十六弟兄激动得从椅子上纷纷跳到桌子上，一个弟兄说：「我们建立了农协得办点大事，人家说我们农协剪纂儿拆裹脚布光能欺侮女人！」此话引起三十六弟兄热烈反响，连黑娃也忍不住说：「人家不怕我们。」鹿兆鹏纠正黑娃的话说：「我们不要人家怕。问题的关键是群众信服不信服我们。我们提倡女人剪头发放大脚是对的，禁烟砸烟枪烟盒子也得到群众拥护，我们还得进一步干出群众更需要干的事来。同志们，说说群众反映最大的问题……」又一位弟兄说：「要叫群众害怕咱或者说信服咱能干实事，先把三官庙那个老骚棒和尚给收拾了！」

腊月二十三白鹿镇逢集日，置办年货兼看热闹的人空前拥挤，古老小镇狭窄的街道几乎承受不了汹涌的人流而要爆裂了。斗争三官庙老和尚的大会第一次召开，会场选在白鹿村村中心的戏楼上，其用意是明白不过的。年逾六旬的老和尚被捆绑在戏楼后台的大柱子上，他万万没有料到自己会有如此劫数。

老和尚把三官庙的几十亩土地租给附近村庄的农民，靠收取租粮过着神仙般的日子。他私订下一个规矩，每年夏秋两季交租要男人来，而秋末议定租地之事，却要女人来而不要男人。那些前来交办租地手续的女人无论美丑都付出了相同的代价。这个老骚棒无论年轻的年老的，长得俏的长得丑的，一律不拒一律过手，这个秘密谁都明白谁也不愿说破。

白鹿村清静的村巷被各个村庄来的男人女人拥塞起来，戏楼下的广场上人山人海，后台那边不断发生骚乱，好多人搭着马架爬上后窗窥视捆在大柱上的老和尚。按照议程，先由三个租地的佃户控诉，再由白鹿区农协会筹备处主任黑娃宣布对老

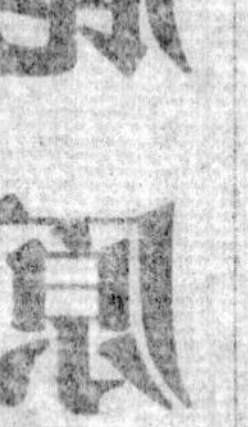

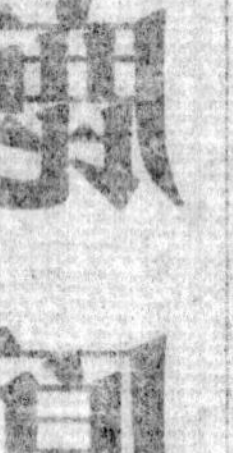

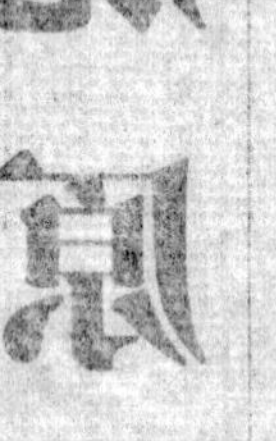

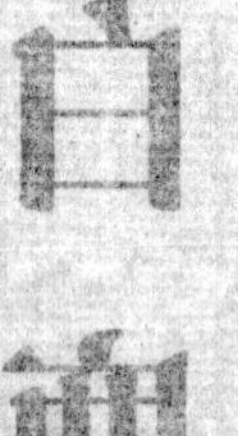

和尚的处置决议：撵走老和尚，把三官庙的官地分配给佃农。可是斗争会一开始就乱了套。头一个佃农的控诉还没说完，台下的人就乱吼乱叫起来，石头瓦块砖头从台下飞上戏楼，砸向站在台前的老和尚，秩序几乎无法控制。鹿兆鹏把双手握成喇叭搭在嘴上喊哑了嗓子也不抵事。黑娃和他的弟兄们也不知该怎么办，这种场面是始料不及的。台下杂乱的呐喊逐渐统一成一个单纯有力的呼喊：「铡了！把狗日的铡了！」弟兄们围住黑娃吼：「铡狗日的！」黑娃对兆鹏说：「铡死也不亏他！」鹿兆鹏说：「铡！」五六个弟兄拉着早已被飞石击中血流满面的老和尚下了戏楼，人群尾随着涌向白鹿镇南通往官道的岔路口，一把铡刀同时抬到那里。老和尚已经软瘫如泥，被许多撕扯着的手塞到铡刀下。铡刀即将落下的时候人群突然四散，都怕溅沾上不吉利的血。铡刀压下去咔哧一声响，冒起一股血光。人群呼啦一声拥上前去，老和尚被铡断的身子和头颅在人窝里给踩着踢着踏着，连铡刀墩子也给踩散架了。

黑娃和他的革命三十六弟兄以及九个农协的声威大震，短短的七八天时间里，又有四五十个村子挂起了白地绿字的农民协会的牌子。黑娃无论如何也忍不住欢欣鼓荡的心情：「风搅雪这下才真正刮起来了。兆鹏哥，革命马上就要成功了！」鹿兆鹏毫不掩饰领袖式的喜悦：「黑娃，现在立即去围攻那个最顽固的封建堡垒！」

大年正月初一被选定为白鹿原农民协会总部成立的日子，地点再一次选定了白鹿村的戏楼。

大年三十家家包饺子的除夕之夜，黑娃走进了白嘉轩家的门楼。三十六弟兄要和他一起去助威，黑娃说：「我一个人去。我想试一试我的胆子。」他穿了一件制服，是韩裁缝用机器扎成的。韩裁缝仍然摆着洋机器缝衣挣钱。黑娃走进白家门楼时不断提醒自己挺直腰板儿，一直走进门房和厢房之间的庭院，再走进上房正厅：「我代表农协筹备处告诉你，把祠堂的

钥匙交出来。」白嘉轩正在香火融融的祭桌前摆置供果，转过身来说：「可以。」黑娃瞅一眼挺得笔直的白嘉轩，不由地也挺一挺自己的腰，伸出手去接钥匙。白嘉轩的手没有伸到袍子底下去掏钥匙的意向：「现时不行，得到明天早上。明早族人到祠堂拜祖先时，当着全族老少的面我再交给你。」黑娃说：「这随你。」

大年初一未明，黑娃和他的三十六弟兄就聚在祠堂门外，他手里提着一个铁锤，咣当一声，只需一下，铁锁连同大门上的铁环一起掉到地上。黑娃领头走进祠堂大门，突然触景生情想起跪在院子里挨徐先生板子的情景。他没有迟疑就走上台阶，又一锤砸下去，祠堂正厅大门上的铁锁也跌落到地上。地上扫得干干净净，供奉祖宗的大方桌上也擦拭干净了，供着用细面做成的各式果品，蜡台上凝结着烧流了的红色蜡油，香炉里落着一层香灰，说明白嘉轩在三十日夜晚刚刚烧过香火。黑娃久久站在祭桌前头，瞅着正面墙上那幅密密麻麻写着列祖列宗的神轴儿，又触生出自己和小娥被拒绝拜祖的屈辱。他说：「弟兄们快点动手，把白嘉轩的这一套玩艺儿统统收拾干净，把咱们的办公桌摆开来。」他走出正厅再来到院子，瞅着栽在庭院正中的「仁义白鹿村」的石碑说：「把这砸碎。」两声脆响，石碑断裂了。黑娃一手叉腰一手指着镶在正厅门外两边墙壁上的石刻乡约条文说：「把这也挖下来砸了。」当黑娃和他的弟兄们在祠堂里又挖又砸的时候，白鹿村的族人围在门口观看，却没有一个人敢走进去阻拦。有人早把这边的动静悄悄告诉了族长白嘉轩，他竟然平心静气地说：「噢！这下免得我交钥匙了。」

原上几十个建立起农民协会的村子敲锣打鼓从四面八方涌向白鹿村，没有建立农协的村子的男女老少也像看大戏一样赶来了。「今日铡碗客。」通往白鹿村的官路小道上涌动着人流。花边龙旗一律扯去了龙的图案，临时用绿纸或绿布剪贴上了某某村农民协会的徽标，在白鹿村的戏楼前飞扬。十多家锣鼓班子摆开场子对敲，震得鸽子高高地钻进蓝天不敢下旋，白

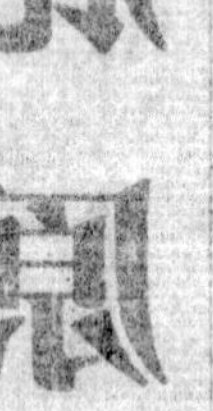

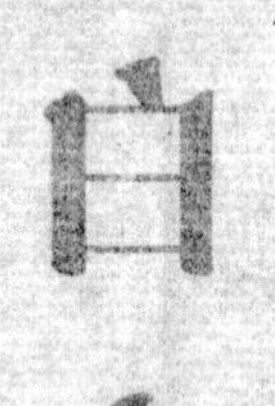

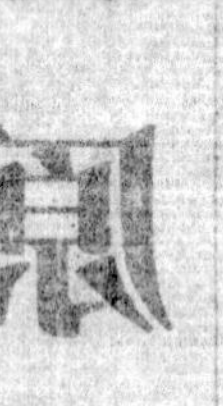

鹿村被震得颤颤巍巍。黑娃站到戏楼当中大声宣布：「白鹿原农民协会总部成立了。一切权力从今日起归农民协会。」锣鼓与鞭炮声中，一块缉着红绸的白地绿字的牌子由两位兄弟抱扶着，从戏楼上走下梯子，穿过人群挂到祠堂大门口。具备最强烈的震撼力量的黑火药铁铳，连续发出整整六十一声沉闷的轰响，那是六十一个已经建立农民协会的村子的象征。

碗客和铡刀同时从戏楼的后台被拖到前台。铡刀摆在台子左角。碗客被五花大绑着押在台子右角。碗客仍然从扭着他胳膊的四只手里往上蹦，往起跳，骂着叫着，台下的呼吼一浪高过一浪。

碗客是南山根指甲沟口村人，姓庞，乳名圪塔娃，官名克恭，排行老三。绰号冷三冒，最普遍的称呼是碗客。他十六七岁就赶着一头毛驴到耀州去驮碗，再赶着毛驴驮着碗在白鹿原各个村子叫卖，差不多家家的案板上都摞着他驮回来的黄釉粗瓷大碗。他驮碗卖碗发了财，毛驴换成马车，而且在白鹿镇开了一家瓷器分店，总店在他的老巢南山根的温泉镇子里。他在南原和南山根一带已成一霸，弟兄五人人称五只虎。他的诸多恶劣行径里民愤最大的是对女人的蹂躏，凡是新娶的媳妇头一夜必须请他去开苞。他对女人永无满足永无竭止的野兽一样的欲求从小小年纪就露出端倪，他常用两只粗瓷大碗换取那些爱占便宜的女人的身子。在好几个村子发生过这样的事：碗客装作收钱走进一家老相好的院子，村人很放心地从毛驴驮架上把大碗小碗哄抢一空，有一回竟然被谁把拴在门口榆树上的毛驴给牵走了。碗客发了财更加纵欲，常常把那些根本没有两性生活经历的新婚媳妇整得寻死觅活……碗客现在被捆押在台上毫不羞愧怯惧，不住口地叫骂着：「我圪塔娃睡过数不清的婆娘媳妇，铡了杀了剐了老子，老子也值了！二十年后还是一个圪塔娃，还卖碗还睡你婆娘……」不等黑娃宣布完碗客的罪行，几个愤怒已极的汉子蹿上戏楼，把碗客从台角上踢翻下来，砖头和石块把碗客砸成了一堆肉坨子……

这一年的新年无疑将储入每一个人的记忆。白嘉轩天不明起来洗了手脸，点燃了祭桌上的两根红色蜡烛，插上了五根紫色的香，叩拜三回，然后把一捆雷子炮夹在腋下走出街门站在仍然漆黑的街巷里。他把雷子炮的火药捻子抠出来，噗的一声吹着手里的火纸点燃捻子，麻纸卷着黑火药的捻子吱吱吱响着迸发出一串串闪亮的火星，他一甩胳膊，头顶黑沉沉的夜空便发出一声痛快淋漓的爆炸。他喜欢放炮，而且只喜欢放雷子炮。他站在门楼外的街巷里，把一个个粗壮的雷子抠出捻子抛入空中，随着一声接一声的脆响，爆碎的爆竹纸屑在寒冷的夜空悠悠飘落下来，落满他的礼帽和肩头。当他尽兴放足了炮回到上房正厅的时候，儿子和媳妇们已经拜过祖宗，也向白赵氏叩过头，只等着给他拜年祝福了。

当新年祥和的微曦照出屋脊轮廓的时候，一家人围在大方桌前吃饺子，有一位族人惊慌失措跑来向他报告了黑娃在祠堂乱砸乱挖的消息。白嘉轩仍然不慌不忙地吃饺子，他今天反倒吃得特别多。与一般人相反，每当遇事他不仅不减饭量反而食欲大振。吃饱了再说！哪怕死了也不当饿死鬼。他放下筷子就在餐桌上宣布：「孝文，你把该当办的事虑一遍，别把哪个事忘了。孝武，你晌午就去请执事。孝义，你先去给你三伯拜年。」吩咐完毕以后，白嘉轩就走进了马号。长工鹿三离过年剩下三天的时候回家去了，他年年在鹿三下工之后住进马号，绝不让儿子们代劳。大年初一他让全家人歇息，自己却在祠堂祭过祖宗之后就在祠堂门口领着锣鼓班子敲个痛快。现在，他喂过牲畜丢下搅草棍子又走进轧花机房，踩得轧花机又咝咝咝咝欢唱起来。

正月初三准备给孝武完婚，亲朋族人都劝他缓一缓，缓过了眼下的乱世再办，甚至亲家冷先生也趋同这种意向，但他却一口咬定不改初衷：「他闹他的革命，咱办咱的婚事，两不相干嘛！农协没说不准男人娶媳妇吧？」他把二儿子孝武的婚事完全交给长子孝文去经办，让其熟悉婚事中的诸多礼仪以及一些注意事项，而他自己只是在重要环节上帮助孝文出出点

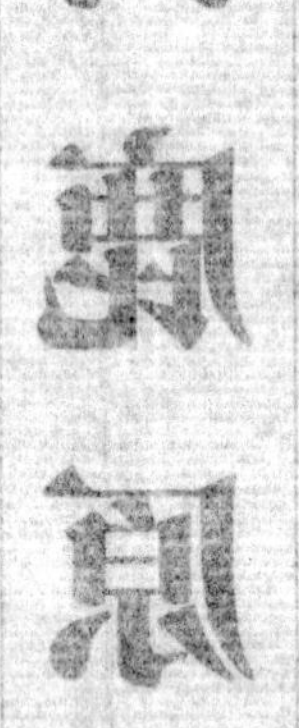

子。这时三儿子孝义跑进轧花机房说：「爸吔，三伯攥着矛子要去戳黑娃，三嬷嬷教我叫你去哩！」白嘉轩听了一愣，重新穿上袍子戴好礼帽走出轧花机房。

他走进鹿三土围墙上的圆洞门，正看见鹿三手里握着长柄矛子，女人爬滚在地上死死抱着他的腿，黑娃的弟弟兔娃抱着鹿三的另一条腿，鹿三仍然怒不可遏地扑跳着。白嘉轩还没来得及劝他，他倒冲着白嘉轩斥责起来：「鹿子霖不出头你也不露面！人家砸祠堂烧祖宗神轴儿，你们装瞎子？你们怕挨铡刀我不怕。八辈子祖宗造孽是我的罪过。我把那个孽子戳了……」白嘉轩却平静地说：「你该着放下矛子，咂上烟袋儿背抄起手，到祠堂门口戏楼底下去看热闹。十几家锣鼓家伙几十杆铳子，花钱也请不到白鹿村来的。万一你不爱看热闹……」白嘉轩平和认真地说，「我托你办的事……应该再去靠实一回。」鹿三忽然记起，给孝武抬媳妇的轿子是他经手租赁的。他看见白嘉轩意味深长地撇了撇嘴摆了摆头，一把扔掉矛子，蹲在地上大声哀叹……

农协的风暴已经席卷白鹿原。白鹿村也建立了农民协会，黑娃兼任主任，白兴儿当副主任，田小娥做妇女主任。各个村子的农协组织都模仿总部成立时的做法，摆一把明晃晃的铡刀在台上，而且发生了两起铡人的事。鹿兆鹏立即让黑娃召集各农协主任开会，申明今后再不许随便铡人，也不许再把铡刀摆到会场上，需要处治某人需得总部讨论批准。各村农协可以决定斗争和游街的对象，但必须防止群众有意或失手打死人。被革命热情鼓荡着的农协头儿们都觉得窝了兴头儿，嗷嗷叫着抱怨鹿兆鹏太胆小太心善太手软了。原上那么多财东恶绅村盖子，才铡了不过三五个就不许开铡了，革命咋能彻底进行？鹿兆鹏大声警告说：「同志们，革命不是一把铡刀……」最后令黑娃和农协头儿们鼓舞的是，兆鹏终于听从他们的呼声，决定集中目标攻一攻白鹿仓总乡约田福贤，理由是，农协要求向全体乡民公布本仓自民国以来每年征集皇粮的账目。

白鹿镇随之出现了游街的新景观。头一个建立农协的贺家坊开创了游街的先头儿，把贺家坊首富贺耀祖夫妇用绳索捆着牵牛拉羊似的拉到白鹿镇上游了一周八匝，各个村子的农协便争先恐后地把他们村子的财东恶绅牵着拽着到白鹿镇游街示众，花样不断翻新，纸糊的尖顶帽子扣在被游斗者的头上，红红绿绿的寿衣强迫他们穿到身上，脸上涂抹着锅底黑灰又点缀着白色糨糊，有的别出心裁把稀粪劈头盖脑浇下去。每逢三六九集日，镇上空前热闹拥挤，人们观看着那些昔日里曾经是原上各个村子顶体面的人物的洋相和丑态。白鹿镇的游街景观随后便屡见不鲜见多不奇了，很快也就失去了观众，及至农协总部要游斗田福贤的消息传出，刚刚冷却下去的热情和新奇感又高涨起来。还有一个更富刺激的因素，就是白鹿村的鹿子霖将同时被推到台上去，共产党儿子斗老子，真个是睁眼不认六亲啦！

把田福贤推上白鹿村的戏楼是白鹿原农民运动发展的最高峰。会址仍然选在白鹿村祠堂前的戏楼。鹿兆鹏亲自主持这场非同寻常的斗争大会。陪斗的有白鹿仓下辖的九个保障所的九个乡约。已经查明，自从田福贤出任本仓总乡约以来，几乎一年不空地在征集皇粮的时候都悄悄加了码，九个乡约无一例外地参与了分赃。黑娃逐年逐条公布了他们加码的比例和多收的粮食数字，逐个公布了田福贤和九个乡约分赃的粮数。台下由可怕的静寂突然变得像狂风暴雨一样呼叫「抬铡刀来！」鹿兆鹏站到台前，吼哑了嗓子也制止不住已经沸腾起来的骚动，他迫不得已从腰里拔出一把短枪，朝空中放了一枪，台下才得以安静下来。他便抓住时机宣布让证人作揭发。

作证揭发的是白鹿仓的金书手，田福贤加码征粮的全部底细都在他的明细账上记着。黑娃和他的弟兄们在找田福贤算账之前，先把金书手叫到农协总部，同时把一把铡刀抬到门外的台阶上。金书手一瞅见沾着碗客血痕的铡刀，脸上骤然失了血

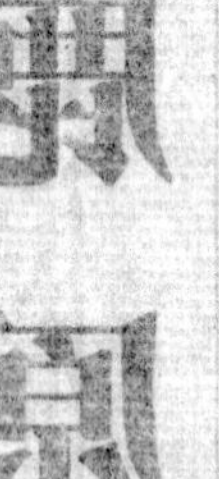

色：「好黑娃，好鹿兆谦爷哩，你听我说……你问啥我实打实说啥……你把铡刀快抬走，我看见那……心里毛草得说不成话。」黑娃让人抬走了铡刀。金书手果然神色稳住了，反而爽快地说：「噢呀，你问征粮当中田总乡约搞鬼捣窍的事，我说就是了嘛！远的记不得，单是去年刚刚征过我还没忘。本仓民地原额天时地利人和六等其制共一千一百一十二顷五十亩。额征夏秋粮三千零八十一石一斗五升七合六勺。每石折银一两三钱一分八厘三毫五丝八忽九微六纤二尘五渺，共额征银……」黑娃已不耐烦：「你少啰嗦！只说搞鬼捣窍弄下多少粮食和银元。」金书手说：「我说前多年的陈账记不清，只记得去年加码多征粮食折银一千二百多两。本仓原额民二万一千二百九十七丁，征银一千二百一十一两四钱五分一厘二毫。加码超征二百多两。以上地丁两项超征一千四百多两。九个乡约每人分赃一百两。我本人拿了一百两。下余的田总乡约独吞了。」黑娃和他的弟兄亲自跟着金书手到白鹿仓去，把他锁在抽屉里的账簿全部背到农协总部来，一年一笔一笔加以清算，最后发现田总乡约和他的九个保障所乡约侵吞赃物的数目令人吃惊。鹿兆鹏获得这个重大突破的消息时，激动得一拳砸在黑娃的肩上说：「黑娃，你真了不起！这下子白鹿原真个要刮一场风搅雪了！」

……

金书手捏着一张清单念着，双腿双手也颤抖着。田福贤和九个臣僚低垂着脑袋听任他一件一件地揭发……骚棒和尚只是欺侮过佃户的女人，碗客也仅是在南原山根几个村子恃强耍歪，而田福贤和他的九个乡约面对的却是整个原上的乡民，白鹿原二万多男女现在都成了他们的对头仇敌了。金书手还未念完，台下就再次骚动起来。鹿兆鹏立即命令纠察队员把他们押到祠堂的农协总部看管起来。为了防止愤怒的乡民砸死他们，原先计划的游街示众也因此取消。鹿兆鹏大声宣布：「将田福贤等十一人交滋水县法院审判。」愤恨的乡民对这样的决定立即表示出不满，又潮水一样从戏楼下涌到祠堂门前去，把

祠堂包围得水泄不通，喊着叫着要抢出田福贤来当众开铡。黑娃也失去了控制：「兆鹏同志，你现在看看咋个弄法？我早说不铡田福贤难平民愤，铡了这瞎种有个毬事！」鹿兆鹏也急火了，开口骂道：「黑娃你混账！我再三说田福贤不是老和尚也不是碗客，不能铡！这是牵扯国共合作的大事。你立即命令各村『农协』头儿把会员撤走！」

田福贤在风闻「农协」查账的消息后就奔滋水县去了。他先找了岳书记又找了胡县长，见了他们的头一句话就是：「我跟鹿兆鹏合作搞革命诚心实意，想不到鹿兆鹏在背后日我尻子！我这总乡约区分部书记怎么当？」说罢大哭起来……岳维山和胡县长商定召见鹿兆鹏。

鹿兆鹏走进岳维山的办公室时，还猜不透事因，懵懵懂懂大大咧咧地坐在椅子上。岳维山开门见山地问：「兆鹏同志，你怎么把矛头对准了革命同志？」胡县长接着说：「整个白鹿原的行政机构都瘫痪了。」鹿兆鹏不假思索地说：「有确凿证据证明，田福贤不是革命同志，是个贪官污吏。这个吸血鬼不仅败坏国民革命的名声，也败坏了国民党的威信。既然话已说明，我请求你们立即着手给白鹿原派一个手脚干净的区分部书记和总乡约。」岳维山避开话题说：「我也要向你进一言，县里不断收到白鹿原乡民联名具告的状子，告农协的头儿们把碗客铡了，还把人家的儿媳妇奸淫了。据说农协的头儿全都是各个村子的死皮赖娃嘛！凭这些人能推进乡村的国民革命？革命不是乱斗乱铡！贵党在物色农协头儿时也得考虑一下吧？」鹿兆鹏不服气说：「睡碗客儿媳妇的那个农协副主任已经撤职了。田福贤一开头就说农协头儿全是死皮赖娃。清朝政府骂孙中山先生也是死皮赖娃。」岳维山制止说：「怎么能这样乱作类比，污损国父？」鹿兆鹏坚持说：「一样的道理。腐朽的统治者都把反对他们的人骂作乱臣逆党死皮赖娃。」胡县长又把话转到具体事上：「兆鹏同志，你必须保证田

福贤的生命安全。农协不准随便开铡杀人，有罪恶严重的人，要交县法庭审判。」鹿兆鹏说：「我负责把田福贤交到你手上。」

……

天黑以后，鹿兆鹏派农协纠察把田福贤押送到县上去了，然后坐下来和黑娃研究下一步的工作——分配土地，组建农民武装。黑娃因为没有铡死田福贤而低沉的情绪又高扬起来：「兆鹏哥，咱们农协要是没收了财东豪绅的田产和浮财分给穷汉们，那就彻底把他们打倒了。」

这项工作刚刚铺开，他们又搅进了田福贤的案子里。田福贤在法院呆了半个来月又大摇大摆回到白鹿原，官复原职驻进了白鹿仓。黑娃领着三个农协总部的革命弟兄赶到县法院查问，法官说：「查无实据。」鹿兆鹏又亲自找到胡县长的办公室：「你怎么把田福贤放了？」胡县长不失幽默地说：「金书手全部翻供了。看来铡刀逼出来的口供靠不住。」鹿兆鹏旋即又找到岳维山：「我现在不大关心田福贤的事情，而是担心国民革命。」岳维山很不客气地说：「兆鹏同志，你是共产党员，也是国民党员，兼着两个党的重任，你偏向一个歧视一个的做法太露骨了。你把本党基层干部都游了斗了铡了，国民革命只有靠贵党单独去完成？」鹿兆鹏也直言不讳地说：「请你不要太多敏感。如果共产党里头也混进来田福贤这号坏分子，我们会自动把他交给法庭的。」

鹿兆鹏回到白鹿原，黑娃就说：「我说把狗日的铡了，你可要交给法院，审来审去田福贤反倒没毬事了，反倒成了农协栽赃陷害！」鹿兆鹏和黑娃一起到省农民协会筹备处汇报，又一起找到省政府，于主席听罢情况反映以后还是那句老话：「谁阻挡革命就把他踏倒。」鹿兆鹏和黑娃回到白鹿原，不久就传来可靠消息，滋水县胡县长已经被省政府撤职，国民党

滋水县党部书记岳维山也被调离。黑娃和他的革命弟兄再次去白鹿仓抓田福贤的时候，田福贤早已闻讯逃跑了，金书手也去向不明了。

在不到一年的时间里，滋水县的县长撤换了四任，这是自秦孝公设立滋水县以来破纪录的事，乡民们搞不清他们是光脸还是麻子，甚至搞不清他们的名和姓就走马灯似的从滋水县消失了。这件事使朱先生颇伤了脑筋，他翻阅着历代县志，虽然各种版本的县志出入颇多，但关于滋水县乡民的评价却是一贯的八个字：水深土厚，民风淳朴。朱先生想：在新修的县志上，还能作如是的结论吗？